四万時間の先に

歩く・見る・読む 日々

立松和宏
Tatematu Kazuhiro

あけび書房

四万時間の先に●目次

■旅の風景から

■文人たちの風景

旅の風景から

お菊塚と漱石

旧き友たちと語らって旧東海道を歩き繋ぐ旅に出掛けた。江戸は日本橋から京の三条大橋の間を駅伝のように繋ぐ旅だった。襷ならぬ記念のTシャツに参加の証となるサインを入れて繋いで歩いた。

その日は、平塚から小田原を歩く区間に参加した。平塚駅に全員が集合。出発時の記念の集合写真を撮るべく、駅から程近くの紅谷町公園に移動。そこにはお菊塚という旧跡があり、塚の前には由来を説明した立札があった。そして次のような一文に出合った。

お菊塚の由来

伝承によると、お菊塚の主人公お菊は平塚宿の役人真壁源右衛門の娘で、行儀作法見習いのため江戸の旗本青山主膳方へ奉公中、主人が怨むことあって、菊女を斬り殺したという。

一説によると、旗本青山主膳の家来が菊女を見染めたが、菊女がいうことを聞かないので、その家来は憎しみの余り家宝の皿を隠し、主人に菊女が紛失したと告げたので、菊女は手打ちにされてしまったが後日皿は発見されたという。この事件は元文五年（１７４０）二月の出来事であったといい、のちの怪談〈番町皿屋敷〉の素材となったという。また他の話によると菊女はきりょうがよく小町と呼ばれていたが、二四才のとき江戸で殺されたといわれている。死骸は長持ち詰めとなって馬入の渡し場で父親に引き渡された、この時、父親真壁源右衛門は〈あるほどの　花投げ入れよ　すみれ草〉と言って絶句したという。源右衛門は死刑人の例にならい墓をつくらずセンダンの木を植えて墓標とした。……以下略

この説明文を読み、哀れな話だなと思うとともに、中に出て来た菊女の父親源右衛門の句がとても気になり始めた。夏目漱石の俳句に〈有る程の　菊投げ入れよ　棺の中〉があることが思い浮かんだ。すみれが菊に代わり、季節も春が秋に変わっているが、共に追悼の句だ。とても似ている。けれども二つの句は時代が隔たっている、片や江戸、片や明治と大きく異なっていた。単なる偶然の空似かも。

だが、もしかしたら漱石先生は、ひょっとして源右衛門さんの句を知っていたのかも知れない。知っていたとしたら、いつ、どこで知ったのか?……と、妄想が広がり始めた。

漱石の追悼句

〈有る程の 菊投げ入れよ 棺の中〉という句は、明治43年11月15日の日記が初出である。「床の中で楠緒子さんの為に手向けの句を作る」の前書きがあり、修善寺大患から帰京して入院中の作。

楠緒子は漱石と親交深かった美学者大塚（小屋）保治の夫人。和歌、日本画を習い、小説は漱石の影響を受けたという。美貌で才筆を謳われたが、この年の11月9日に、大磯の別荘で36歳の若さで逝った。

句意は、—美しく才たけた友の妻が若くして亡くなった。病の床にある我が身では、弔問に伺うすべもなかった。せめて、ありったけの菊の花を棺の中に入れてやって欲しいと、願うばかりである—であろうか。哀悼の句として人々に愛されている秀吟とされるが、ある意味思わせぶりな程感情のこもった句であるとも言われている。

これには、大塚楠緒子は単なる友人の妻といった存在ではなく、漱石には〝運命の女〟だったとする見方がある。即ち、こうだ。

明治27年のこと、小屋と楠緒子に縁談が持ち上がったが、かねてより彼女は漱石の意中の人でもあった。この恋と友情との板挟みにあって、生来潔癖な漱石は恋情を断つこととし、友に譲ることとした。彼女も婿養子として小屋を選んだ。

この間の事情・真相は当人達はもとより友人達の間でも固く封印され、今日に至るまで確たる証拠は見つかってはいない。ただ、その後の二人の作品などの中では互いに相手を意識しているところがあり、相聞歌のようなやりとりも指摘されている。この事件は漱石の突然の松山赴任の契機とも言われている。

彼の多くの作品の中で、親友とその妻をめぐる三角関係の葛藤をテーマとしたものが見受けられるのは、この時の体験が下敷きにあるとの説にもつながっている。

楠緒子さんへの追悼句の背景に〝明治27年の断恋〟があった。その人間的な苦悩を後世にまで残る文学作品に昇華させていった漱石の想いと、その後の二人の相手を意識した交情を思いやると、この句における漱石の感情のこもり方も宜《むべ》なるかなである。

皿屋敷伝説と漱石

ところで、こんな漱石が当時源右衛門さんの句を知っていたのかどうか？　また、そうであるなら、いつ、どこで知る機会があったのであろうか？　そして作句のヒントにしたのかどうか？　という問題について考えてみたい。

まずは「お菊さんと皿屋敷伝説」との関わりから探ることに。漱石が生きた明治時代には、巷間どの様な伝説が流布していたのか、その中に〈源右衛門さんの句〉が登場していたのかどうか？

だ。

広辞苑によれば「皿屋敷伝説」とは、「皿屋敷とは主家秘蔵の皿を割り、成敗されて井戸に投げ込まれた菊という女の亡霊が悲しげに皿の枚数を数えるという伝説。浄瑠璃〈播州皿屋敷〉、河竹黙阿弥〈新皿屋敷月雨暈〉、岡本綺堂の新作〈番町皿屋敷〉などに劇化」とある。

「皿屋敷伝説」と一口に言うが、『日本の皿屋敷伝説』（伊藤篤著）などによれば実に様々であり、地名からして〈番町〉と〈播州〉、その他にも彦根、金沢、高知、群馬などほぼ全国にあるという。登場人物も〈お菊さん〉という名前は共通するものの色々な説話がある。〈お菊の墓〉も諸処に伝えられている。

丹後の宮津に旅した時には〈丹州皿屋敷伝説〉に出くわした。町中を散歩していたら、ちょっとはずれにお菊稲荷なる小祠《しょうし》があった。鬱蒼とした木立に囲まれ、裏寂れた佇まいであった。色あせた説明板によれば、殿様は青山、腰元がいじめられて井戸に捨てられ、幽霊となって祟《まつ》った、といった話は皿屋敷伝説の典型である。地元では、こちらが本家であると言っている。

漱石が暮らした江戸から間もない明治時代の東京では、〈番町皿屋敷〉物が流布していた。宝暦8年（1758）に馬場文耕なる講釈師が書いた『皿屋敷弁疑録』に縁源があるとされる。いわゆる皿屋敷物は、芝居、浄瑠璃、講談、落語などの世界に広まっていた。

何しろ彼は、見て来たような…を得意とする講釈師であり、その中には当時巷間に伝えられていた各種の説話が巧みに取り込まれていたようだ。そこでは、番町・青山主膳・お菊・南京皿十枚などが登場するが、ただお菊の父親は真壁源右衛門ではなく、向崎甚内なる筑波の在の出の盗賊とある。平塚の真壁菊女と源右衛門さんの話は、１７４０年の事件とあるので、馬場文耕が取り込んだ説話の内の一つだったのかも知れない。

漱石という人は、幼少時代より講談・落語・芝居といった大衆芸能に親しんでおり、これらが上演された寄席にも、後年までよく通ったと伝えられる。寄席は現代よりはるかに多く点在し、身近な時代で、〈番町皿屋敷〉の世界もお馴染みのお話だった。しかし、残念ながら真壁菊女と源右衛門さんの話とは直接的な接点がなく、まして源右衛門さんの句も出てこない。従って、漱石がこの筋から知り得たとは考えられないのだ。

もし知り得るとするならば、次に考えられるのは説話が収録された文献ではなかろうかと思い、漱石の〈蔵書目録〉を調べてみたが、それらしきものは見当たらなかった。更に、漱石が直接この説話を平塚訪問の折にでも聞いた可能性はないのか？　とも考えた。彼の〈年譜〉をあたってみたが、鎌倉・湘南海岸・江ノ島・箱根・興津は訪問した記録はあるが平塚はない。友人からの手紙で知らされた可能性もなくはないが、証拠は見つけられない。

残された可能性として、俳諧の世界から知ったのでは？　と考えてみた。ご存知の通り、英文学者・夏目漱石は小説家となる前から、親友・正岡子規との交遊により俳人としても知られていた。生涯膨大な句作を残しており、名句も多い。

和歌や俳句の世界では、「本歌取り」とか「暗示引用」とかいう技法がある。先人の作品に着想を得て、それに意識的に機知を加えて創作することはよくあることだ。漱石の作品にもこうした例がある。

〈叩かれて　昼の蚊を吐く　木魚かな〉という句があるが、これは江戸時代の文人・太田南畝の〈叩かれて　蚊を吐く昼の　木魚かな〉から着想を得たようだ。もしかして、江戸俳句の作品として源右衛門さんの句に出合っていたのかも知れない。そう考えて、『江戸俳諧歳時記』とか『神奈川県郷土文学資料』の中に源右衛門さんの句があるのかもと、まず調べてみたがなかった。漱石の〈蔵書目録〉の中には俳句・俳文関係の書も多く、それも確かめてみたが、やはり見つからなかった。

お菊塚と源右衛門さんの句

そこで、原点に立ち戻ることにした。如何なる資料に基づいて説明書きが作成されたのか、「お菊塚」の説明立札を作成した平塚市役所に問い合わせてみることにした。市の教育委員会の案内に従い、参考文献とされる書物に当たってみた。『図説・平塚の歴史』『平塚郷土略史』『平塚市民俗調査報告書』『新平塚風土記稿』などなどを読んでみた。

ところが、真壁菊女・源右衛門の話が紹介され、〈もの言わぬ 晴れ着姿や 菫草《すみれ》〉という句は出てきたものの、肝心の〈あるほどの 花投げ入れよ すみれ草〉の句が出てこなかった。

お菊塚の説明板は昭和30年代に立てられたようだが、一体如何なる事情で、どんな資料に基づいて作られたのか？ 残念ながらこの時点では不明であり、ここで行き詰まってしまったのだ。

「漱石先生は源右衛門さんの句を知っていたのでは？ という仮説は、どうやら今のところ成立しないようだ。単なる偶然の一致、空似だった。あらぬ疑いをかけて漱石先生、ごめんなさい」と、言おうとしたのだった。だが、ここまで考えを進めてきて、ふと思ったのは、ひょっとしたら、ことによったら、これは、仮説の立て方が逆ではなかろうか？ と思い至ったのだ。

漱石が〈源右衛門さんの句〉をマネたのではなく、漱石の句をマネて誰かが〈源右衛門さんの句〉を創作したのでは？ どう考えても漱石の句の方が出来が良いし、作者としても著名でもある。こう考えた方が自然ではなかろうか？ と思えてきたのだった。

資料・文献に見る源右衛門さんの句

平塚市の郷土史関係の資料によれば、お菊塚のある所は、そもそもは墓標があるのみで、大木の生茂った不気味な場所だった。「代官の墓所、お菊の墓場」などと呼ばれていた。

昭和20年（1945）の空襲で荒廃したままだったが、昭和27年（1952）秋に戦後復興区画整理を行った。墓を掘り返し、出土したお菊の骨とされるものを市内の晴雲寺の真壁家の墓地に移した。跡地は紅谷町公園となり、その一角に今あるような塚が造られた。

平塚市の伝説・説話を収録した資料群が纏《まと》められ始めたのは、昭和30年代以降のことのようだ。市の観光協会により、説明板が初めて立てられたのもその頃のことで、昭和50年代には現在のものに立て替えられたようだ。

そこで、お菊塚の説明板にある〈源右衛門さんの句〉について文献・資料ではどのように現れてくるのか、平塚市図書館にも足を運び、更に詳しく探って見ることとした。そこから判ってきたことは次のようなことだった。

昭和32年（1957）の毎日新聞に『武相今昔』という連載記事があり、その中で〈お菊塚〉が紹介されたのがどうやら最初の記事のようだった。その記事では、平塚市の文化財保護委員、高瀬慎吾氏による〈お菊伝説〉の談話が紹介されていた。しかし、〈源右衛門さんの句〉については触れられてはいない。

昭和38年（1963）3月には、平塚市観光協会によりお菊塚の説明板（木製）が立てられたことが、資料写真で確認できた。その文面と執筆者を特定できないのが残念ではある。文面が現在と同じであり、そこに〈源右衛門さんの句〉も書かれていたとすれば、これが資料としての初見ということになる。

次に資料が確認できたのは、昭和40年（1965）9月より読売新聞横浜支局が連載を開始した『神奈川の伝説』シリーズの記事だった。昭和41年（1966）には〈お菊塚〉の記事が掲載された。この記事では、再び高瀬慎吾氏（この時は平塚市の文化財保護委員にして観光協会会長）の談話が紹介されていた。談話の中では、お菊塚の伝説と〈源右衛門さんの句〉が初めて紹介されていた。しかし、紹介されていた句は〈もの言わぬ 晴れ着姿や 菫草〉であり、〈あるほどの 花投げ入れよ すみれ草〉ではない。

高瀬慎吾なる人は、明治33年（1900）7月6日生まれ。平塚市で印刷業を営みつつ、郷土史の研究にあたり、市の文化財保護委員、教育委員、観光協会長などを歴任された方。郷土史家として著名であり、昭和44年（1969）には教育委員会発行の『平塚の史跡と文化財巡り』の執筆者の一人としても登場していた。この本では、〈お菊塚〉の紹介はあるものの〈源右衛門さんの句〉の紹介はない。

昭和51年（1976）年4月には、『平塚市郷土誌事典』が平塚市企画室市史編纂室より出されたが、ここでもやはり〈源右衛門さんの句〉の紹介はなかった。

高瀬慎吾氏は、昭和56年（1981）の『平塚市文化財調査報告書』（第17集）においても、〈お菊塚の伝説〉と〈源右衛門さんの句〉として〈もの言わぬ 晴れ着姿や 菫草〉を紹介している。

また、昭和59年（1984）、84歳の時であるが、平塚市の市民大学講座で『平塚郷土雑話』を講演された。この時の講演内容は『平塚郷土史話』に昭和63年（1988）収録されているが、やはり、〈源右衛門さんの句〉として紹介されているのは、〈もの言わぬ 晴れ着姿や 菫草〉だった。同年に出版の『平塚市民俗調査報告書7』では、句そのものの紹介がない。

こうして見ると、昭和59年までは〈あるほどの 花投げ入れよ すみれ草〉という句が確認できるのは、〈お菊塚〉前の立札の説明書きの中だけ、ということである。ただ、それ以降で全く文献上確認ができない訳ではない。平成4年（1993）の『かながわ風土記』という郷土史関係の雑誌の中に「番町皿屋敷のお菊と鏡山のお初」（渡部仁著）という記事がある。その中で、〈源右衛門さんの句〉として〈もの言わぬ 晴れ着姿や 菫草〉と〈あるほどの 花投げ入れよ すみれ草〉がともに紹介されていた。説明板以外で後者の句が取り上げられた初めての事例だ。渡辺氏が何に基づいて紹介されたのか？ そこまで詳《つまび》らかにはしていないが、おそらく説明板の文章を取り入れてのことではなかろうか？

平成5年（1994）の『図説平塚の歴史（上）』（平塚市博物館）の中では、今泉義広氏による〈お菊塚〉の説明があるが、句は〈もの言わぬ 晴れ着姿や 菫草〉だけを取り上げていた。

近年の資料としては、平成13年（2001）3月の『平塚市お菊塚調査プロジェクト調査報告書』があった。これは、平塚市の調査委託により地元の「東海大学文学部日本文学科お菊塚調査委員会」によるもの。内容的には、これまでの伝説・説話と若干の聞き取り調査を、学生が中心になって纏めたものであり、少なくとも〈源右衛門さんの句〉については何ら新しい発見は見られない。

さらにその後、平成14年（2002）には『平塚郷土略史』（平塚市博物館）が出されたが、ここでも句の紹介はないままであった。

一つの推論

以上のことを整理してみるならば、こうなるのではなかろうか。つまり、〈お菊伝説〉と〈源右衛門さんの句〉が、今日見られるようなカタチで資料・文献に登場したのは昭和32年（１９５７）以降のこと。なかんずく、〈源右衛門さんの句〉が知られるようになったのは、昭和38年（１９６３）に立てられた〈お菊塚の説明板〉がおそらく最初であった。

その句は、〈あるほどの　花投げ入れよ　すみれ草〉であり、以来変わっていない。しかし、どうしたことか、昭和41年（１９６６）以降の資料・文献では、一件の例外を除き全て〈もの言わぬ　晴れ着姿や　菫草〉が〈源右衛門さんの句〉として紹介されてきた。二つの句の周辺には地元の郷土史家「高瀬慎吾」の姿が見え隠れしている。

一つの推論を立ててみるとすれば、おそらくこうなる。お菊塚の説明板は、昭和50年代に立て替えられたのだが、文章は当初のままである可能性が高い。執筆したのは当時の観光協会会長であり、郷土史家にして文化財保護委員・教育委員の高瀬慎吾その人であったと考えたい。

高瀬氏は、説明板の文章では〈あるほどの　花投げ入れよ　すみれ草〉という自作の句を取り込み、それ以外の資料・談話などでは、別に創作したもう一つの句〈もの言わぬ　晴れ着姿や　菫草〉の句を紹介し、使い分けた。こう考えると腑に落ちる。高瀬氏の没年は不詳だが、存命中はこのことを周囲は知ってもいても、敢えて異を唱える人はいなかったのだ。地元の名士である氏に対して敬意を表してのことだったのであろう。ただ一件あった例外は、おそらく亡くなられた後のことであると考えたい。

高瀬氏は、前出の『平塚郷土雑話』の中で〈さんさ時雨かお菊の雨か　又も濡れゆく涙雨〉なる自作の句を紹介しておられた。一方、漱石の句には〈春雨や　柳の中を　濡れてゆく〉という句がある。明治生まれで漱石に親しみ、ファンでもあった高瀬氏が文豪の秀句に敬意を表して巧《たく》まずして剽窃《ひょうせつ》した。真壁菊・源右衛門の説話に〈源右衛門さんの句〉なるものを脚色して付け加えてしまったと、いうのがことの顛末ではなかろうか？　郷土史家なり好事家なりが、新しい〝伝説〟を付け加えていくことはままあることだ。

フィクションがフィクションを生むのはあり得ることだ。源右衛門さんの句に〈晴れ着姿や　菫草〉とあった。菫草といえば、漱石には〈菫程な　小さき人に　生まれたし〉という句が……。今度は菫繋がりなのか？

日本の詩歌の伝統では、こういうのを剽窃とか模倣とは言わないとか。誰の目にも先人の著名な作品だと分かることを前提とした、唱和であり、讃仰だと言う。追随を許さぬあの句を、いつも愛吟しております、ということの披瀝である、とされたのだった。漱石ファンだった高瀬慎吾さん、やってくれましたね！　妄想はまだ終わらない。

主な参考資料

『日本の皿屋敷伝説』（２００２年　海鳥社）伊藤篤著
『謎解き若き漱石の秘恋』（２００８年　アーカイブス出版）加藤湖山著
『平塚の史跡と文化財巡り』（１９６９年　平塚市教育委員会編）
『平塚市文化財調査報告書　第17集』（１９８１年　平塚市教育委員会編）
『平塚郷土史話』（１９８８年　関恒久）高瀬慎吾著
『かながわ風土記』（１９９４年　丸井図書出版）
『平塚市お菊塚調査プロジェクト調査報告書』（２００１年　東海大学文学部日本文学科お菊塚調査委員会）

対馬・浅茅湾は見た

湾を抱え込んでいる山や岬に広がる照葉樹林の森は、緑が濃い。太古からの静寂の中にある海面に、シーカヤックで漕ぎ出した。奥深い入り江で聞こえるのは、パドルが波をかき分ける音だけ。移動しながら眺める艇からの風景は視線が低いことと、速度がゆったりしていることで実に独特の心地よさがある。シーカヤックを漕ぐのは久方ぶりだった。

ここ対馬・浅茅湾《あそう》は、上島と下島との狭間の海であり、島の西岸に深く複雑に切れ込んだリアス式海岸からなる波穏やかな内海だ。湾口からは朝鮮半島も望める日もあるという。

〈神話と歴史、湾内に息づく。静寂さ、豊かな自然も〉

新聞のコラム記事のコピーに心惹かれてやって来たのだった。島を南北に分かつ江戸時代に掘削された堀割・大船越に面した民宿に滞在して、島内を巡るエコツアーに参加した。といっても、客は私一人にガイドがつく贅沢な旅となった。

渡海船

初日は、渡海船に乗り、湾内を巡ったのが、何といっても印象的だった。小雨煙る樽ヶ浜から乗り込んだのである。船長は阿比留《あびる》さん、お笑い芸人のキム兄い似で、なかなか味わい深いしゃべりが印象的な人だった。

渡海船「ニューとよたま号」は13時に入り江へ滑り出したが、客は私を除けば十人足らず、ほとんどが後期高齢者だ。かつて渡海船は島内の通勤通学の足であったのだが、車や道路が整備され過疎も進んだ今ではその役目が違ってしまった。車を運転できない高齢者達が、樽が浜にある大きな病院へ通うための大切な足だという。運航は１日２便しかない。

船長はたった一人の観光客である私のために、ガイドブックには載っていない興味深い話の数々を披露してくださった。湾内の各港に立ち寄りながら約１時間半、船は湾奥の仁位《にい》和多津美《わたつみ》神社に到着。この神社は海上から汀へと続く鳥居の佇まいが幽玄であり、海からの参拝となった。

祭神は豊玉姫命《とよたまひめのみこと》と彦火々出見命《ひこほほでみのみこと》、記紀神話に登場する海彦・山彦という。山彦とは天神・即ち大陸・半島からの渡来者を象徴し、海彦は海神・即ち南方洋からの渡来者を象徴している。天神と海神が結ばれて天皇の祖を生む、という記紀神話と同じ伝承をこの神社は伝えているのだが、どうも元々は江南・華南地方から渡来した海人達の祖神伝承の物語、即ち海神神話が原神話としてあったとか。大陸・半島渡来の天神系をルーツに持つ大和朝廷がこの神話を建国神話に取り込んだ記紀神話を読んだ人物によって後年潤色されたものが今伝えられている話である、との説がうなずける。

対馬は、古来より大陸・半島からの渡来という流れと、江南・華南から東シナ海の対馬海流という黒潮の流れが出合い、交差するところ。列島へ人や文化が流れ込む、主要かつ重要な入り口であった、と証しているようだ。この浅茅湾が出合った歴史のあれこれを、近代から古代までその時代を遡《さかのぼ》りながら訪ねてみることにしたい。

文久・露寇事件

湾内の岬に、波と風によって削られた岩肌が特異な姿の芋崎灯台がある。ここは文久の露寇事件の舞台となった所でもある。

ペリーの黒船が来航した嘉永6年（1853）から8年後の文久元年（1861）2月3日、ロシア帝国海軍の軍艦ポサドニック号が対馬・浅茅湾に侵入してきた。湾口の尾崎浦に投錨し、勝手に測量。その後、対馬藩からの抗議を無視し、芋崎に上陸したのだ。

芋崎では兵舎、工場、練兵場などを建設し、湾内各所の沿岸に上陸しては木材、牛馬、食料、薪炭を強奪または買収して滞留の準備を始めるに至った。藩との交渉に於いては芋崎の租借の承諾を求めさえしたという。更に4月12日には大船越の瀬戸で対馬藩の警備兵2名を殺傷、番所を襲撃し武器を奪い住民を拉致するという事件を引き起こした。この事件の痕跡は、全国的には余り知られてはいないが、芋崎・大船越に遺跡・石碑が残され、今にまで遺っている。

ロシア側との交渉には当初、対馬藩が当たった。だが、紛争解決の当事者能力に欠け、ひたすらロシア側との折衝を避け、しまいには国替えを願い出る始末であった。幕府からは能吏で知られた外国奉行小栗忠順があの咸臨丸で駆けつけ、交渉を担当した。しかし、彼の提言は幕府からは受け入れられず辞任。解決したのは、時の老中・安藤信正である。

当時、ロシアとはアジアでも覇権を争っていたイギリスに働きかけ、イギリス艦隊の派遣によるロシアへの圧力を策した。その結果、形勢不利を察したロシア艦隊は退去するところとなった。ロシアは6年前のクリミア戦争で英仏に敗れており、イギリスからの恫喝が効を奏した訳であった。イギリスも極東での根拠地獲得を狙い、対馬の租借・占領を本国政府に提案していたと言う。何のことはない、どっちも泥棒猫だったのである。危うく今日の北方領土のようにされるところだった、かも知れない。

勝海舟は、当時現場に立ち会わせたのか、後年の自伝『氷川清話』の中で事件のことを回想している。「もしも当時の勢いで、日本が正面から単独で露西亜へ談判したものなら、露西亜はなかなかうんとは承知しなかったであろうよ。仮にその時談判が調わずに、対馬が今日露西亜の占領地になって居ると思って御覧、極東の海上権はとても今のように日本の手で握ることは出来ないであろう」と宣っておられる。あたかも、えらそうに自分が解決したかの如くに書いている。実に鼻持ちならない俗物だ。何はともあれ、列強のパワーバランスに運よく救われ、国境の島・対馬を襲った危機は去ったのだった。幕末から明治にかけ、日本は西欧列強からの外圧・侵略の危機を何とか努力と運で乗り越えた。

イヤイヤながら開国へと向かい、自らがやられかかったことを、今度は自ら帝国主義国家となることでやり返し、やがて破滅への道を歩むことになったのはご承知の通りである。

旧帝国海軍要塞の島

明治になってからの対馬は、日本海の入口にある要衝、大陸・半島への根拠地として国防の拠点となっていく。島内には軍用道路・海軍施設の整備が進み、島内各所には砲台が続々と建設され、全島が要塞地帯となり文字通りの浮沈戦艦化の道を歩んだ。浅茅湾から東岸の日本海峡に抜ける万関瀬戸が、旧帝国海軍により掘削されたのは明治33年（1900）のこと。湾内の竹敷におかれた水雷戦隊基地から朝鮮海峡・日本海峡へ出撃するためである。明治38年（1905）には日露戦争・日本海海戦が対馬の北東海域で行われたが、連合艦隊水雷戦隊は浅茅湾を泊地とし、ここ竹敷から万関瀬戸を通り出撃している。

ロシアから占領されそうになった、あの文久の露寇事件からわずか40年余りで日本は奇跡的な勝利を収めたのだが、この時もやはりイギリスの力にある意味助けられた僥倖であったと思える。運は二度続いた。しかし、この運・僥倖が慢心を招き、大陸・半島国家へのいわれなき蔑視、欧米への軽視を生みやがて太平洋戦争の敗北へとつながる転落の始まりともなった。歴史の因果は巡るのである。

作家・大西巨人の代表作『神聖喜劇』は、旧日本軍の軍隊内部に潜むその不条理を、驚異的な記憶力と偏執的とも言える心理描写で描いた戦争文学の傑作だ。その小説の舞台となっているのが、鶏知《けち》にあった対馬要塞重砲兵連隊である。

島内には砲台が数多くあり、中でも昭和9年（1934）に完成した最北端にある豊砲台が最大で、40センチの大口径砲が海峡を睨んでいた。要塞司令部が鶏知に置かれ、壱岐と朝鮮東南部を管轄下に置いていた。小説の最終章〔終曲　出発〕の中で、樽ヶ浜が登場する。新兵教育を終えた主人公が任地の砲台のある所へ向かうくだりだ。日本が既に破滅への終局に向かっていた頃のことだった。

おびただしい溺れ谷、中小湾入あるいは涸《か》れ谷が、沿岸一帯に存在し、内海の天《てん》は、凪《なぎ》が多い。いったいに浅茅湾は、風光の絶佳を喧伝《けんでん》せられている。それは、決して虚名ではない。一九四二年（昭和十七年）午前十時二十分、私は、伊藤軍曹に引率せられて、樽が浜より軍用発動機船日輪丸《にちりんまる》に乗り込んだ。行く先は、第三中隊（北地区棹崎砲台）であった。樽が浜抜錨《ばつびょう》は午前十時三十分、軍機船日輪丸は、晩春の晴天下、入り江の油が流されたような水面半海里余をなだらかに辷《すべ》って、たちまち浅茅湾のやや広やかな海面に出ていた。

私が、樽が浜から渡海船で湾を渡ったのは、平成22年（２０１０）初夏5月11日のことだった。68年の時を隔てて、浅茅湾の穏かな海は何事もなかったの如く静寂に包まれていた。

元寇のトラウマ

国境の島の浅茅湾の穏やかな海が、緊迫した激しい危機に直面したのは、幕末・文久の露寇事件から歴史を遡れば、鎌倉時代の元寇の時だ。文永11年（１２７４）の役では、本土博多湾上陸の前に、対馬では西岸の小茂田《こもだ》浜に蒙古・高麗軍が上陸。浅茅湾周辺の岬や浦が襲撃され、住民が殺され略奪を受けた。

蒙古塚なるものが各所に残されており、悲劇の記憶が消え去ることはない。数多くの人々は、労働力として略奪拉致されたと言う。殺されたのは、年寄り子供だったのかも知れない。弘安の役（１２８１）の時は、対馬南端の豆酘《つつ》に高麗・旧南宋軍が上陸したようだが、浅茅湾は襲われてはいない。

元寇から遡る平安時代においても、浅茅湾は新羅・高麗からの海賊船にしばしば襲われている。寛仁3年（１０１９）には五十余隻の海賊船の船団が来襲し、物資を奪い、家屋を焼き、牛馬・家畜を喰い荒した。老人・子供は殺され丈夫な者だけ拉致された。この時の賊は中国沿海地方、旧満州を中心に勢力のあった女真族《ジュルチン》が主体と見られ、これを〈刀伊《とい》の入寇〉という。刀伊は東夷のことだ。彼らは、海賊行為の他に、拉致した住民達を農耕させて食糧を確保する狙いもあった。対馬から壱岐、更には博多周辺にまで侵入し荒らし回った。記録に残された被害は、死者365名、拉致1289名、牛馬380頭、焼かれた家屋45棟以上という。

元寇は海賊ではなく当時世界最強の軍隊による侵略であったのだが、衆知の通り失敗に終わり、この時もまた危機を逃れた。失敗の原因は幾つか上げられるが、大陸から遥か離れた極東という地理的条件、台風や悪天候に見舞われる、という運が大きい。蒙古・高麗・旧南宋連合軍内部の不和・足並みの乱れにも助けられた。

鎌倉幕府と蒙古軍との武力の差は歴然としていたにも拘らず、運よく危機を乗り越えたにすぎなかった。幕府は、軍事面だけでなく、蒙古調伏の祈祷を全国の主要な社寺に命じるという対策を講じていた。蒙古軍の撤退はその効果によるものだ、と勘違い・錯覚をした。この錯覚が神風神話となり、神国日本の象徴となった。

神国思想は国難の時や他国侵略時の精神的支柱ともなった。幕末・維新の時だけならず、昭和の時代の中国・朝鮮への侵略に至るまで悪しきナショナリズムに担ぎ出されたのである。相手を侮《あなど》り、己を過大視することで内なる自尊心を満足させることに確かに役立った。だが、その驕《おご》りがやがては国を滅ぼすことにもなったことを忘れてはならない。蒙古襲来というトラウマは、近代日本にまで繋がっているのである。

倭寇の根拠地

倭寇といわれる海賊達が朝鮮半島から大陸沿岸を荒らし回ったのは、14世紀から16世紀にかけてのこと。当初は、対馬・壱岐・九州松浦地方の住民達が中心であった。当時の秩序から外れかかった武士、あるいは高麗国内の反政府力・流民達も加わり、徒党を組んで海賊行為を働いたとされる。倭寇の「倭」とは国籍・血統による繋がりよりも言葉や服装などの風俗を同じくするもの、であったらしく、古の『魏志倭人伝』に登場する倭国以来のものである。半島南部から九州にかけての一帯が「倭」の文化圏であった、と思いたい。邪馬台国近畿説はあり得ないのでは。何を略奪したかと言えば、米・野菜といった農作物だけでなく人間を掠《さら》ったようだ。労働力としての人間だった。元寇の際の蒙古・高麗軍による略奪により、深刻な労働力不足が起きており、その奪回が主要な動機とされる。もっとも、室町・戦国時代の倭寇は鎌倉・南北朝時代の倭寇とは異なり、壱岐・対馬が中心ではない。日本人は少数となり、朝鮮半島人や中国人達が中心の集団となっていった。襲った地域も、中国沿岸部、華南島嶼《とうしょ》地帯に移っていった。これを後期倭寇と称するらしい。

対馬・浅茅湾は、主要な倭寇の根拠地となったと思える。複雑に入り組んだ入り江、湾に岬や半島。穏やかな湾内は潮待ち・風待ちに最適であり、船を隠して置いたりしたかも。ただ、襲撃する時の根拠地となっただけでなく、反撃される中心地ともなった。１３８９年、高麗政府は倭寇の根拠地としてここを軍事攻撃している。

倭寇の頭目は、阿比留氏であった。阿比留氏は、1246年に高麗との交易を幕府より咎《とが》められ、太宰府の在庁官人宗氏により反乱者として征討されていた。しかし、しぶとく島内に根を張り生き残っていたのである。今でも対馬では最多の姓の一つという。くだんの渡海船の船長・阿比留さんはその末裔であり、今も昔も船を操っておられるのだ。

1419年には朝鮮国王太宗が、対馬を倭寇の根拠地として攻撃するという事件が起きている。やはり、浅茅湾が狙われ、湾口の尾崎浦を焼き、船越を攻め、仁位《にい》を襲っている。この事件を「応永の外寇」（朝鮮側では己亥東征と称する）と言う。

金田城遺跡

ツアー2日目、シーカヤックで湾内に漕ぎ出すことになり、箕形《みかた》のカヌーハウスで乗り込む準備をした。立派な艇庫があった。聞けば、もともと大洋漁業系の真珠養殖場の施設であったという。湾内は、かつて真珠養殖が盛んだった時があり、その稼ぎでできたという真珠御殿の話も聞かされた。ガイドの方の案内で、まず目指したのは「鋸割岩《のこわき》」。鋸で割いたような陥没によって出来た断崖である。艇で近づき海面から見上げればなかなかの迫力だ。ここから更に湾奥に漕ぎ進み、金田城跡のある岬の先端近くの大吉戸《おおきど》神社に上陸した。この岬一帯は城山と呼ばれる台地状となっている。この古代山城跡は、667年天智天皇の時代に築かれた凡そ1350年近く前のものという。

当時の大和朝廷つまり「日本」という国ができあがる前の列島勢力は、半島において唐・新羅と抗争していた。先に唐・新羅の連合軍により滅ぼされていた「百済」の残存勢力と共に、その復興を目指し戦っていたのである。しかし、663年「白村江の戦い」において大敗。百済は滅亡し、大勢の亡命者・住民達が列島に逃げ込んで来た。この敗北は古代最大の事件であり、危機であった。覇権国家、唐・新羅の連合軍により滅ぼされてしまう！　というショック・危機感は列島をパニックに陥れた。朝廷は、半島の拠点を失い撤退したが、対馬も本土防衛の最前線と位置づけ唐・新羅の来襲への備えと防備を強化した。そこで築城したのが「金田城《かなたのき》」である。

朝鮮式山城と言われ、百済からの亡命技術者が関与したという。浅茅湾への展望もきくその地形を生かし、山の上には「烽《とぶひ》」という狼煙による通信施設を設けた。島内各所から壱岐を経由し、大宰府までの通信網を確立した。防人《さきもり》たちが東国を中心に集められ、防衛の任に当たった。艇から降りて、今も残る石垣・井戸を見て回ったが、悠久の時の流れを想い遣らずにはいられなかった。

およそ、日本列島は人類がアフリカ大陸に誕生し、その繁殖・移動を開始して以来その終着地であった。かつて大陸・半島と陸続きであったものが、いつ分離し、海峡が生まれたのか私には定かではない。しかし、連綿として、人や動物は列島に渡り続けてきた。南の島々から黒潮に乗って、沖縄・九州・四国・紀伊半島に渡って来た人もいた。北の大陸、島々から渡って、北海道・東北に渡って来た人もいた。一番沢山やって来たのは大陸南の沿岸部から江南を経て朝鮮半島南部から、対馬、九州、西日本に渡り住み着いた人達だった。それが倭人《わじん》であった、と思いたい。

それらの子孫達が、列島各地にグループ毎に混在し、雑居していた。半島南部から、北九州、大和にかけての豪族達の中には、半島南部を出自とするものが多いのであり、新羅や百済といった国から見れば、倭人の国は分家あるいは極端に言うと、入植地であったようだ。白村江の戦いの時代までは、列島には未だ国家と呼べるような存在もなければ、意識はなかった。しかし、その敗戦によるショックと、植民地化されかかろうとした（実際に、植民地となった？）パニックは巨大な外圧となり変革を呼び起こした。大和朝廷は、やむなく、急いで、国家を作り始める事となったのである。

モデルは覇権国家・唐とし、国号、歴史、法律、都市、宗教など、いささか無理をしながら俄か造りで整備した。従属的になり、卑屈なまでに模倣をすることで危機を乗り越えようとしたのである。精神分析学者の岸田秀氏は、この時の大和朝廷による国造りが、その後の日本の精神病理を生む始まりとなった、と指摘しておられる。要約引用すれば、こういうことであるようだ。

当時の列島に住む人達は、半ば半島国家の植民地であったという劣等感・コンプレックスがあったのに、それを潜在意識下に隠していた。劣等感を潜在させたまま、外国を崇拝し、模倣をしたことにより、個人なら、言わば精神分裂病の患者のようなものになった、という。するとどうなるかと言えば、外国に卑屈に従属する外的自己と、そのことに反発し、外国を憎悪する内的自己に分裂する。内的自己は、誇大妄想的な自尊心の塊であり、外に対してそれを見下し、威張り、己がすぐれていると、居丈高で傲岸な態度をとるようになる。白村江の敗戦から始まる「日本国」の誕生は、外的自己と内的自己の分裂の始まりであった。そして、その後の日本の歴史は、今日に至るまで、この分裂病を原因とする精神病理に悩まされている。自我の分裂による対立、葛藤、混乱を繰り返してきたのが、我が国の歴史である。内的自己が暴走する時が危ない。尊皇攘夷しかり、戦前の軍国主義しかりである。

説得力のある分析であると、私には思える。そこへ持ってきて、強大な存在が昔は中国だけだったのに対し、近代は西欧が登場した。どちらからみても日本は辺境にある、という地理的条件は変えられず、ますますややこしいことになっている、厄介な事に。

卑屈に従属せず、いわれなき自尊心に閉じこもらずに、周りと付き合っていくのは大変だが、列島を何処かに移す訳にもいかない。それが宿命なのだと思いたい。

為政者は本当に大変だが、覚悟を決めて舵取りを願うしかない。それには、まずはこの病理の自覚から始めねばならないのだが、今日の為政者達に果たしてそれがあるのだろうか？

対馬は危ないのか？

『対馬が危ない―対馬を席巻する韓国資本』（宮本雅史編著・産経新聞出版刊）という本がある。韓国人旅行客の急増と、そのマナーの悪さによる地元でのトラブル増加。民宿、釣り宿に加えリゾートホテルなどの韓国資本による不動産の買収。中でも竹敷の海上自衛隊対馬防備隊本部の隣接地が買収された事件を特に問題視している。韓国国内では、「対馬の大韓民国領土確認及び返還要求決議案」が議会に提出され、更には「対馬の日」制定の動きさえあるという。韓国旅行会社のガイドの中には、このことを説明する人がいて、それを信ずる韓国人も多いとも指摘している。

実際、旅の途中でも多くの韓国人旅行客を見かけた。ハングル語の表記の案内板もよく見かけた。カヤックを漕いだ後で一風呂浴びた温泉でも、声高に会話を交わす韓国人団体客もいた。日本人の客は私だけであった。ガイドの方の話からは、こんな話も伺った。

韓国人観光客には釣り客が多いが、禁止されているマキ餌をやったり乱獲したりとか、マナーが悪い。ツァーで来ている一般客も買い物のマナーが悪いし、地元には余りカネを落とさない、と言う。

2010年6月、観光立国・地域活性化戦略が国の「新成長戦略」の一つとして閣議決定された。なかでもインバウンド誘致の重要性が指摘されているとのこと。インバウンドとは、国内への外国人旅行客のことである。国全体では、海外への旅行客数に対し訪日旅行客数は約52％程度であり、国の全人口に対する比率（受入率）でいえば6・5％でしかない。海外からの旅行客誘致、特に韓国・中国・台湾が全体の60％を占め、重点地域とされている。そんな状況のなか、対馬の人口が約3万5000人に対し韓国人旅行客は年間約7万人と、約2倍という統計もある。数少ない進んでいる地域かも？

対馬から釜山までは約50㎞、福岡までは138㎞であり、断然韓国の方が近い。対馬から一番近い都会は釜山であることを忘れてはならない。韓国との間のアクセスは釜山からのフェリーが中心だが、ソウルからの空路もチャーター便レベルではあるが、実現しているようだ。
一方、国内から対馬へのアクセスは極めて不便だ。福岡・長崎からの空路と福岡からのフェリーがあるがコスト、便数いずれも少々良くない。日本人の旅行客の中には、大阪から釜山に飛び、焼肉食べてから高速フェリーで対馬に入る人がいると聞いた。この方が時間もコストも便利らしい。目からウロコではなかろうか。
半島・大陸に近いという地の利、豊かな自然という資源を活かして、もっと旅行客を誘致したいところだ。過疎の島、対馬が生きてゆく一つの方向が海外からの旅行客の誘致のはずである。国内からの旅行需要の伸びを多くは望めない今、ますます避けて通れないのではなかろうか。歪んだ歴史認識や、程度の低いマナーを持ち込まれるのは、何としても避けねばならないが、知恵と努力で地道に解決してゆく他はない。

始めて一海を渡り、対馬国に至る。(中略) 居る所絶島、方四百里ばかり、山険しく深林多く、道路は禽鹿《きんろく》の径の如し。千余戸あれど、良田無く海の物を食して自活し、船に乗りて南北に市糴《してき》す。

これは、よく知られているように『魏志倭人伝』の一節である。2～3世紀の倭国の事情を記録した最初の史料であるが、その中で記された地名の中で今もそのまま地名が残るのは対馬だけである。対馬は今も昔も、列島から見れば辺境。しかし、大陸・半島から見れば、環日本海の真ん中にして東夷の島。微妙な避け目に存在する島であり続けているし、これからもおそらくそうだろう。

「対馬が危ない」のは今に始まったのではなかったのは、ここまで見てきた通りである。

対馬・浅茅湾はそれを見てきた、のである、幾多の危機を。そして、先人達は運に助けられ、知恵で切り抜けてきたのであった。

やたら、内的自己のいわれなき自尊心に訴え、相手を見下し、いたずらに危機感を煽《あお》るのはいかがなものであろうか？　卑屈に追従することなく、傲慢に見下すこともなく、面従腹背と言われようとも、トラウマを克服し、生き続けてゆかねばならぬのが、我が国であると考えたい。その意味で、まさに対馬はその先端にある島だ、と考えさせられた。

飛行機の窓から、海峡に浮かぶ、対馬の緑と青い海を見下ろしつつ、短い旅を終えた。

主な参考資料

『神聖喜劇』（１９７８年　光文社）大西巨人著
『海神と天神』（１９８８年　白水社）永留久恵著
『官僚病の起源』（１９９７年　新書館）岸田秀著
『氷川清話』（２０００年　講談社）勝海舟著／江藤淳・松浦玲編
『日本辺境論』（２００９年　新潮社）内田樹著
『対馬が危ない―対馬を席巻する韓国資本』（２００９年　産経新聞出版）宮本雅史編著
『モンゴル襲来と神国日本』（２０１０年　洋泉社）三池純正著

ブータン・己を知る国

東ヒマラヤの山麓にある小さな国ブータンを旅してきた。大震災の混迷が続き、価値観のシフトの必要性も叫ばれ始めた5月の連休明けの日本を後にしてのことだった。西ブータンはパロの谷に、世界で最も小さいこの国唯一の国際空港がある。〝静けさが聴こえる〟とも形容されるその空港に、飛行機は舞い降りた。

歴代国王5人の巨大な肖像写真が目に入り、ここが王国であることに気付く。1907年（明治40）創建になるワンチュク王朝はわずか100年余りの歴史しかないとのこと。緑溢れる周りの景観とよく馴染み、落ち着いた伝統的な様式を思わせるターミナルに入った。

そこには「Welcome to the Land of GNH」の大きな看板。GNHとはGross National Hapiness＝国民総幸福量のこと、近年我が国のみならず国際的に注目されている言葉・理念だ。幸せの国に来たらしい。

今回の旅にはいくつかのテーマがあった。東ヒマラヤの天空に浮かぶ氷雪の峰々を眺め歩くトレッキング。照葉樹林帯と呼ばれる自然と、そこで営まれる生活・文化・歴史に触れること。行程の中には民家へのホームステイも組み込まれていた。旅立つ前には〝ブータン事情〟を少しは参考図書で予習をして出かけたのだった。

訪れたのは、首都ティンプー、風の谷ウォンディポダン、鶴の里ホプジカ谷、冬の旧都プナカ、空の玄関口パロなどなど。どこにも、ゾン（城砦）、ラカン（お寺）、ゴンパ（修道院）といったチベット的な伝統的な建築物があり、風景にしっかり溶け込んでいた。ダルシン、ルンタといった経文の記された旗が風になびき、チョルテン（仏塔）・マニ車などいずれも仏への祈りを捧げる場所が多い。この国にチベット仏教が深く根付いていることがよくわかる。

ガンテ＆ジュニパートレッキング

トレッキングは、前半と後半に、各々二泊三日の行程でブータンの里山歩きであった。里山とはいっても標高は３０００mから４０００m近くあり、酸素も薄い完全な高山帯である。

まず、最初はガンテ・トレッキングだった。ホプジカ谷からツェレ・ラ（峠）を経てザサの村へ。ジョベ・ラを越えてコトカ村、タシ・ラからティケ・ザンパ（橋）の近くまで降りるコースを完歩した。里山と村々を結ぶ新旧の生活道路を巡《たど》るルートである。シャクナゲの花咲く樹林帯もあれば、足下にはサクラ草と牛の糞もある牧草地を辿ったりもした。生活道路だから、道路工事や林業のためのトラックも走れば、昔ながらの道では家族一緒に牛や馬を追いながら登ってくる人達ともすれ違う。ティンプーへ戻ってからの後半は、ジュニパー・トレッキングに出かけた。ジュニパーとはヒノキ科の針葉樹、ビャクシンとかネズの仲間の総称らしい。黒々としたところのある針葉樹の森だ。遥かパロ谷を見下ろす尾根沿いの樹林帯を逍遥する。樹林帯には、色彩も様々なシャクナゲの群落、サクラ草のジュータンの牧草地もあったりする。キャンプサイトからは、モルゲンロートに輝くジョモラリ（7314m）が、天空に浮かび聳《そび》え立つのを眺めるという僥倖にも恵まれた。

外国人による個人旅行はブータンでは認められてはいない。私達の旅もガイド、専用車付きの手配旅行であった。トレッキングには、ガイドのシェラブ氏と助手のクィンザン氏とドライバーのガネーシュ氏の他にトレッキングスタッフが加わった。クッキングスタッフの若者4名に、テント・食料などを運搬する馬・騾馬《らば》13頭と馬方さん3名からなる大所帯である。ネパールのトレッキングとは、荷物運びのポーター達がいないのが大きな違いだった。どちらもイギリス人が持ち込んだ文化だが、受け入れ方が異なるのが面白い。

彼らとブータンの自然・里・街と人々と、それらが織り成す生活・文化を旅してみてのざっくりとした印象を記するならば、次の文章が最も近いかもしれない。

「その印象を一言でいうならば、〝なつかしき過去への旅〟何十年か何百年か前、日本の中にあったであろう人々の暮らし、…」（『遥かなるブータン』１９８３年、後藤多聞著）。

この本はＮＨＫ特集「秘境ブータン」の取材班によるものであるが、今でもこんな感じだ。ブータンは〝どこか懐かしい国〟〝安らぎを感じる国〟と紹介される事が多いが、本当にそうなのである。

「日本人のルーツを見る思いがする」とか「日本人が失っていたものを再発見する思い」を、近代化が更に進んだ今日でも感じさせ続けているところが驚きだ。

〝懐かしさ〟と〝安らぎ〟と

では何故、懐かしさと安らぎをブータンから感じるのかと言えば、幾つか挙げられる。

まずは風貌だ。皆どこかでお会いしたことのあるような顔・顔・顔である。ただし、私のような眼鏡と髭は見かけなかった。

民族衣装のゴ、キラは丹前や和服にどこか似ている。プライベートを除いては、着用が義務付けられているようでどこでも目にする。子供から大人まで、男も女も。色彩や柄も風景によくあっていて落ち着いた感じがする。

建物・建築物はゾン（城砦）・寺・僧院などの歴史的な建造物だけでなく、橋もパロやプナカのゾンで見かけた伝統的な木造の屋根付き片持ち梁式のものが美しい。農家や商店などにも伝統的な様式・装飾が多く見られる。ただし、意匠はチベット的な精緻なものであり、和の文化とはやや異なる。しかし、そのたたずまいは周囲の緑や土の色彩に調和した秩序を保っている。日本で言えば例えば白川郷の景観がそうであるように。ヨーロッパで言えばスイスとかチロルの景観とも相通ずるような調和と秩序と言えば言い過ぎか。

稲作・麦・蕎麦・棚田・畑・納豆・漆器・竹細工・紙・織物などなど同じ照葉樹林文化を由来と

する生活文化もそうだ。照葉樹林文化はヒマラヤ山麓を西端とし、ビルマ、雲南、華南から日本列島へと繋がっている。日本のルーツの一つであるのは間違いない。懐かしさを感じるのは当然だ。民泊したロベサ近郊の村では、家族皆で麦の穂を〝から竿〟で叩いて脱穀する光景を目にした。日本ではとうに失われたものなのだが、何故か懐かしい。私達のＤＮＡの中にはまだ記憶されている光景なのかもしれない。

だが一方、照葉樹林文化とは異なるものも多く目にした。チベット遊牧民文化である。牛・ヤクの肉、乳・バター・チーズなどの乳製品を多用する食生活は、唐辛子と相まって濃いものがある。風の谷ウォンディポダンの周辺では、黄色い花咲くうちわサボテンの群落を見かけた。標高は１３００ｍ位のモンスーン地帯のはずなのだが、何故か乾燥地帯の植物が生きていた。この辺りは、強い山谷風の吹く所として知られており、その風が一種特殊の乾燥地帯を生んでいるという。そこにいつからか南からサボテンが住み着いた、ということらしい。パロやティンプーといったところも北から南への谷状になっており、やはり乾燥地帯が細長い島状になった場所でもあるらしい。この島状になった乾燥地帯は、北方からのチベット族にとっては故地の高原地帯の環境を思わせるところがあったという。このいわばチベットの出島みたいな所で、ヤクを連れておりて来た人達が稲作に出会ったという説もあるようだ。稲作をするチベット人の基地となったという訳である。

首都ティンプーの目抜き通りでは、道のど真ん中で寝そべる犬がいた。悠然と昼寝をしたり、たむろする犬達は旅のあちこちで見かけた。市場、商店街、広場、お寺、民家の近くなどで、彼らはのんびりと歩き、横たわり、あるものは腹を上にして仰向きに。彼らは人間に対して全く警戒心がないようだ。人が自分達に危害を加えることはない、と安心しきっているのだろう。野良犬だから、当然首輪とか鎖はつけていない。我が国では、往来では首輪とか鎖に繋がれているどころか服まで着せられていたりするのに。で、彼らは一体何のためにたむろしているのか、生かされているのか？　と言えば、人間や自分達の生活圏に侵入してくる動物たちを追い払うことを仕事と心得ているようだ。

牛・馬以外に、猪・猿などから畑の作物を荒らされるのを防ぐガードマンがその仕事らしい。最初は、たむろする彼らの姿にギョッとしたのだが、やがて見慣れた光景となった。よく考えれば、昔は日本の街にも野良犬はいた。

『逝きし世の面影』（渡辺京二著）は、幕末から明治初期にかけて来日・滞在した外国人が見た当時の日本の姿を記した文章を集めた名著である。その中にも、次の箇所がある。「日本の犬はあまやかされている。彼らは道路の真ん中に寝そべって道をあけるなんて考えもしない」「江戸は野犬の目につく街であった。（中略）江戸の犬の大部分は特定の飼主がいなくて、町内で養われている犬なのだった」日本の里山で猿・鹿・熊などによる食害が近年騒がれているが、「昔は村には犬達がいて獣を追い払っていたのが、今ではそれがいなくなったからだ」という説を聞いたことを思い出した。ここにも、今では失ってしまった日本の風景を見たのだ。

〝ブータンの人達には姓がない〟ということも驚きだった。姓があるのは王族達だけのようだ。皇室だけが姓がない我が国とは真逆だ。もっとも、江戸時代までは姓があったのは武士や貴族達だけであり、庶民も姓を持つようになったのは明治以降のことだった。ブータンでは名前は偉いお坊さんからつけてもらう事が多いらしいのだが、これも明治以前の日本と同じかも。これもまた、古き日本の記憶に繋がっているようだ。

ブータンは世界で唯一大乗仏教（チベット密教）を国教とする国である。この面でも仏教と縁が深い我が国との共通点があり、懐かしさ、安らぎに通じているようだ。寺院で見かけた仏像には、釈迦・阿弥陀・観音・弥勒、大黒天や四天王などもある。曼荼羅、六道輪廻などの世界観も何となく馴染みがある。しかし同じ仏教文化と言っても、異なるところも目立った。密教と顕教の違いなのか。護法尊の忿怒相《ふんぬそう》や歓喜仏。とにかく見た目におどろおどろしいものがある。木像はなく金銅像、極彩色の空間にも違和感を覚える。仏殿の照明に何故かシャンデリアなのは愛嬌か？　どぎつくて、濃い。バターと味噌汁の違いか？

輪廻転生・化身といった思想も少しく異なる。彼らには徹底したものがある。先に見た野良犬達の姿にもそれは現れている。食事どきにハエがたかってきても、叩き殺したりはしない。生き物の生命を尊重し、無益な殺生はしないという不殺生という考えが染み付いている。無益な殺生をすれば来世は悪しき世界に転生するという教えだ。犬やハエ達に自分達も生まれ変わるかもしれない、との思いがあるようだ。

〝ブータン人にはお墓や戒名がない〟というのも驚きだったが、輪廻転生の思想からくるものとの説明を伺えば納得できた。ロベサ近郊の村で民泊した際、我々は仏間に泊めていただいた。立派な仏壇・仏具があったのだが位牌はなかった。故人の命日には親戚・縁者が集まって法要はするが、先祖を供養するという考えはない。輪廻転生の教えによれば、現世での〝生〟を終えたならば、来世に旅立ち、次の〝生〟を生きるのだという。今生にはいつまでも未練を残さない、執着しないという事である。この世では別れても、また何処かで逢えるさ、会おうよ、と考えるのである。生・死への立ち向かい方が違う、はっきりしている。なんとサスティナブルな思想ではなかろうか。

仏教だけではない。土地の守護神を祀ったり、森・山・岩・水など自然界にも精霊がいて、それに祈りを捧げたりする。仏教伝来以前の土着の宗教の名残りらしい。これも八百万の神に手を合わせ、巨岩や大木に注連縄を張った神社に参拝したりもする我々とどこか似ているところがある。

日本人には、昔から宗教を便宜的な社会慣習と見做しているところがある。江戸時代では基本的な教養であった儒教も加わり、信心と現生利益と娯楽の混じりあったものであったとも言える。だから神も仏も適当に信じているのかも。

仏の前でも、彼らは真剣に五体投地をするのに、こちらは軽く手を合わせるだけだ。彼らの宗教意識は、日本人とは違う。淡白な宗教意識ではなく、骨格にしっかり組み込まれたものを感じずにはいられなかった。仏像だって彼らには祈りの対象、こちらはともすれば美術品としての鑑賞だったりする。

〝ブータンにはトンネルがない〟。街から街への移動には国道をマイクロバスで走った。道路は森林地帯を渓谷沿いに3000m級の峠を越える。地形に沿って道はつけられており、直線道路はほとんどない。

空港の滑走路が一番長い道路だとも聞いた。驚いたのはトンネルが全くないということだった。巨大な橋を架けるということもない。自然の地形を尊重し、無闇に破壊することをしていない。「ヒマラヤが聳え、雨・雪が降り、森林が茂る限り、我が国は安泰である」とは、国王の言葉らしい。自然には精霊が宿るという信仰心故かもしれない。この国の最大産業は水力発電らしいのだが、ダムの建設も環境破壊を抑えた方式という。効率の代わりに自然景観をなくすという選択をしていない。

ブータンを旅しながら、日本とは違う異質なものを感じつつも〝懐かしさ〟や〝安らぎ〟を感じた。自然環境と調和した伝統的な生活文化に接し、そこに日本が失くしてきたかもしれないものを思わざるを得なかった。そこには一体何があるのか？　いや、あったのか？　を考えてみたくなった。〝自然環境と調和した伝統的な生活文化〟は、かつての日本にもあった。あったからこそ、そこに失われたものを見、ノスタルジーを感じる。日本にあった〝自然環境と調和した伝統的な生活文化〟の姿を、日本はいつから失くし始めたのか、どのように失くしてきたのか、を次に探ってみたい。

日本が近代化で失ったもの

近代日本の始まりが江戸末期、明治維新にあるとするのには余り異論がないかと思う。1853年（嘉永6）の黒船騒動以来、西欧列強からの外圧が高まり、それまでの鎖国状態から尊皇攘夷を経て開国へと向かった。嫌々ながらの開国ではあったが、維新政府が生まれるや否や一転国際社会の中で生き残るための変身は早かった。鎖国といえども、長崎・対馬・琉球・松前の四つの窓口を通して徳川幕府は、限定的とはいえ海外の情報を常に捉え蓄積していた。だからかどうか、文明開化を唱え、自ら西洋化への道をひた走った。富国強兵、殖産興業を実現。不平等条約の改正にも成功、日露戦争にも勝利し、一流国になったと勘違いするまで僅か50年位のことだった。この頃ブータンではようやくワンチュク王朝が国内を統一したばかりであった。

我が国は、文明開化で大いに無理をし背伸びをした。西洋を真似した俄普請だった。自らの文化への誇りを内に秘めたまま、西洋文明へのコンプレックスを抱え込んだようだ。和魂洋才というのはその一つの表れだ。圧倒的な外圧からの危機に対して、相手の文化の表面を取り込むというのは日本の伝統かも知れない。天智天皇の昔は中国（唐）という存在があった。宗教・建築・文字・絵画など須《すべか》らくそうであった。何せ、漢文で思考し表現するのが教養であったくらいだ。辺境国家の宿命なのか。

しかし、日本は単純には模倣をしないところがある。良さそうなものはとりあえず用いてみる、そして自分にあったところだけ自分流にアレンジして取り込むという流儀である。キリスト教の代わりに天皇教や皇国史観など。宗教も文字も技術も、いいとこ取りをする。昔からご都合主義のお国柄、これが得意なのだ。これを〝断章取義〟というらしい。ただ、無論欠点もある。本質を深く考えない、目先の功利に囚われ過ぎるところである。自我も不安定である。

明治維新の文明開化は、それまでの江戸文化を否定することから出発した。断髪・廃刀から始まり、生活を西洋化していくだけでなく、寺院・仏像・城郭などの破壊から美術・工芸品の海外流出などまで自らの伝統的な価値を、遅れたものとして嫌悪さえした。

ところが、自ら否定した江戸時代の日本の姿は、外からは共感と憧憬の眼で見られていた事を忘れてはならない。前掲の『逝きし世の面影』には、当時の日本の姿に対する多くの発言が引用・紹介されている。例えばこうだ。

「至る所に農家、村、寺院があり、また至る所に豊かな水と耕地がある。作地は花壇のように手入れされ、雑草は一本も見ることはできない」「木立に恵まれた風景の美観と周辺の絵のような眺めという点では、江戸は西洋諸国のあらゆる都市を凌駕している」「この国でもっとも印象的なのは、男も女も、子供も、みんな満足そうに見えるということだった」

まるで、今日のブータンの姿を見る我々のようではないか。そして、我々は失くしたものを見つけて〝懐かしさ〟や〝安らぎ〟を味わっている。

当時の西洋人は、自らが持ち込む文明によって古き良き日本が壊れ、失われてゆくのを自戒を込めて見ていたのかも。これに対して、圧倒的な西欧文化に対抗して生きてゆくのに必死だった日本は反発もしただろうし、それしかなかったのかも知れない。

明治の日本は近代化に成功した。しかしその代償として、価値に気付かぬまま失った多くのものがあった。自らは気づかないままだった。深く考えることをしなかった。従って、同じようなことをもう一度繰り返すことになる。

明治維新に次ぐ大変革は、太平洋戦争の敗戦によってもたらされた。戦争は多大な人命を失うだけでなく、都市を中心として国土を荒廃させた。戦後の日本は、富国強兵の代わりに高度経済成長で豊かになった。しかし、その成功の代償にまたしても大切なものを失ったようだ。『失われた景観』(松原隆一郎著)にはこうある。「視界を遮る電線、けばけばしい看板、全国均質なロードサイドショップ群、…日常景観を汚しても省みない日本社会、その荒廃こそ経済発展を全てに優先させた戦後日本の姿。清潔で新しくはあっても秩序のないことにかけてはこれほど突出している国は世界に類がない」。都市空間だけではない、高速道路・ダム建設など、山を削り海を埋めることで失われていった自然景観が多いことは言うまでもないことだ。経済発展と景観保全の両立はなかなか難しいことだ。だが、やらねばならないことなのだろう。一度失われたら戻ってはこないのだから。

『天地明察』(沈方丁著)というベストセラーがある。江戸時代初期の科学者渋川春海を主人公にしたところが新しい時代小説だ。名君として知られる保科正之も登場する。彼が名君であった所以を語る話として、次のくだりがあった。

「適用されるものが、その後世にいかなる影響を与えるかできる限り予測した上で導入の算段を整える。それが保科正之の非凡な智慧であり、基本的な政治姿勢だった」

日本は同じような過ちを、また繰り返した。明治以降の日本には保科正之を生めなかった、ということであろうか。賢者がおらず、歴史に学べなかったのか、しなかったのか。またしても失うものの価値に気付かないままなのか。

ブータン・開国以前

この国は地政学的にみれば、北にチベット（中国）、南にインド（英国）という大国に囲まれた辺境の国である。もともとチベットから移り住んできた人たちと、照葉樹林帯に住んでいた先住民族とがヒマラヤ山麓で出会い混住してきたという歴史は、日本列島で縄文人と弥生人とが出会い混住してきた歴史ともどこか似ている。

日本が中華文化圏の辺境の国であったように、この国はチベット仏教の影響を強く受けた辺境の国であった。南のインド平原との間には亜熱帯雨林があり、自然の障壁となっていた。時折、平原地帯へ降りて行っては貴重な労働力となる人間や食料を略奪したりしていたようだ。チベットからはかつて〝ロ・モン〟の国と呼ばれ、南の野蛮な国であった。そしてチベットと政治的・文化的・経済的に関係を持つ以外は、他の国とはいわば鎖国状態が永らく続いていた。

18世紀後半から大英帝国は、既に進出していたインド平原から更にヒマラヤ山脈を越えてチベットをうかがっていた。ブータンは地方領主達による群雄割拠の時代であったが、20世紀初頭まで英国との間で、弓・毒矢・楯・刀剣で武装して攘夷の戦いを繰り返していた。現在に続くワンチュク王朝は、そんな時代の中1907年に生まれた。地方領主の一人であった初代国王がチベットと英国の仲介役をうまく仕切った功績もあり、諸勢力の推戴と英国の後押しもあり戴冠したのである。

そんな鎖国の時代の中、日本人として初めてブータンに入国したとされるのは、チベット仏教研究者の多田等観氏とされる。インドからチベットへのルートとして1913年入国している。その著書『多田等観全文集』にはブータンについてこう述べている箇所がある。

「ブータンに入って無事に帰った外国人はほとんどいないというくらい排他的である。また人間も獰猛でございます」「道路も全然ない。橋はない」「毒矢を使って動物を猟る」「人殺しを何とも思っておりません」と、未開の野蛮人であるという偏見に満ちた見方をしている。この見方は、これから35年後の1948年に入国した西川一三氏もほぼ同様である。彼は、戦時中から戦後にかけて日本軍の軍事密偵としてチベットからインドにかけて潜行活動をした人物だ。その著書『秘境西域八年の潜行』の中にこうある。

「この国はチベットよりさらに民度が低く、同じ宗教のチベット、蒙古人でも金目のものを持っていれば殺すことを何とも思わない」「住民は未開だが、土地は肥え物資に恵まれ国土の大半は未開墾地となっており、生活困窮者は見当たらないまったくの楽土となっている。チベット・蒙古僧が聖地もないブータンを訪れるのは生活がしやすいからである」

「この国はチベットにも、シナ、英国にも属しない完全な独立国である」

チベットとの交易関係や英国との接触はあったものの、一種の鎖国状態はその後も続いた。未開の国、野蛮な国と見られていたこの国に、開国への胎動が訪れるのは第三代国王の時代まで待つことになる。

ブータン・開国への胎動

1952年に戴冠したジグメ・ドルジ・ワンチュク第三代国王は近代国家を目指した改革を次々と始めた人だった。しかし、1959年のチベット動乱・中印紛争の勃発から60年代へ続いた周辺情勢は国家としての存続を脅かす程の危機・外圧となった。

かつてヒマラヤ周辺には、チベットの他にネパール、ブータン、シッキム、ラダック、カシミールという王国があった。これらの国々は英国が去ったことにより、次々と危機に見舞われ消滅していく。チベットは、ダライ・ラマの亡命後、実質的には中国が併合した。

ネパールとブータンとの間にあって関係深い国だったシッキムもやがてネパール人の浸食でインドに併合され消滅。ラダックやカシミールもインドとなり、今日独立を何とか保っているのはネパールとブータンだけだ。

この危機を目の当たりにし、その出自からして関係深かったチベット（共産党・中国）を見限り、英国から統治を引き継いでいたインドとの関係強化に踏み切った。国王がネルー首相を尊敬していたこともあって、この時以来、両国は切っても切れない仲となっていく。大国の狭間にあっていかに生きるべきかを、じっと周りを見ながら考え、学習したに違いない。

丁度、日本の幕末期のように。約一〇〇年の時代のズレはあるが、日本もブータンも共に辺境国家として強い外圧を受けた。アジアの先進国日本がどう生き抜いたのかも教訓として学んでいたやも知れぬ。西洋列強からの外圧によって開国させられたが自ら西洋を模倣し、文明開化・富国強兵に成功、発展したことを。ただ同時に急激な経済成長、発展と引き換えに生まれた負の部分も見ていたのではなかろうか？　古き良き伝統文化を安易に捨て去ったこと、国土や自然景観の美しさを破壊したことを。

明治初期には、一部の西洋人からは、古き良き日本を賞賛する声とは別に、〝宗教や哲学を、ほとんどあるいは全く持たぬ国民の模倣する、開化日本の折衷文化〟は嫌悪・嘲笑された。このことを知っていたのではなかろうか？

発展途上国が近代化、国際化を成し遂げるのには一体何が大切なのか、何をしてはいけないのか、どんな罠があるのか。開国先進国たる日本の成功と失敗の中からブータンの若き指導者達は学んでいたのだと思う。

「1962年にブータンに外交官として初めて入国した東郷文彦は、純粋に建国の意気に燃える若き国王の心意気や牧歌的で美しい国土に触れて〝明治だよ〟と言葉を漏らした」と、氏の息子和彦氏の著書『戦後日本が失ったもの』にある。

この頃のブータンに入国した人々は、こんな著書のタイトルを残している。

『秘境ブータン』（1958年入国の中尾佐助氏）、『冒険家族ヒマラヤを行く』（1967年に幼児連れの家族でブータン横断したP・スチール氏）、『ブータン横断紀行』（1969年に入国の京大探検隊）。つまり、秘境・冒険・探検の対象とされ、未だ中世的な国としか見られていなかったのである。ところが、ブータンの若きリーダー達は、既に目指すところをシッカリと見据えていたのである。侮ってはいけない。

1972年、近代国家建設への思いを残したまま、第三代国王は44歳の若さでケニアのナイロビにて客死。しかし、彼は次世代に向けて布石を打っていた。1971年にインドの力を借りての国連への加盟である。中国との緩衝地帯としての重要性を巧みに利用した。国際社会での立位置を国連主義に置き、政治的な野心を持たない日本とかヨーロッパのスイス、といった小国と仲良くし、援助も受け入れた。ブータンの農業指導に一生を捧げた西岡京治氏が入国したのは1964年のことだった。大国とは一線を画す付き合い方なのだ。

もう一つの布石は、やがて第四代国王となる息子を英国ロンドンに留学させたことだ。第四代国王は、父王の早すぎる死によって1974年世界最年少の君主となったが、英国留学体験が大きな意味を持ったと思いたい。知識、見識だけでなく真のリーダーとしての姿勢は、この後大いに発揮され、ブータン近代化への道が父から息子へと受け継がれる。

ブータン化政策

第四代国王をリーダーとする若き指導者達は賢明であった。大国の狭間の中で生き抜くための道を考え抜いた。開国にあたっては、他国の近代化の成功も失敗の事例も学び、慎重に近代化を受け入れることとした。基本に置いたのは、「精神的にはチベット仏教に基づく伝統的な生活を守りつつ、それと同時に豊かな自然と調和して生きてゆく」(『森とほほ笑みの国』大谷映芳著）ことだ。つまり、彼らは〝ブータンはブータンらしく〟〝積極的に国際社会に参加〟しながらも、〝他国とは違うやり方〟で〝決して急がず〟近代化してゆく事を目指した。自らのアイデンティティを保持することを最も大切に考えた。そこから、ブータンをブータン化する政策に乗り出した。そして、今も継続中だ。

国際化においては、1974年に観光客の受け入れを開始。1982年にはパロ空港を開港した。ただしハイエンドに特化したものとし、一方では聖山や宗教施設への立ち入り制限などを実施した。自国の文化への負の影響への配慮だ。ネパールのように登山隊に山を荒らされたり、街にヒッピーがたむろされるのを避けたのだ。

インドとの関係は、その存在が大きく、小国の立場では難しいところがある。国連主義を取ることで巧みに、粘り強く時間をかけて交渉し、インドからの自立性を高める条約改定に成功。194

9年の二国間条約締結から58年後の2007年のことだった。しかし、最大の援助国は経済面だけでなく軍事面でも間違いなくインドの強い影響下にあるようだ。旅の途中立ち寄ったハという名前の街のインド軍の駐留地は、リトルインドだった。ゾンもインド的に変えられていた。

だが外国からの援助の受け入れ面でも独自性が目立つ。大国とは付き合わず、自らの必要に合わせ相手国を選択し自主性を保っている。これもネパールの失敗に学んだのか。ネパールは、積極的に各国からの経済援助を受け入れることで経済発展をみた。その一方、自然や都市の環境破壊問題に悩んでいる。ネパール・ブータン両国を旅してみてその違いは実感できた。

1989年昭和天皇の葬儀に弔問のため訪日した国王は、経済的な協力を得るための弔問外交をせずに帰国し、帰国後一か月も喪に服した、という話がある。その理由を問われた国王は「日本国天皇への弔意を示しに来たのであって日本に金を無心に来たのではありません」と答えたとある。小国といえどもプライドは高く持ち、いわゆる紐付き援助は受け入れない。―なかなかのものだ。

GNHはGNPより重要である

ブータンらしいアイデンティティの強化の面で、最も注目したいのがGNH（国民総幸福量）である。1976年国際会議の席上で当時24歳の国王が発言した言葉が始まりという。

とかく思いつき発言の多い某国の首相が〝最小不幸社会の実現〟なる言葉を軽く口にし、最大不幸に直面したが、このセンスの違いはどうであろうか。

あえて、その骨子を紹介するならば、

「ＧＮＨは物質的な豊かさによって得るものと、持続可能な社会がもたらす価値のバランスを重視する。国民の結束を強めるためにも伝統文化や地域社会、家族の絆が果たす役割は大きい。調和のとれた社会を実現するには、経済成長以外の要素も必要だ」（２０１１年2月来日されたブータン王国王女の講演より）ということである。

ＧＮＨ政策は四つの基本政策からできている。

①健全な経済発展と開発、②文化の保護と振興、③環境保全と持続的な利用、④よい統治。この言葉は、先進国型経済発展とその行き詰まりによる停滞と弊害に対するアンチテーゼとして、近年注目が高い。〝エコ〟〝スローライフ〟〝ロハス〟などのキーワードと一緒にマスコミで取り上げられることも多い。経済発展と環境保全のバランスを重視した考え方としての評価がますます高まっているようだ。ＧＮＨは単なるスローガンではなく、政策として具体的なレベルまで落とし込まれ、実行されているところがポイントだ。

政策として計画的に逐一推進され、これまで維持されてきたことに注目したい。

主な政策をあげれば、「国語としてのゾンカ語の開発」「民族衣装の着用義務化」「伝統的建築様式・意匠の遵守」「伝統的礼儀作法の遵守」「森林は国土の60％以下にしない」などなど。これらの政策は、１９８０年代に制定されたものである。チベットとも違う、インドとも違う、まして欧米先進国とも異なるブータンらしさを求めている。独自のスタイルを確立・維持するための努力がある。我々が目にしてきたブータンらしい風景は創られたものだ。ただ徒らにあるがままに任せて存在しているのではない。周囲の大国や先進国の狭間で生き残らねばならない小国ならではの知恵と努力があるのだ。外からみれば、遅れていると見られかねないところを逆手にとっている。自ら持っているものを見失わず、己を評価し自信を持って堂々としているように見える。

「先進国に対しては、経済成長だけがグローバルスタンダードではないと訴え、発展途上国には、開発や援助による国づくりが必ずしも万能ではない、人々が貧しくとも心豊かであればそれなりの幸福感のある社会が実現できる」というメッセージが脚光を浴びるのは大いに共感できるところだ。

ブータンは開国に伴う近代化の波に対し〝ブータン化〟で立ち向かったのだ。日本の近代化と違っているのはここだ。自らの過去を脱ぎ捨て、否定し、自ら西洋を模倣しそれになり切ろうとしたのが日本だった。しかも慌てて急いでやった。そこに無理が生じ、コンプレックスも生れた。欧米に対する憧れと反発という屈折したものは、今日でも克服できていないようにみえる。軍事大国化や経済大国化に一度は成功しても、豊かさを手に入れたかに見えても、何故か心落ち着かないのはそこに淵源があるかのようだ。

サッカーの日本代表監督を勤めたイビチャ・オシム氏は、監督就任にあたって「私は日本のサッカーを日本化するつもりだ」と発言した。この言葉の真意は、自らの特性を客観的に知り、その特徴を活かすことの大切さを示唆したものだ。安易に他を模倣するのではなく、オリジナルなものを自分の頭で考えよ！　と彼は言いたかったはずだ。日本人による発言ではないのが残念だが、実に慧眼ではなかろうか。

サッカーにおける〝日本化〟はそれなりに成果をあげつつある。日本人選手の海外での活躍や代表チームの成績も目立つようになってきた。しかし国としての〝日本化〟はどうであろうか？　未だ日本人は自分で自分を分かっていない、と思えてならない。

ブータンにおいても、都市化とか情報化とか、ゴミ問題とか近代化と引き換えに生まれてくる変化はやはり押し寄せている。負の近代化と決して無縁ではないはずだ。

1981年ブータンを二度目に訪れた中尾佐助氏は『二十三年目のブータン』という文章の中で、近代化に揺れるブータンの問題に触れている。今から30年も前のことだ。

「人間は文明への強い願望がある。時計・万年筆・ラジオ・ナイロン布地などに対する彼らの態度をみると、これらが商品として運び込まれた時の混乱が思いやられる。……しかし文明を拒むことは人間にはできない」と危惧しておられた。

だが、賢明なるブータンは進歩による弊害、文明の害毒を最小限に止めているかに思える。ゆるやかに変化をコントロールし、慎重にやっている。ブータンがテレビとインターネットを解禁したのは1999年だった。国王在位25周年を記念してのことだ。この時、国王はこんな発言をしておられる。

「貧困状態を定義する満足感は情報量の多さに反比例する。何故なら情報量の多さは人の欲望を刺激するからである」

ちゃんと解っておられるのである。解ったうえでの解禁なのである。

「GNHにおける幸福とは、心の充足のことであり、一時的な物質的充足による喜びとは違う」

ティンレー首相は、先日の『日本テレビ』の番組取材のインタビューでこう答えておられた。幸せとは、心の充足を言うのであり、自らが欲望の支配者となりコントロールすることであるとも言い換えられる。この国の精神的な背骨にはチベット仏教がある。これが国民生活に深く浸透しているから、欲望を支配できるという自信があるようだ。


仏教の教えには中道思想がある。多すぎること（貪欲）、少なすぎること（禁欲）、を退けて、足を知る（知足）ことが悟りの道につながるという。この実践が救いになる、という考えがブータン人に深く染み込んでいる限り、人々は幸せを実感できるのかも。

「宗教や哲学をほとんど、あるいは全く持たぬ国民」と、かつて言われてしまった我が国とは、ここが違うのである。

しかし、こんなブータンにも私たちは遭遇した。ガンテ・トレッキングの途中のことだった。緑の濃い樹林帯の下り道で美しく咲く蘭の花があった。樹上高いところに咲いていた。ただ眺め、通り過ぎたのだが、若いスタッフの一人が樹の上に登ってこれを手折って持ち帰った。何故なのか？自然をあるがままに大切にする人々であるはずなのに。聞くところによれば、蘭の花は高級なものとして高く売れるからだとか。首都ティンプーでいいカネになるとか、とても複雑な思いがした。

伝統的な宗教心がやはり薄れてきているのか。

旅の終わりに

ブータンを離れる前日、パロのホテルのロビーで王室の写真集を見かけた。その中に、こんなメッセージが記されていた。

Unlike bigger countries, We do not have military might or economic strength,but, we have rich cultural heritage and a unique national identity to enhance our status as a sovereign,independent country.

IV KING

恥ずかしながら、拙訳を試みるならば、

「私たちは大国のように、軍事力もなければ、経済力もありません。しかし、私たちには豊かで伝統的な文化があります。地位の向上を目指す独立国家としてのアイデンティティを持っています。

第四代国王」

かつてこの国を形容する言葉に、〝秘境〟〝神秘〟という時代があった。これらの言葉には西欧文明国が未開の国を見下す感覚がある。未開というのはあくまでも開けた側からの見方でしかない。ところが近年この国を形容する言葉は〝幸福〟である。僅か50年で秘境の国から幸福の国へと変貌したのだろうか？　ブータンは経済的には貧しくとも、昔から自然と文化を調和させながら心豊かに生きてきた国だったのである。近代化に遭遇しても彼らは己を見失うことなく、ゆっくりと自己を確立しつつある。人々が豊かで幸せであると感じられるような国を目指して。ブータンには〝幸福〟とか〝自然〟〝環境〟とかいった言葉はもともとはない、とか。意識することも必要なかったのだ。


ブータンは己を知る賢い国なのだ、と私には思えた。

私たちはドゥ・ルック航空の機上の人となり、そして帰国。

私にとっては癒しの旅でもあり、思索の旅ともなった。

私の瞼の裏には、紫のジャガランタの花咲き乱れるプナカ・ゾンの姿が浮かび私の耳には、そこで流れていたゆったりとした調べが、今も低く鳴り響いている。


—共感は理解の最良の方法である—　平川祐弘

主な参考資料

『秘境ブータン』（1958年　岩波書店）中尾佐助著
『冒険家族ヒマラヤを行く』（1978年　時事通信社）ピーター・スチール著
『ブータン横断紀行』（1978年　講談社）桑原武夫

『二十三年目のブータン』（１９８１年　毎日新聞）中尾佐助著
『遥かなるブータン』（１９８３年　筑摩書房）後藤多聞著
『秘境西域八年の潜行』（１９９０年　中央公論社）西川一三著
『失われた景観』（２００２年　ＰＨＰ研究所）松原隆一郎著
『逝きし世の面影』（２００５年　平凡社）渡辺京二著
『現代ブータンを知るための60章』（２００５年　明石書店）平山修一著
『多田等観全文集』（２００７年　白水社）多田等観著
『森とほほ笑みの国ブータン』（２００９年　木楽舎）大谷映芳著
『天地明察』（２００９年　角川書店）沈方丁著
『幸福王国ブータンの知恵』２００９年　アスペクトブータン取材班編
『戦後日本が失ったもの』（２０１０年　角川書店）東郷和彦著

アートの島の石柱碑

瀬戸内海に浮かぶ直島をご存知だろうか？　近年は瀬戸内国際芸術祭の中心地、現代アートの聖地。ベネッセハウスや地中美術館など国際的なリゾート地として海外の旅行客からも人気だ。

私が初めてこの島を訪れたのは、平成16年（２００４）の春だった。家内と二人で四国・香川県にアートな空間を訪ねることにしたのがきっかけだった。目的地に選んだのは琴平町、牟礼町、そして直島町。琴平町には金刀比羅宮の門前に最古の芝居小屋・金丸座があり、私は以前そこで「こんぴら歌舞伎」を見ていた。再訪したかった。大歌舞伎を江戸の昔の演劇空間で体験できることが魅力的だった。役者の汗や息使いを感じられる舞台との距離、人工的なものを感じさせない照明など、年に一度春を告げる人気興行だ。

屋島の麓、牟礼町には「イサム・ノグチ庭園美術館」がある。彼のアトリエと彫刻だけでなく幅広い作品群が保存・展示されており、一度は訪れてみたい所だった。そして、瀬戸内海の「直島文化村」であった。ここはベネッセハウス（１９９２年開館）で知られていた。安藤忠雄設計のホテルとミュージアムが一体となった空間に一度泊まってみたかったのだ。

八幡神社にて

ホテル周辺にもアート作品があったが、島の東の本村地区は狭いながらも戦国時代の豪族高原氏の城下町だったという。家プロジェクトという作品群があり、南寺など新鮮な驚きがあった。海に臨んだ高台には護王神社というアート作品があるというので登ってみた時の事だった。尾根上の林間の道を少し下ると立派な神社が現れた。八幡神社といって、本殿の他に稲荷とか恵比寿とかの祠があり、神様達が集まっているような空間である。

その一角にあった石柱に足がとまったのだった。松井石根《いわね》という文字が刻まれ、柱の上部には報国と彫られていた。その時、どうして瀬戸内の小島の神社に松井石根の名前があるのだろうか？と思った。松井石根と言えば、東京裁判でA級戦犯の判決を受け刑死した軍人。日中戦争で南京攻略戦を指揮し、虐殺事件の責任を問われた人物のはずだ。確か出身は私と同じ愛知県。その人の名前がどうしてここに？　と思ったことを覚えている。

直島とその周辺の島々には魅力ある所が多い。昨年（２０１３年）秋にも訪れることになった。4度目だ。初めての訪問から10年も経ったが、あの時の素朴な疑問とモヤモヤが頭の片隅にいつもあった。今回はそれをスッキリさせたくて、誰に頼まれるでもなく謎解きに挑んでみた。まずは松井石根について考えてみることから始めたい。

陸軍大将・松井石根。初めて石柱碑を見た時には、陸軍大将・松井石根・書という前面に彫られた文字に目がいっただけであった。石柱の奥には祠と狛犬があったことをぼんやりと覚えていた。この軍人は名古屋市の出身のはずであり、直島とは縁がない。どこに接点があるのか？　と思い略歴を調べてみた。

明治11年（1878）名古屋市中村区の生まれだ。松井家は尾張藩の武家の家系であり、武平町という地名は先祖に所縁《ゆかり》がある。軍のエリートコースである陸軍士官学校から陸軍大学卒業を経て軍の要職を経験している。香川県は善通寺を本拠とする第11師団長に昭和4年（1929）着任していることがまず解った。直島はこの師団の傘下にあり、これが接点なのだと。しかし、この時は陸軍中将であり赴任期間は2年間でしかなく大将ではない。石柱碑には陸軍大将とあったが、彼が大将となったのは昭和8年（1933）だ。とするとそれ以降のものということになる。だがこの時代、揮毫《きごう》を頼まれる程有名ではまだなかったと思う。

松井石根が有名になったのは、昭和12年（1937）の支那事変（日中戦争）からである。昭和10年に台湾軍司令官を最後に予備役となっていたが、かねてからの支那通ということで上海派遣軍司令官として担ぎ出された。7月に始まった上海攻略戦は予想外に苦戦をした。逃げる蒋介石の国民党軍を追いかけて南京攻略戦へと戦争は拡大し、12月までかかってしまう。

この時は、上海派遣軍に追加投入された第10軍を加えた中支方面軍司令官となり、南京に入城している。熾烈を極めたという南京攻略戦にあたって日本軍は問題を引き起こした。通常の戦闘を超えた残虐行為があったとして、敗戦後に中国及び連合国側から告発されることになる。世にいう

「南京虐殺事件」である。翌昭和13年（1938）の帰国時には、南京攻略戦の軍司令官としてマスコミはじめ世間から凱旋将軍のように持て囃《はや》された。松井石根の名前が一躍有名になったのである。

幕末の戊辰戦争以来、戦没者の慰霊のために忠魂碑とか慰霊碑が数多く建てられるようになっていた。最初のブームは日露戦争後のことであり、各地の神社の境内などに建立された。石碑には著名な軍人による題字と署名、即ち揮毫が用いられた。当時のスターは陸軍なら乃木希典、大山巖であり、海軍なら東郷平八郎であった。

その次に多く建てられたのが日中戦争が始まって以降のことであった。この時に揮毫者として松井石根は人気を集めた。調べてみれば、昭和14年（1939）から15年（1940）にかけ地元愛知県を中心に各地から揮毫を求められたようだ。彼の名前が刻まれた忠魂碑は、名古屋市中村区の椿神社、日置神社、中区の春日大社、北区山田天満宮、凌雲寺、尾張の桶狭間、知立神社、岩倉神社、岐阜の護国神社、大垣の麦房神社、三河では猿投、小坂井など。長野県、京都嵐山、遠州・二俣、東京は大森の天祖神社など数多い。遠く宮城県の白石にもあるという。

直島の石柱碑も軍国主義華やかなりしこの頃のものではなかろうか、と最初まず考えた。地元の人が善通寺師団の縁を頼って揮毫を依頼したのではなかろうかと。だが、その後の直島訪問の際には現場を深く確かめることもせず、結論を得ることなく日が経ってしまった。

中村区の椿神社の碑は、名古屋に立ち寄ったついでに確かめてみたのだが、ここの石碑は戦後のいっとき、池に投げ込まれ捨てられた事があるという曰くつきのものである。何故そんなことになったかといえば、こんな経緯があったのだ。

A級戦犯・松井石根

松井石根の名前が世に再び登場したのは、敗戦後の昭和20年（1945）11月である。熱海郊外に逼塞《ひっそく》していたが、連合国軍により戦犯容疑者として逮捕された。翌年には巣鴨プリズンに収監され、28名のA級戦犯の一人として起訴される。いわゆる東京裁判では、「南京虐殺事件」の責任者、「亜細亜協会」「大日本興亜会」など国家主義の指導者としての責任を問われた。昭和23年（1948）に結審した判決では、7名がA級戦犯とされたとされるが松井石根については正しくはA級ではなくB級であった。

A級とB級の差異がどこにあるかと言えば、平和に対する戦争謀議の罪の有無である。彼が問われたのは「戦争の法規又は慣例」の違反、人道に対する罪に対してのものだけであった。捕虜の殺害、民間人に対する略奪、放火、暴行という犯罪である。それでも絞首刑という極刑となったのは、蒋介石の国民党政府からの強い要求に対する配慮から、という見方がある。この事件については、その実相を巡って日本では今日まで論争が続き、中国は事あるごとに反日攻撃の材料として未だに蒸し返している。私は南京を訪れたことはないが、大虐殺記念館があるとか。

いわゆる虐殺事件を引き起こしたのは、上海派遣軍では京都及び金沢の師団、第10軍では熊本及び宇都宮の師団が中心であった。敗戦時のそれらの指導者はどうであったかを見てみたい。現場の指揮官、師団長は4人いたが内一人は既に病没し、熊本第6師団長の谷寿夫中将はＢＣ級戦犯として昭和21年4月に刑死（銃殺）している。残る2人は訴追を免れ、戦後を生き延びた。二人の軍司令官の内、第10軍の柳川平助中将は既に病没していた。もう一人の上海派遣軍司令官・朝香宮鳩彦《あさかのみややすひこ》中将は訴追されていない。当時のＧＨＱは、大元帥の昭和天皇をはじめ皇族軍人については、その責任を問うてはいない。占領統治に得るところがあるとの判断であろうが、靖国参拝問題にまで及ぶ混迷の一因でもある。

戦前は地元名古屋が生んだヒーローだった松井石根に対し、戦争犯罪人となったことで世間は手のひらを返した。実に庶民というのはいい加減なところがある。付和雷同し無責任なのだ。本質を考えることもなく簡単に空気に流されるのだ。椿神社の石碑は、恥ずべきものとして棄てられ池に投げ込まれたのだ。今は境内そのものが寂れている神社の片隅で、鉄柵に囲まれひっそりと立っている。

八幡神社再訪

直島を3年振りに訪れる機会ができたのは、家内が瀬戸内国際芸術祭の機会を捉えて、本村のギャラリーで服飾デザインの展示会を開くことになったからだ。展示会は前半はギャラリー「くらや」、後半は古民家ギャラリー「嶋屋」を会場としたので、会場の移動が必要だった。展示物を一旦撤去し、次の会場まで運び設営をするためのスタッフ（といっても私だけだが）として手伝うことになった。これを好機に直島再訪の旅とした。

直島は、出かける度ごとに新鮮な驚きをいつももたらしてくれてきた。ジェームズ・タレルの光と闇のアート空間、安藤忠雄の「地中美術館（地中海ではない）」、「李禹煥美術館」、千住博の「石橋」、大竹伸朗の「I love 銭湯」などなどである。

今回は、瀬戸内海に浮かぶ小さな小さな犬島（岡山県）から旅を始めることにした。国際芸術祭の期間中とは違って、交通の便がやや不便であったが、小型の定期船で島へと渡ることに。「犬島アートプロジェクト」の中心であり、近代化産業遺産の犬島精錬所を見たかった。

大正時代に廃鉱となったかつての銅精錬所の遺構を、保存・再生した美術館である。精錬の残滓でできたやや黒ずんだカラミ煉瓦を建築素材としているが、その質感が金属的な印象を感じさせている。荒廃した風景とその色調が海と空の青さと鋭く調和していた。犬島から更に定期船に乗り込み直島の宮浦港へ。その日の宿「くらや」は本村地区にあった。

翌日は朝方は雨模様ではあったが、家内の作品や荷物を運び設営を手伝う。展示会が始まってしまえば、私はもはや戦力外となり、時間もとれるようになった。そこで、最初の訪問以来気になっていた直島の石柱碑のことを詳しく確かめることを目論んだ。スケジュールの合間を縫って、まずは八幡神社へ参詣。目指す石柱碑は10年前から変わらず立っていた。しかしそこには、かつては見れども実は見ていなかったものがあったことに気がついた。松井石根の石柱碑の右側にもう一本石柱碑があったのだ。護国神社のような小祠の門柱のように左右に立っていた。右側の石柱碑の文字を見てみれば、柱の上部に〝尽忠〟らしき字が。左の松井石根の石柱には〝報国〟とある。してみると、左右の柱は対で〝尽忠報国〟であったのだ。

更に、石柱に近寄って彫られた文字をよく見てみた。右側の尽忠碑には、「海軍大将山本〇〇（最初判読できず）忠」らしき字が彫られている。一体誰のことか、直ちには判らないので追って調べることにした。また、松井石根の石柱碑の側面には「昭和二十九年十月　奉納岡田周一」と彫られていた。この石柱碑は昭和29年（１９５４）に岡田周一氏により奉納建立されたもので、戦前に建てられたものではないことは明らかだ。

しかし、ここで新たな疑問が生まれた。昭和29年と言えば、松井石根は既に戦犯として処刑されていたはずだ。戦後間もない頃は軍人や軍国主義がとても批判され、責任を押し付けられた時代だった。とすると、松井石根の揮毫はどのようになされたのか？　戦犯の人物の書を彫りつけることに抵抗はなかったのか？　建立にはどんな経緯があったのか？　岡田周一という人はどんな人物で、何故奉納したのか？　など次々と疑問が湧いてきた。

岡田周一

この石柱碑について直島町役場に出向き、問い合わせてみた。係りの人は観光情報なら答えられるが、全く判らないとのことであった。神社の関係者に伺ってみたらどうか、とのことであったが、どこの誰に聞いたらよいのか短い滞在期間ではよく判らなかった。

それでは資料をあたってみようかと、図書館を確認しようとしたが、町にはないようだった。せめて町史を調べてみようとしたが、当然だが観光客だから貸出不可である。

ややや途方にくれて、展示会場である古民家ギャラリー「嶋屋」さんに戻った。ここの管理者の方は、八十うん歳のとても元気な生花のお師匠さんだ。これまでの経緯をお話し、何かご存知ありませんか、と相談を持ちかけてみた。

石柱碑の存在については詳しいことはほとんどご存知なかったが、しかし、さすが生粋の直島・本村育ちの方だけあった。岡田周一さんについて、参考になるお話を伺えた。

「岡田という姓は積浦地区に多いとか、土建業で羽振りが良かった人では？　とか、宮浦でパチンコ屋をやっていた。けれども今では家族の誰も島に残っていないとか……」

役場で「直島町誌」を借りられなかった話をしたら、ここにあるから読みなさい、と有難い言葉が。早速お借りし宿に持ち帰り読んでみてそこから幾つか判ったことがあった。

岡田周一さんは昭和17年（1942）4月に村会議員となり、昭和34年（1959）3月まで4期16年間勤め上げていた。戦前から戦後にかけての町の実力者だったようである。

ちなみに石柱碑を奉納した昭和29年（1954）だが、直島は4月より村から町に移行している。町の人口統計を調べてみれば、この年は7501人とピークに近かった。現在は3198人（2013年12月推計）と半分以下に減っている。アートの島として国内外からの来訪者の多い島であり、町おこしの成功例のように見えても、やはり過疎化の町ということになるのか。

積浦の民宿「つき屋」

翌日の宿泊は、本村ではなく積浦の民宿にお世話になることになっていた。積浦といえば岡田姓の多い所と伺っていたので一縷の手がかりがあるかも知れない、と期待した。

民宿は築山さんの御宅だった。築山だから「つき屋」さんなのだ。この夜は、我々夫婦と神戸に住む長男、それに家内のイベントにはるばる駆けつけてくださった福岡と大阪の知人女性も加わって賑やかな一時となった。うん十年前のご近所付き合いが家族ぐるみで今でも続いている、ありがたいことである。イベントには、慶事であれ弔事であれ祭りであれ、人と人を結びつける引力があるのだ、とあらためて感じ入った。

翌朝、民宿のご主人がお忙しい中、車で本村港まで私を送ってくださることになった。

ほんの10分足らずの時間だったが、車中で八幡神社と岡田周一さんのことを伺ってみた。やはり、あまりご存知ではないようであった。ご主人は私とあまり違わない年恰好であり、戦後間もない頃のことがわからないのも当然だろう。でも築山さんは何と言っても地元の方である。旅を終えて自宅に戻ってから、ご主人を頼りに調べをお願いすることにした。

メールアドレスの有無が分からないので、厚かましいとは思いつつ、まずは往復ハガキで私の疑問点をぶつけてみた。石柱碑建立の経緯、岡田周一さんという人物、海軍大将の山本何某とは誰のことか？　などである。数日して返信ハガキが到着した。そこにはこんなことが凡《おおよ》そ書かれていた。

「小祠は護国神社であり、前直島町長の三宅親連さんが、宮司であった戦前に松井、山本両大将の書を貰っていた。戦後間もない頃は、アメリカとの関係から碑の建立は不可であったが、世の中が落ち着いた昭和29年に、英霊を祀るために請負師をしていた岡田周一さんに財源協力を頼み奉納した。海軍大将はたぶん山本五十六ではないか……」

これで明らかになったのは、石柱碑の建立には前直島町長の三宅親連という人が関わっていたことだった。この人については更に調べられそうだし、調べねばならぬと思えた。

護国神社の存在は、石柱碑の建立にもかかわず地元の人たちの間では、戦後ほとんど忘れられかけた存在であること。だから私が話題に出してもあまり反応がなかったのが頷けた。

岡田周一さんは請負師であったということだが、土建業という話、村会議員という先の事実と併せ、もう少し調べてみたいと思った。

また、海軍大将山本某は山本五十六では？　という説だが、これは山本英輔・海軍大将であると私は結論づけた。まず、『日本海軍将官事典』を紐解いてみた。帝国海軍には山本姓の海軍大将は三人いた。古い人から順に、権兵衛、五十六、英輔である。山本権兵衛は首相も務めた幕末生まれの人物であり時代がまず合わない。次に彫られた文字そのものを見てみた。山本の下に三字あるが一番下はどうみても六には見えず、忠と思えた。そうすると残るは英輔である。英輔という崩し字の書体に自信が持てなかったので、Ｗｅｂで画像検索にかけてみた。山本英輔海軍大将揮毫の掛軸や額が見つかった。石柱碑と比べてみれば、良く似ている。この人は、薩摩生まれで山本権兵衛の甥にあたるし時代も合う。

この私の結論を添え、御礼方々岡田周一さんに関して更にお尋ねのハガキを投函した。すると、日ならずして回答の御手紙をいただけた。

岡田周一さんの経歴を、知人から聞き取っていただいた結果を要約してみるならば……。

「明治19年（1886）10月生まれで、（昭和43年頃）82歳で亡くなった。身長180㎝、100キロを超す体格と親分肌の気風の良い人で、岡田組の親分とか周さんとか呼ばれ、島で幅を利かし、この当時の直島の顔であった。船でやる鴨打ちが趣味であったとか。

三菱金属鉱業直島精錬所の建設拡張工事、鉱石の荷揚げ作業を請負う土建業者として広く関わり大儲けした。宮浦港の住吉神社・鳥居前の石柱も昭和18年寄贈されている。終戦後、大相撲の招聘を手がけた。最初は昭和23、24年頃に準備しながら大雨で中止となり、翌年には再度興業し大盛況であったが、経費倒れで借金を抱えた。土建業の仕事が減少し、良い後継者にも恵まれず晩年は貧乏をしてしまった、屋敷は今はアートギャラリーになっているパチンコ屋の側にあり、広い庭のある家だった」

パチンコ屋を営んでいた訳ではなかった。ご家族は全て島から移住されてしまい、墓も残っていないようだ。岡田周一さんの半生が朧げながら見えてくるようである。

蛇足ながら、直島への大相撲の地方巡業はいつ行われたのか？　調べてみた。築山さんのご記憶と、関連資料から推測してみるならば恐らくこういうことであろう。

手掛かりは、本場所との関係である。当時はまだ年間2場所の時代で大阪場所が年1回程度あった。地理的な関係からみて大阪場所の前後で関西方面で地方巡業をしたと思われる。昭和25年は大阪開催がなく、昭和26年9月に開催されていた。大雨で開催中止になったというのは、台風のせいではないか？　関西は大型台風で昭和24、25年に被害を出している。前後関係からみて、直島は昭和24年に一度計画したが、中止となり、翌々年の昭和26年秋に興業が行われたのではないか？

会場は宮浦の体育館（現・西部公民館）であり、宮浦港には沖行く船からも見えるように幟を林立させたという。どんな力士が来たのか、伺ってみたら、安念山の名前が出た。弱くて素人にも負けていたという。この力士は昭和9年生まれで、初土俵が昭和25年、十両昇進が昭和28年9月と記録にある。だとすれば、昭和26年は幕下以下だからうなずけなくもない。当時の巡業は部屋系列毎、一門毎に行われていた。安念山は立浪部屋所属で、横綱・羽黒山、幕内の名寄岩が看板力士だった。

直島は大正6年（1917）に誘致した三菱金属鉱業の直島精練所の企業城下町として発展した。戦前・戦中・戦後と人口増加が続き、昭和33年（1958）に7842人のピークとなっている。大相撲がやって来た頃は、大いに賑わった島だったのである。

三宅親連

昭和29年（1954）10月、八幡神社に松井石根と山本英輔両大将の文字を刻んだ石柱が奉納された。奉納したのは岡田周一村会議員だった。当時議員3期目で68歳、三菱金属鉱業の仕事で財をなした土建業岡田組の親分。気風が良くて面倒見も良かったから頼まれたらイヤとは言えない性分だったのであろう。見栄もあったか。

しかし、大相撲の地方巡業の勧進元となって借財をこさえ、懐は厳しかったハズだ。岡田親分に石柱碑の奉納を持ちかけたのは、三宅親連だった。後年、彼は51歳で直島町の町長となり、87歳まで連続9期36年間勤めることになる。しかし、この時はまだ46歳の八幡神社神主だった。家業の神主を襲職したのは昭和10年（1935）、27歳の若さであった。日本が軍国主義の色を濃くしていくなか、直島の郷社であり、戦《いくさ》の神様八幡神社の神主としておおいに働いたのであろう。


戦後は占領統治下で軍国主義が非難され、肩身が狭かった。しかし朝鮮戦争（1950年）、サンフランシスコ講和条約発効（1952年）に伴い時代が変わっていった。戦没者の慰霊を弔いたいという動きが昂まり、日露戦争後・日中戦争時に続き第三次の慰霊碑建設ブームがやってきた。折から直島町は大正6年（1917）から操業開始した三菱金属鉱業の企業城下町として、繁栄のピークを迎えようとしていた時だった。

推測するならば、三宅親連はこの時代の動きを良くみて、八幡神社境内の護国神社前に尽忠報国碑の建立を思い立った。町誌によれば、昭和20年（1945）、八幡神社では武運長久祈願祭を催したとある。支那事変以来、直島からは288人が出征していた。三宅親連は神主としてこれらの人達を見送っていた。彼は、慰霊の碑を建て、戦前に入手していた松井・山本両将軍の書を元にそこにはその名を刻もうと思い立った。費用の大方は、有力者である岡田組の親分を頼った。そしてその名は奉納者として柱に刻まれることに。神主としての大きな仕事、ひとつの区切りだった。

三宅親連は、5年後の昭和34年（1959）5月、町長に就任した。彼は自らの町政の推進にあたり、岡山市を本拠とする福武書店（現・ベネッセグループ）の創業者・福武哲彦との間に信頼を築くことに成功する。更にその後継者である福武総一郎とは、直島の南部を文化をキーワードとして開発することで良きパートナーとなっていく。精練所頼みの繁栄がいつまでも続かないことを見据えて、次の時代への布石を考えたのであろう。

彼は、誰の力を引き出したら良いのか、に炯眼《けいがん》の持主だったと思える。岡田組の親分との仕事より遥かにスケールの大きな仕事を彼はやったのである。軍国時代には〝尽忠報国〟の旗を振ったが、平和の時代には〝アートで町おこし〟をした町長となった。町長を87歳で退任した後、国際芸術祭で賑わうアートの島・直島の今日の姿を見ることなく、平成11年に91歳で亡くなっている。

危うい愛国心

直島・八幡神社の石柱に、今もなおその名が残る松井石根にはこんな一面があった。

松井石根は、戦前は支那事変の凱旋将軍として知られていたが、単なる軍国主義者ではなかった。中国人達を蔑視する軍人が多い中で、例外的に中国文化に対する敬意や中国人を尊重する人間だった。事件当時の軍人の道徳的堕落を泣いて叱ったとも言う。そんな人が、戦後は東京裁判で南京虐殺事件の責任をとって処刑されたというのは、歴史の皮肉だ。

彼は戦前から大亜細亜協会（1933年）を創設した大アジア主義者としての活動も知られている。その考えを要約するならば、白色人種である欧米列強の横暴や侵略に対して、黄色人種のアジア諸民族が団結して対抗しようという主張である。日本はその兄貴分・パトロンとして指導、支援し、やがてはアジア諸国を解放しよう、という考えだ。

この考え方はいわゆる〝大東亜共栄圏〟というスローガンと紙一重の国家主義である。孫文の辛亥革命やヴェトナムのファン・ボイ・チャウ（潘佩珠）による独立運動、インドの独立運動などにも影響を与えている。

しかし、日本は彼らの期待や信頼を裏切り、欧米のマネをして彼ら以上に侵略的な国になっていった。その背景には、言われなき優越感と偽善があったと見るべきだろう。だからやがては孤立し、敗北した。それは今も続いている。

近頃、国家主義の台頭や右傾化が目立つが、戦前と同じ過ちを繰り返すことを私は恐れる。日・中・韓の間のトラブルと、政治家達の言動には、危ういものを感じるのだ。

相手を貶《さげす》んでスカッとし、己の自尊心を満足させるのは心地よいことだろうが、注意が必要だ。「ニッポンを取り戻す」とか「積極的平和主義」とかいう言葉のレトリックに騙《だま》されてはならない。プライドとかコンプレックスの裏返しの蔑視に囚われてはならないのだ。

A・ビアスの『悪魔の辞典』によれば、「愛国者」とは、〝政治家に手もなくだまされるお人好し。

征服者のお先棒をかつぐ人〟とある。また、「愛国心」とは〝自分の名声を明るく輝かしいものにしたい野心を持った者が、たいまつを近づけると、じきに燃え出す可燃性の屑物〟であり、〝無頼漢の最後のではなく最初の拠り所〟とある。

松井石根の石柱には〝報国〟と刻まれ、直島にも戦争の時代の痕跡があったが、我々は「愛国者」によって「愛国心」を操られることのないよう心したいと思う。

旅の中では、隣の豊島にも渡り、起伏の多い島内をレンタル電動アシスト自転車で巡った。「豊島美術館」を見たかったのだ。ここは青い空と青い海のはざまの緑の丘上の巨大な水滴のような白いオブジェである。こここそ、その空間を体験してみなければわからないだろう。

不思議なやすらぎがあるのだ。瀬戸内のアートの島々にはいつも新しい発見があり、風景や人々の心に癒されるものがある。何度も何度も訪れてみたい。またそれがいつまでもできる、平和な島々であって欲しいと願わずにはいられなかった。

主な参考資料

『松井大将伝』（1928年　八紘社）横山健堂著
『悪魔の辞典』（1964年　岩波書店）アンブローズ・ビアス著
『忠魂碑の研究』（1984年　暁書房）大原康男著
『直島町誌』（1990年　直島町役場）直島町役場編

『千葉県の忠魂碑』（1998年　千葉県護国神社）海老根功編修
『将軍の真実・南京事件／松井石根人物伝』（1999年　光人社）早瀬利之著
『日本陸軍将官辞典』『日本海軍将官辞典』（2000年　芙蓉書房出版）福川秀樹編著
『ヤマト王朝―天皇家の隠れた歴史』（2007年　展望社）S＋P・シーグレーブ著
『平和の発見』（1949年、2008年復刊　方丈堂出版）花山信勝著
「大アジア主義者の夢と蹉跌」（雑誌『Voice』2009年11号）田原総一朗筆
『松井石根と南京事件の真実』（2011年　文春新書）早坂隆著
『日本をめざしたベトナムの英雄と王子』（2012年　彩流社）白石昌也著

ご協力いただいた方：直島町民宿「つき屋」築山和雄さん、ギャラリー「嶋屋」華道家・上田志女華さん

福岡・黒田藩の虚実を愉しむ

ＮＨＫ大河ドラマ『軍師官兵衛』をテーマに、黒田官兵衛所縁《ゆかり》の地・福岡を旅してきた。歴史学の教授お二人のガイド付きという贅沢な〝図書館・浦安歴史の会〟の企画に参加してである。初日は、空港から太宰府市へと向かい、九州国立博物館、太宰府天満宮、太宰府跡、その後、宗像神社へと巡った。翌日は、黒田家の墓所のある崇福寺、ついで広大な福岡城を歩き巡って帰るという、ちょっと忙しい１泊２日の旅でもあった。博多・福岡は無論初めての土地ではなかった。現役・勤め人の時代に何度も出張で訪れたことがある。でも今回は、高等遊民ならぬ単なる遊民としての旅だ。いずれの場所も訪ねたことがなく、確たるテーマを持っていた訳ではなかった。行けば何かひっかかるものがあるかも知れない、という淡い期待はあったのだが。

慶長五年　徳川家康感状

旅に出かける少し前のことである。地元の明海大学のオープンカレッジで「江戸時代の古文書を読む」という講座に参加しているのだが、そこで黒田藩と関わりのある古文書に出合っていた。古文書の解読の教材として、黒田家に伝わる徳川家康から黒田長政に宛てた感状があった。長政はご存知のように、官兵衛の長男であり、ドラマでは松坂桃李が演じている。

当然のことながら全て毛筆で書かれた漢文であり、書体も崩してあるのでほとんど読めない。講師の助けを借りながら何とか読み下した。内容は「長政の関ヶ原の戦いでの手柄は比類がないので、その忠節を賞し子々孫々まで領国を安堵する」といったものであり、家康の花押もちゃんとあった。そうか、と思ったのである。しかし講師の先生は最後に一言、この史料は偽文書ですと言い放ち、その根拠を幾つか指摘された。

例えば、このような内容の文書では付け年号は用いられない、用語・文体がおかしい、用紙が意図的に古めかしく細工されている……と。なるほど専門家の眼は凄い！　と思った。もっと詳しく知りたかったのだが、生憎この時が最後の講座であり、時間切れとなってしまった。そこで、講師の先生に後日メールで問い合わせ、参考となる資料を教えていただいた。

福岡市博物館発行の『黒田家文書』（1999年）には、偽文書である理由が詳細に解説してあり、更にはこの感状の明和5年（1768）付けの由緒書も紹介してあった。由緒書の大意はこうである。「長政公臨終の際、後々のお家の大事に役立てるよう家臣の栗山大膳に預けた。大膳は、お家騒動を起こして国を去るにあたり梶原家に託した。以来梶原家に伝来したものであるが、国家老の吉田高年（保年）を介して藩主・継高に献上することになった」というものである。また解説には、梶原家の謀議によりこの頃に創られたものであろうとあった。

この偽書が登場したのは、元和9年（1623）の長政の死から145年後であった。黒田家では永らく「御感書」の第一として珍重された。偽書である疑いが出始めたのは、200年以上後の1970年代以降の研究からのようだ。では一体何のために創られたのか？　如何なるお家の事情があったのか？　偽書はどう利用されたのか？　周辺資料も含め考えてみることにした。

黒田継高と吉田保年

偽書が創作された背景を煎じつめてみるならば、藩内抗争・プチお家騒動だ。それも、元はといえば藩主継高《つぐたか》にある。享保4年（1719）16歳で養父宣政の隠居により福岡藩六代目の藩主となり、若い頃は有能な家臣を起用し享保の飢饉の後の改革に取り組み成果を挙げた。家老の吉田栄年《まさとし》が継高を支えた。吉田家は官兵衛の時代から仕えてきた家柄である。

栄年の後を継いだ息子保年《やすとし》も寛延3年（1750）に財用方に任じられ、藩政を主導することになった。ところがわずか2年後に、突然隠居を命ぜられ蟄居《ちっきょ》閉門となる。理由は藩主・継高の《勤方思召ニ叶ワサル由にて》という意向からで、具体的な罪状も示されなかったという。一説にはライバルの家老達による讒言《ざんげん》、つまり告げ口があったからだという。足を引っ張りたがる輩はいつの世にもいるものだ。保年以外の一族は翌年赦免されたとある。

この殿様は、どうも軽率で気紛れなところがあり、洞察力にも欠けていたようだ。この失脚事件の後、継高とその寵臣は多大な経費の必要な官位昇進運動に熱心であったこともあり、藩財政は窮乏化し藩政も混乱した。『黒田家文書』には「黒田長政遺言書」という史料もある。内容は「藩主として掟を守り、藩財政を健全に運営することを後代の藩主と家臣に命じたもの」である。宝暦11年（1761）、家臣の桐山家などより藩主・継高に献上されたものという。桐山家は吉田家同様譜代の家柄である。歴史学者の研究によれば、これも「徳川家康感状」と同様に偽書であるという。長政の遺言書は、藩祖長政の権威によって藩主・継高の恣意的な藩政運営を牽制するのが、その目的であった、という。

藩政に吉田保年を復帰させ、財政再建を達成させようとする運動の一環だとする見方である。恣意的な運営をしていた継高と、その取巻き達の動きを阻止したかった勢力との対立があった訳である。そこで宝暦12年（1762）、吉田保年を名誉回復し財用方に再起用、緊縮政策による藩財政の再建（宝暦・明和の改革）に当たらせることになった。失脚から10年後のことであった。因みに吉田家のライバルであった家老達は、三代藩主・光之《みつゆき》の頃から登用された新参家臣であった。往年の黒田騒動と似たところがある。

この動きの延長で「徳川家康感状」という偽書も創作されたと見れば分かりやすい。黒田騒動という〝お家の大事を救った忠臣から伝わる文書〟なるものを献上したのは、梶原家であり吉田保年（名誉回復後は高年）達で、いずれも譜代の家臣であった。

継高の後継の治之《はるゆき》は明和7年（1770）、黒田姓を保年に与えるという処遇を行っている。偽書も役立ってのことだろう。保年は安永8年（1779）に71歳で亡くなるのだが、最晩年には息子直年が《御咎ニ依リ隠居》家禄没収、自身も黒田姓を没収という目にあっている。吉田家は、忠節を尽くしながらも、代々殿様に振り回された訳である。

「徳川家康感状」なるものを長政から預かり梶原家に伝えたのは、栗山大膳という家臣であった。付属の「御書之次第書」には、文書の由来と栗山大膳が梶原家に預ける次第も書き記している。栗山大膳とは世にいう〝黒田騒動〟の中心人物であるが、この文書が偽書であるとするならば、大膳が文書を託したという事実もなかったことになる。ところが巷間伝えられる〝黒田騒動〟には偽書のはずの文書が堂々と登場しているのである。

次には、黒田騒動と栗山大膳に関わる虚実を見てみたい。

黒田騒動

江戸時代にはお家騒動の話が多い。加賀、伊達、黒田を三大騒動といい、江戸時代の初期から末期まで様々なかたちで、各藩で発生した。庶民は騒動物が大好きで、実録小説、講釈・講談、歌舞伎などで取り上げられ、虚実ないまぜのまま喜んで消費したのである。

黒田騒動であるが、世に伝わる話はどうなのかを、まずかいつまんでおきたい。

寛永9年（1632）6月、家老栗山大膳が、「藩主・忠之に叛逆の企て有り」と、幕府に訴状を出したことから始まる。幕府は、藩主と家老の双方を呼び出し、評定を行い裁定しようとするが、藩主は当然無実を主張。大膳は、訴え出た動機は「忠之の行状による藩の取り潰しを救いたいからだった」と述べた。

栗山大膳は、黒田官兵衛の側近・栗山善助の息子である。善助はドラマでは濱田学が演じている。大膳屋敷は福岡城内にあり、いにしえの鴻臚館の跡地で今は高等裁判所となっている場所にあった。初代藩主・長政より、その子忠之の後見役を託されていた。

忠之は長男であったが、幼少の頃より我儘で粗暴な振舞いが多く、一時は跡継ぎを案ぜられた時もあった。藩主となってからも幕府からみればとかく問題視されるような不行跡が目立った。大膳は、かつて忠之を支持し跡目を継がせたし、他の譜代の家老達と諫言も行い補佐をした。しかし、若い忠之にはこれが煙たかった。俺の思うようにさせろ、とばかりにジジイどもを遠ざけ新参の家臣達を登用し、溝が深まっていく。その対立の頂点が大膳による幕府への直接行動になった次第であった。この行動は、一歩間違えばお家騒動を理由にした藩の改易と、主家からのお家取り潰しというリスクを犯したものであった。

しかし幕府の裁定は味なものであった。藩主の幕府への謀叛の事実はないが、家臣との争いによる騒動は罪有りとし、領地を没収する。だが父祖の功績に免じ、再度領地を安堵する。大膳は主君を訴えた罪で盛岡藩に流されたが、比較的軽い処分で済まされた。
幕府は幕府なりに、この事件を九州大名統制策に利用した。三代将軍家光は、藩主と家臣間の対立には藩主側を支持し、多発する諸藩のお家騒動を未然に防止しようとし、新たな武家秩序の確立を目指した。忠之は、結果的にはうるさい譜代の家臣達を抑え、藩主の権力を強化したことになる。下克上を常とし、実力で生き抜いた戦国の世から、お家大事と既成の権威で纏めようとする時代へと変化していく一つの象徴とも思える事件であった。

黒田家の墓所を崇福寺で見学したが、何故か忠之とその子光之の墓はそこにはなかった。その理由を調べてみたら、忠之の手習いの師匠が真言宗の高僧であり、禅寺の崇福寺ではなく東長寺に変えたからだとあった。自分を一度は遠ざけようとした父・長政への反感と我儘な性格が見えてくるではないか。子孫の継高が起こした宝暦・明和の頃の騒動には、我儘で軽率な忠之のＤＮＡと譜代の家臣達との相剋がやはり受け継がれていたのだ。

栗山大膳

黒田騒動と栗山大膳の名を私が知ったのは、森鴎外の歴史小説に『栗山大膳』（大正４年）があったからだった。読んだことはなかったのだが、この作品への漱石の感想が印象にあったからだった。資料から抽出すれば「世間では高等講談などと云つて悪く云ふが、私は面白いものだと考える。高等講談などと云つて一笑に附すべきものではない」というようなものであった。

そこで、鴎外が黒田騒動と栗山大膳をどう描いているか、読んでみた。あの偽文書「徳川家康感状」がどう扱われているのかに、特に興味を持って。

鴎外は、こう描いていた。〃主君忠之は単なる器量のない暗君ではなく、生得聡明な人で老臣達に邪魔されずに、独力で自由に政治をやってみたかった殿様であった。また、大膳は妥協を知らない頑固な忠義の武士とした。主君叛逆の疑い有りという幕府への訴えは、主君を安泰におく為の苦中の策であり、自分が所持していた例の「徳川家康感状」を梶原家に対し、黒田家の大事に及ぶことがある時は、この文書を幕府に差し出すように託した。この文書は結局使われなかったが、後に黒田家に梶原家より戻された〃のだと。

鴎外の一連の歴史小説は確かな史料考証で知られている。しかし、この小説では例の偽文書をニセモノと見抜けていない。むしろ大膳は忠臣であるとする見方の材料として扱っているのである。

鴎外が小説を書くにあたって参考にした主な資料は『列候深秘録』(大正3年)であった。この本には、当時までに世間に流布されていた黒田騒動を扱った栗山大膳文書類が収録されている。中でも『磐井物語』は栗山大膳忠臣説に立ったもので、例の文書の由来まで書き込まれている。この物語が書かれた時期は、偽文書が創られた明和5年(1768)より後の18世紀末頃ではなかろうか。原文に「本州史官・関岡良英謹誌」とあるが、成立の事情が解らなかった。天保年間(1830~1843)には、俗説である『寛永箱崎文庫』などの実録体小説に影響を与えたと思われる。

黒田藩には、いわば正史のような史書『黒田家譜』がある。高名な儒者貝原益軒が延宝6年（1679）より永年かけて編纂した史料である。忠之の息子の第三代・光之の時代で、継高より100年近く前の史書だ。この中には、当然ながら例の偽文書は存在していない。鴎外はこの史料にも目を通しているはずだが、何故かその事実を見落としたのだ。

鴎外が歴史小説を手がけた動機に小倉への左遷があったという。権力から自己の善意が認められないという葛藤、挫折感の克服を小説の中に仮託する意図があったという。

盛岡に出張中に栗山大膳の墓を見る機会があり、かつて小倉在住時代に見聞した資料を参考にしながら、書き上げたのが『栗山大膳』であった。だが、これは彼にとって満足のいくものではなかったらしく、「わたしのすぐれなかった健康と忙しかった境界とのために、ほとんど筋書をしたのみの物になっている」と弁明している。洞察力も病んでいたのか。

歴史考証家の稲垣史生は『お家騒動』の中で、黒田騒動と栗山大膳についてその俗説を鋭く見抜いている。偽文書がまだ偽文書とは明らかになっていない時だが、大善忠臣説に疑いを持ち、大膳の猜疑心とか意地っ張りといった人間性を探るべきとしている。鴎外と同時代の三田村鳶魚が「黒田家の為の苦忠ではなく、昔気質の一徹に憤激した不逞の臣と見る者もあった」とも紹介している。

栗山大膳は、自らの意地と保身のために〝主君に謀反あり〟とウソに近い主張をし、幕府の介入を不可避とする策略をとっただけだ。一歩間違えば主家も己も滅亡する大博打であり、結果オーライだっただけのことである、とも見られるのである。

大膳忠臣説という俗説では、幕府に御家騒動が露見すれば改易になる恐れの下での大膳の行動を、捨身の忠義からだと称賛した。しかし、これは勧善懲悪という大衆の期待に応えたものである、と考えたい。明和の偽文書の創作はこれに手を貸したものであった。

黒田二十四騎

NHKの大河ドラマ『軍師官兵衛』は、福岡県・筑前のみならず官兵衛の出生の地、兵庫県・播磨でも放映前から様々なイベントが企画されたようだ。今回の研修の旅でも、黒田官兵衛の幟があちこちで見られた。便乗〝まちおこし〟なのであろう。

「黒田二十四騎」なる言葉や図像もよく見かける。黒田長政を中心に甲冑に身を固めた武将達が居並ぶ図である。福岡県には「筑前黒田二十四騎保存会」、兵庫県には「播磨の黒田武士顕彰会」などの団体が活動し、地元だけでなく全国にその名を広めようとしている。しかし、これらの団体が生まれたのはどうやら最近のことであり、ドラマの放映も与ってのことと思える。

黒田官兵衛・長政の家臣の中の精鋭とされる二十四騎なのだが、元来官兵衛・長政の頃から存在した呼称かと言えば、どうもそうではないらしい。また彼らの家が後々まで続き黒田藩を支えたのかと言えば、これも違うらしいのだ。精鋭家臣団のイメージは後世創り出されたもののようなのである。そこで、どのようにこの呼称が生みだされ、イメージが増幅されてきたのか、その過程を探ってみたい。

二十四騎は文禄元年（1592）に侍大将だった人で構成されているようだが、官兵衛が有岡城に幽閉された際の救出劇には、6名しかその名がないという。また、その年には一人が亡くなっており二十四騎が揃って活躍したのは8年間だけという。歳も24歳差もある。

黒田家草創期を築いた家臣団ではあったが、豪傑・後藤又兵衛は去り、栗山善助の倅・大善が騒動を起こし盛岡へ流されたのは前記の通りである。二代忠之は新参家臣を登用し、譜代の十三家を潰したという。

一方、第六代継高の時代、江戸時代中期享保年間（1716〜1934年）には〃二十四騎〃という言葉や考えが生まれる。官兵衛の死後実に約100年も後のことである。

草創期の家臣達を見直す動きとして「二十四騎図」が描かれるようになる。これには、実力主義から伝統意識へという時代変化が背景にあった。譜代意識の高まりや家格の固定化という動きである。

元文4年（1739）に「黒田二十四騎図」では最も古いもの、とされるものが描かれる。描いたのは原種次といい、例の二十四騎の一人種良の子孫である。同じ年には、藩の儒者である竹田定直による「二十四臣考」が書かれており、影響を見逃せない。

〃二十四〃という数字であるが、精強を謳われた武田二十四将に呼称のルーツがあるようだ。元禄文化の軍記物の世界で流行し、徳川、上杉にも主君と家臣を集合で描く武将像があるようだ。更にその起源をいうならば、中国元代の説話であり、浄瑠璃・歌舞伎の世界では武田・上杉の悲運を描く明和3年（1766）の『本朝二十四孝』が名高い。

第十代藩主・斉清《なりきよ》の時代になると、様々な二十四騎図が存在したため、正統な図像を残すよう御用画師の尾形洞谷《どうこく》に作成を命じた。文化7年（1810）、各家に伝来した武具や肖像画の情報を調査・収集してできた「黒田二十四騎図画帖」がその後の基となった。

現代に流布している「黒田二十四騎」のイメージは、第六代継高の時代からならば約300年、第十代斉清の時代からなら約200年かかって創られた今に伝わる虚像であると考えたい。虚像の生命力はなかなかしぶといのだ。

国宝・漢委奴國王金印

福岡研修旅行で最初に見学したのが九州国立歴史博物館だった。東京、奈良、佐倉の博物館は訪れたことがあるが、ここは初めてであり、訪問を楽しみにしていた。東アジアと日本の歴史を考えるうえで外せない場所だ。幾つか興味深い展示物をガイド付きで見て回れたが、ガラスケースの中で黄金色に輝く品に、目が釘付けになった。日本史の授業で昔習った、あの志賀島出土という「漢委奴国王」の金印のようだ。想像していたより、意外と小さいものだったが、光輝く様には存在感があった。しかしこれは、本物ではなくレプリカであった。福岡市博物館に本物は保存されていると聞かされた。

エッセイストで生物学者の福岡伸一が、日経新聞のコラムで金印のことを書いている。「金印、真偽の謎を越え燦然と」という題だが、その中から一部引用させていただきたい。

それは福岡市博物館奥の特設ガラスケース内に鎮座している。金印である。文句なく国宝。一辺23・5ミリ。もし手のひらにのせることがかなうなら、１００グラムを超えるその重さに感動することだろう。

誰もが歴史の教科書で習ったとおり、金印は１７８４年、農民・甚兵衛が志賀島の土中から発見。貴重なものと直感し奉行所に届け出た。黒田藩の学者、亀井南冥《なんめい》はその印影から、これが、3世紀、後漢書東夷伝にある「漢委奴國王《かんのわのなのこくおう》」印であることをたちどころに言い当てた。すばらしい該博ぶりと見事な慧眼だった。南冥はこの功績で黒田藩校館長の地位を確固たるものとする。金印は代々黒田家が預かり、これが後に博物館に寄贈された。……

これに続く文中で、彼は、亀井南冥とその仲間による金印偽造説を紹介し、謎の存在を認めている。そして、「事の真偽を科学的に確かめる方法はある。しかし、金印の一部を削りとることは許されるはずがない。かくして謎は謎のまま、金印は今も燦然と輝く」と、結んでいる。

既に発見当時から偽造説は噂されてきている。それにしても何故その真偽が長きにわたって取り沙汰されるかと言えば、確たる事実・証拠が余りにも少ないからである。また、偽造であると証明することも、論拠不十分でほとんど不可能なのである。邪馬台国論争とよく似たところがある。黒田藩第九代藩主・斉隆《なりたか》の時代、天明4年（1784）2月に発見されたという国宝の金印。これに纏わる虚実を、私なりに整理してみたい。

国宝・金印の虚実

確たる事実は何かといえば、光輝く金印という物体の存在そのものは間違いない。いつどこで造られたものかは別として。事件の関係者の存在も確かである。藩への届出、鑑定に関わった庄屋（武蔵）、組頭（吉三・勘蔵）、福岡町屋衆（米屋才蔵）、郡奉行（津田源次郎）、黒田藩儒者の亀井南冥、竹田定良《さだよし》という人達の実在が確認されている。

金印を発見し届けた当時の事情を記録した「口上書」（ただし実物は所在不明とされる）が存在し、亀井南冥の鑑定書と、二種類の解説書も残されている。亀井南冥は「金印弁」を書き、藩校・修猷《しゅうゆう》館の学者グループは「金印議」を藩に提出している。

しかし、確定できていないことが沢山ある。その第一が、発見者とされる甚兵衛とその兄・喜兵衛の実在であり、発見者の名前にも異説がある。

次に、発見場所が不確かである。「叶の岬」とされ、その比定地とされる所に金印公園が整備され碑も建っているが、疑義が多いようだ。墳墓や古蹟も近くに見当たらないこの地から、何故出土したのかについてもよく分からない。志賀島を含め周辺の神社では、神宝として金印が昔から祀られていたとか、盗まれたという伝承も存在する。

この金印が国宝とされる最大のポイントは、これが、『後漢書』の「建武中元2年（57）倭奴国奉貢朝賀使人自称大夫　倭国之極南界也　光武賜以印綬」に相当するものである、との見解であろう。即ち、卑弥呼への景初3年（239）、「親魏倭王」印（未発見）より古いものであるとの価値であろう。しかし、よくよく考えれば納得できないところがある。人偏《にんべん》の有無もそうだし、この時代の印綬には例がないという国王称号などにも違和感が拭えない。

本当に光武帝の印綬とみなしてよいものであろうか？　諸々の点を考えれば、果たして国宝の資格があるのかどうか、怪しく思えてくる。

さらには、最初に鑑定した亀井南冥なる人物が、物議を醸し易い少しエキセントリックなところもある性格だったと言われている。

今回の旅行で、太宰府天満宮の次に立ち寄ったのが太宰府旧址だった。そこに巨大な石碑があり、金印発見の5年後その碑文を書いたのが亀井南冥であった。この碑の建立を巡り藩との間でトラブルがあったという曰く付きのものであると、後に知った。

発見に関わった人物達と姻戚関係とか学縁とか何らかの関係があったから、捏造・偽造のネットワークだ、プロジェクトだと疑われることになる。

最も疑われことになるのは、竹田定良とのライバル関係である。これが偽造の動機だとされることになる。金印発見に先立つ天明4年、とても珍しいことらしいが、二つの藩校がほぼ同時に開設されている。亀井南冥は甘棠館《かんとう》、竹田定良は修猷館《しゅうゆう》の館長となった。亀井は町医者上がりで荻生徂徠以来の古学に依り、竹田は代々の藩儒を勤めてきた家柄で、貝原益軒の流れの朱子学と、学風が異なる。新興勢力の亀井派としては、派手な手柄が欲しかったのだと。

金印発見では、亀井が唱えた光武帝印綬説が脚光を浴び、金印は藩の宝となりカネと名誉を勝ち得た。しかし甘棠館と修猷館のライバル関係は、以後何かと摩擦を生んだ。

亀井南冥は、その後失脚、藩校閉鎖、失意の内に焼死するという人生を歩む。この展開の中に、彼が金印を捏造した仕掛け人ではなかったのか、そしてそれがバレたのだ、という物語を生む土壌がある。発見の直後から、模刻を造って印影付きの文書、手紙を京都、大阪、江戸の文化人達に送り、情報発信に熱心だったことも、疑惑の行動と、とれないこともないのだ。

虚実を愉しむ

黒田藩は佐幕派として幕末・維新を迎え、財政難から財政危機の状態に陥った。その時、国元で藩政を担当していた家老（参事）達は贋札事件を起こす。彼らは謀議により福岡城内に秘密の工房を設け、城下の職人達を雇い、偽金造りをした。他藩でもあったことというが、偽造したのは明治新政府が発行して間もない紙幣・太政官札と貨幣・二分金、併せて金額にして20数万両分だった。明治3年（1870）春のことであったという。藩はこれを交易に使い始めたが、政府はすぐにこれを察知し、摘発した。首謀者達は逮捕され、翌明治4年7月斬首。同時に第十二代藩主・黒田長知は藩知事を罷免された。地元に居づらくなったこともあり、東京へ移住することになる。廃藩置県より半月ほど早く「福岡県」は生まれたのだ。長政以来、黒田藩は一度たりとも改易されたことはなかったのだが、最後の最期でドジを踏んだのである。

黒田藩には、草創期には黒田二十四騎、黒田騒動には栗山大膳、宝暦・明和の改革には吉田保年、とその時代毎に藩の危機を救ってきた家臣達がいた。時には虚言、偽書を使ってでも殿様を諫め、御政道を担ってきた。金印発見だって、ひょっとしたら亀井南冥が仕組んだ捏造劇であり、それが表沙汰にならないよう、家臣達が上手く揉み消したというドラマが裏にあったのかも知れない。妄想であって欲しいが。

家老達が救ってきた藩政を終わらせたのが、皮肉にも家老達が起こした贋札事件であったとは。忠義でお家を救う時代ではもはやない、ということであろう。

いつもそうなのだが、何気ないことに気付くことがある。そこから、それは本当なのだろうか？どうしてだろう？　と探求していくことで、歴史は愉しいものとなる。虚の部分に惑わされず、目くじらを立てることなく、ただ鵜呑みにすることなく、向かい合うことが大切ではないかと、あらためて思った今回の旅であった。

主な参考資料

『列候深秘録』（1914年　国立国会図書館デジタルコレクション）国書刊行会編
『お家騒動』（1966年初版、1979年改版　文藝春秋社）稲垣史生著
『三田村鳶魚全集第二十二巻「騒動実記解題」』（（197年　中央公論社）三田村鳶魚著
『鴎外の歴史小説―史料と方法』（1979年　筑摩書房）尾形仂著
『鴎外の歴史小説』（1989年　岩波書店）稲垣達郎著
『諸藩騒動記』（1994年　立風書房）中嶋繁雄著
『福岡県の歴史』（1997年　山川出版編）
『鴎外歴史文学集第三巻「栗山大膳」』（1999年　岩波書店）森鴎外著
『黒田家文書　第一巻』（1999年　福岡市博物館編纂）
『七つの金印』（2001年　講談社）明石散人著
『御家騒動』（2005年　中公新書）福田千鶴著
『金印偽造事件』（2006年　幻冬舎）三浦佑之著
「日本経済新聞コラム―芸術と科学のあいだ」（2014年6月15日）福岡伸一筆

ヴェネツィアにいた北斎

去る年の夏、友達と語らって、オーストリアの東チロル地方から、北イタリアのドロミテ地方にかけトレッキングを思う存分楽しんできた。楽しみの真ん中は言うまでもなく、ヨーロッパアルプスの景観だった。氷河と岩と花と森と……を心ゆくまで愛《め》で、歩いた。

だが、欲張りな我々は、旅の入り口はウィーン、出口はヴェネツィアとし、トレッキングに加えて文化と芸術を両都市で堪能することも企てた。切り口としたのは、〝映画と美術と音楽〟だった。

ウィーンからヴェネツィアへ

芸術の都ウィーンでは、映画『第三の男』、美術は「グスタフ・クリムトとエゴン・シーレ」、音楽は「モーツァルトとシュトラウスのコンサート」をテーマに、映画のロケ地、美術館やらコンサートホールを訪ね歩いた。ウィーンから東チロルにある山峡の村ハイリゲンブルートまでは列車とバスを乗り継いだ。

そこをベースにして秀峰グロース・グロックナーを仰ぎ歩む〝かもしかの道〟を散策・逍遥。

国境を越えて北イタリアはドロミテ地方のコルチナ・ダンペッツオに移動し、4連泊して毎日異なるエリアでトレッキングコースを満喫した。ゆったりと牧草地の広がるサラータの谷、怪異な岩塔が聳えるトレ・チーメ、マルモラーダの展望を望むお花畑の道、ポルドイ・ジァウ・ラガツォイなどの峠などなどとても一度の旅では味わい尽くせない。いつの日にか再訪せねば……。

旅の出口は海の都ヴェネツィアとした。「海と陸とがまじわり、東洋と西洋が出会い傲慢な精神と官能の美が抱き合う迷宮と仮面とアバンチュールの街」と、ある本の一節にあったが、我々を待ち受けていたのはまさしく迷宮の街だった。テーマは、映画『ベニスに死す』『旅情』のロケ地、音楽はヴェネツィアに生まれウィーンで亡くなったバロック音楽の巨匠「ヴィヴァルディ」の弦楽コンサートとした。さらにイタリア料理店で海の幸を求め、まさしく迷宮のような街の中をあっちにウロウロこっちへフラフラと彷徨《さまよ》ったのであった。

美術は、今回は敢えて「クリムト」にこだわってみた。事前の調べで「クリムト」の作品が、ヴェネツィアでも見られることが判っていた。「カ・ペーザロ」という元は貴族の宮殿だった美術館で見られるようだった。

行って見たならば、そこは前日の夜、迷宮を辿ってようやくシーフード料理にありつけた「カスティーナ・ド・スパーデ」というお店から程近いカナル・グランデ（大運河）沿いにあった。十三世紀、サンマルコ寺院の行政官だったレオナルド・ペーザロの居館だったところ。彼はヴェネツィア共和国の全盛時に海運業で財を成したペーザロ家出身の男という。

前庭から中に入れば、そこは巨大な吹き抜けとなっており、右側が現代美術館。一階の入口から入ると、2、3階の展示場には初期のヴェネツィア・ヴィエンナーレに展示された作品が並んでいた。

20世紀の代表的な画家、シャガール、マチス、クレー、カンディンスキー達だ。「クリムト」の作品ももちろんあった。官能的な代表作〝ユーディット〟だ。心ゆくまで鑑賞できた。

現代美術館を出て、今度は左側の東洋美術館も覗いてみることにした。4階までの巨大な大理石の階段を昇ると、槍をはじめとした武具の類が出迎えた。どうやら江戸時代の武家から出た骨董品のコレクションのようだ。甲冑・刀剣・大名籠・衣服・陶磁器・漆器などが屋根裏のような薄暗いフロアに押し込まれていた。絵画もあった掛軸のようものが多い。そんな展示物の片隅に「北斎」が現れたのであった。

「師宣」「湖龍斎」「応挙」などと一緒に二点離れて展示してあった。どちらも肉筆絹本着色の掛軸。題材は、一点が〝遊女と禿《かむろ》〟、もう一点は〝六歌仙〟、落款は「北斎戴斗」と診た。印を残念ながら見落とした。

こんな所で「北斎」さんと出会うとは!? ヴェネツィアに「北斎」がいたとは!?

この時は予期せぬ出来事であり、意外な思いに囚われ、うっかりと資料・図録などを求めるのを忘れたまま、「カ・ペーザロ」を後にした。

帰国してからも、意外な思いは残存した。あの画は果たして本物の「北斎」なのか？　世界的に有名な「北斎」の作品は海外でも多く収蔵されているとは聞いてはいたが、ヴェネツィアにいたとは聞いたことがなかった。それにしてもあのコレクションは誰が、いつどこで、何のためにどの様にして集めたのか？

〝ヴェネツィアにいた北斎〟、これは面白そうだ。探訪するしかない！

「カ・ペーザロ」の東洋美術コレクション

一体誰がコレクションしたのか？　まずはネットで「カ・ペーザロの東洋美術館」を検索してみた。日本語のホームページはない。やむなく英和辞典を片手に拙い英語力で読解してみた。内容はこうであった。

この美術館は江戸時代の日本美術の最も重要なコレクションの内の一つである。このコレクションはブルボン＝パルマ家のバルディ伯エンリーコ王子が１８８７年から１８８９年にかけて東洋旅行をした際に買い求めたものだ。３００００点以上の展示品の中には、日本の刀剣・槍・甲冑・漆器・陶磁器などと共に、インドネシア、中国の美術品も収蔵されている。当初これらの作品はバルディ伯が住んでいたヴェンドラミン・カレルジ宮殿の中に全て収蔵されていたが、彼はそこで常設展示をしたかったようである。

バルディ伯の死後、幾多の変遷があったが、ウィーンの美術収集家のものとなり、その管理下で売り立てられようとしたこともあった。第一次世界大戦後、イタリア政府が戦後賠償としてこのコレクションを獲得した。1928年以降はイタリア政府とヴェネツィア市との協約により〈カ・ペーザロ〉が保管している。

凡そは以上の説明で判明したのだが、さらに深く知りたくなったのだった。バルディ伯エンリーコ王子、という貴族の息子らしい男がコレクションし、「北斎」を日本から連れて来たらしいと判ったのだが、彼は一体何ものなのか？　どんな氏・素性の人物なのか？　それらを更に調べることとした。

ブルボン＝パルマ家は、ルイ14世などで知られるフランス・ブルボン王朝の現在にまで続く分枝の一つであり、北イタリアにかつて存在したパルマ公国を統治した家系だ。イタリア語ではボルボーネ＝パルマ家と呼ぶ。この一族は、フランス・ブルボン家をはじめスペイン・シチリア王国の各ブルボン家、ハプスブルク家とも複雑な婚姻関係を結んでいる。ちなみにバルディ伯エンリーコ王子は、父がパルマ公国王カルロス3世、母がフランス・ブルボン王朝最期の国王シャルル16世の孫娘にあたるルイーズ・ダルトワ。

彼はその次男である。兄が最後のパルマ公国王となったロベルト1世である。パルマ公国は1861年イタリア統一運動により併合・消滅し、一家は当時オーストリア・ハプスブルグ帝国の支配下にあったヴェネツィアへ保護を求めて移住した。この時住んだのが一家が所有していたヴェンドラミン・カレルジ宮殿だった。

1831年生まれのエンリーコ王子、30歳の時のことだった。その後ヴェネツィアは、1866年には統一イタリア王国へオーストリアから移譲されることになったのだが、一家はそこに住み続けたようだ。

先の説明によれば1887年、36歳になったイタリア系オーストリア貴族エンリーコ王子は長途、アジアへの旅行に旅立ったようだが、その旅の模様を日本での滞在を含め資料・記録を確かめることに苦労した。

直接辿れる資料・証拠はまことに乏しかったが、エンリーコ王子の人生の中で、今「カ・ペーザロの東洋美術館」にある彼のコレクションは、どのようにして、如何なる動機からなされたのであろうか？

亡国の青年貴族として彼が生きたであろう、当時の時代の動きを背景にして、推察してみたいと思う。

海を渡り始めた日本の美術品

エンリーコ王子がヴェネツィアへ移り住んだ時代は、日本では黒船騒動に始まる幕末・維新の時代である。後年コレクションをすることとなる日本の美術品と、一体どんなかたちで彼は出合ったのであろうか？　浮世絵をはじめとする美術品・工芸品を西欧で目にすることが、その当時できたのであろうか？　このことから考え始めてみたい。実は意外と早い時期から西欧の人達の目に触れる機会があったのである。

浮世絵を初めて西欧に紹介したのは、長崎・出島のオランダ商館長イザーク・ティティングなる人だという。彼は寛政8年（1796）に、当時、清朝にまで名人として聞こえていた歌麿の版画をはじめ絵本、陶磁器、銅器などを持ち帰ったという。彼は江戸参府の折の定宿「長崎屋」で北斎に肉筆の風俗絵巻を発注したとも。日本の庶民の生活に関する資料として入手しようとしたらしいのだが、この作品は今に伝わってはいない。

文政12年（1829）には有名なシーボルト事件が起きたが、ここでも浮世絵が登場する。オランダ商館付きの医師であった彼が、国外に持ち出そうとした品々の中にも北斎に発注した風俗絵巻があった。シーボルトが出版した『JAPAN』（1833年刊）という本の中に、それと見られる作品があり、オランダのライデン国立博物館に今日収蔵されている。

シーボルトの浮世絵に対する関心は、美術品としてのそれではなく、やはり風俗資料としてのそれであったようだ。オランダに雇われたスパイ・情報調査員なのだから当然といえば当然であろうか。

北斎の作品が西欧の美術関係者の間で広く注目を集め始めた事件として有名なのは、やはりパリの銅版画家ブラックモンと「北斎漫画」との出合いだ。安政3年（1856）、陶磁器の荷造りの詰め物に使われていた「北斎漫画」（画帖）を発見。その素晴らしさに感動して仲間の画家や批評家達に吹聴し、そこから一躍浮世絵の評価が広がっていった。北斎の死後僅か7年後のことだったが、真偽のほどは明らかではない。

同じ年、当時16歳のモネがオランダのル・アーブル港で水夫達が日本から持ち帰った版画や工芸品を見て夢中になった、という話も伝わっている。

安政の通商条約が締結されるのは安政5年（1858）のことだ。だがその前から既に、民間の交易ルートでは長崎からオランダあるいは中国（清朝）経由で、日本の美術品、浮世絵の西欧への伝播、流出が始まっていたようだ。

ジャポニズリーに嵌《はま》った王子

西欧に於いて日本の美術品、特に浮世絵とか工芸品が一般に幅広く影響が及ぶようになった契機は、万国博覧会（以下、万博と略す）への出品だったようだ。

文久2年（1862）、第2回のロンドン万博を幕府の遣欧使節団が視察し、慶応3年（186

7）のパリ万博には日本も出品者として初参加（幕府、薩摩、肥前、民間の4団体）。浮世絵、武具、什器、陶磁器、衣服などを展示したが、文化人達を中心に人気を集めた。異国趣味としての日本美術熱が本格的に始まっていった。これを〈ジャポニズリー〉と呼んだ。中でも浮世絵は印象派、ポスト印象派絵画に少なからず影響を及ぼし、評論家のフィリップ・ビュルティはこれを〈ジャポニスム〉と名付けた。1860年代には英仏だけでなく米国にもこの波は伝播し、ヘンリー・ウォルターズが大量のコレクションを行い、後のフェノロサ、ビゲローに先んじた。

こうして〈ジャポニズリー〉の波は、当の日本人があまりその価値を認識することのないまま高まりを見せ始めたのだ。

現代でも、日本のサブカルチャー、アニメやコミック文化が海外で高い評価を受けているが、まるで同じパターンを見ているようだ。

明治6年（1873）、22歳となっていた青年貴族エンリーコ王子は、〈ジャポニズリー〉のことを聞き及んだのであろう。ウィーン万博にヴェネツィアから足を運び、日本館を見に訪れたはずだ。日本は明治新政府としての初参加であり、日本の美術品が更に関心と注目を集めていた時だ。王子も日本の美術・工芸品に心を奪われ始めたのではなかろうか。

5年後の明治11年（1878）、王子はパリで開かれた万博にも出かけたに違いない。フランス・ブルボン王朝に繋がる出自であり、故国パルマ公国もフランス文化の影響下にあったようだ。フランス語もできたであろうし、パリの社交界、文化人のサロンにも出入りしていたのかも知れない。

ウィーンで罹《かか》った日本美術熱〈ジャポニズリー〉に導かれ、再び万博見物に及んだのだ。

この万博には日本から、高岡生まれで旧富山藩出身の林忠正が通訳として初めて渡仏して来ていた。彼は会場で印象派の画家達や文化人達との交流を深め、信頼を得てパリにそのまま残住し、やがて美術商となった。日本から浮世絵をはじめ美術品の輸入販売に携わり、美術商のサミュエル・ビングとともに1880年代には、フランスの文化人の間に浮世絵を含めた日本文化全体の啓蒙活動を行なった。その幅広い活動により財も成したという。

万博で日本の美術品に感動し、興味を深めていった王子は、パリの文化人達との交遊を通じて、ビングや林忠正の店にも顔を出し始めたかも知れない。ビングの店には十万枚の浮世絵があったというし、画家のゴッホも飽かずそれを眺めていたという。

〈ジャポニズリー〉の波は海の向こうから、明治の日本に押し寄せるようにもなってきた。明治7年（1874）には、フランスから美術商のフィリップ・シェルが来日、半年に亘って骨董品を集めた。翌年の明治8年はビングが中国・日本へやって来て大量の美術品を買い集め、パリで美術品店の開業に備えた年だった。やってきたのは美術商だけでなく実業家もいた。明治9年、フランスはリヨンの実業家エミール・ギメが来日、浮世絵版画、陶磁器を中心に美術品を購入し、明治12年にはリヨンで美術館を開設しこのコレクションを展示した。この美術館は後にパリに移り、ルーブル美術館にあった日本美術品も受け入れ、〈ギメ東洋美術館〉として今日に至っている。王子はきっとリヨンのギメの美術館にも足を運んだことだろう。

王子の日本美術品に対する興味と関心は、出版物によって深められたとも思える。エルネスト・シュノーの『パリの中の日本』（1878年刊）、ルイ・ゴンスの『日本美術』（1883年刊）、『パリ・イリュストレ・ジャポン』（1886年刊）日本特集号であるこの雑誌は先述の林忠正が執筆・編集を担当し、日本の歴史・国土と気候・風俗・習慣・教育・芝居・芸術など、幅広く日本や日本文化を正しく伝えようとしたものであった。この雑誌は2万5000部を完売したが、王子も読んだはずだ。彼の日本美術品への思いは熱いものとなり、日本へ、中国へ旅立とうと、思いが膨らんでいったのではなかろうか？

亡国の身であるとはいえ、財産はそれなりにあったであろうし、時間は充分あった。実業家ギメのようにプライベート・コレクションを持ちたい！　と願うのも大いにあり得たことだろう。

明治21年（1887）、バルディ伯エンリーコ王子は36歳の青年貴族になっていた。

王子、日本で美術品を買う

こうして、明治21年から明治23年にかけて長途の東洋旅行に出掛け、日本にもやって来た。まさに時代は〈ジャポニズリー〉の波が絶頂期を迎えようとする頃だった。彼がいつ、何処で、如何にして日本で買い求めたのか、を考えてみたい。

イギリスの外交官アーネスト・サトウは文久2年（1862）に初来日。明治16年（1883）には帰国したが、明治28年（1895）から明治33年（1900）まで駐日公使として再来日、延べ25年間滞在した。彼は幕末の頃から既に日本美術品のコレクションを始めていたらしく、彼の滞在日記には、次の一節がある。

芝の神明前は私たちが好んで行った盛り場の一つで、安価な刀剣、磁器、着色の版画、絵草紙、小説などは、みなここで買うことができた。（中略）北斎漫画の完全なそろいがドル二枚、北斎の富嶽百景はシリング二枚ほどで買えた。しかし、こんな贅沢品に使う余分のお金は、私にはほとんどなかった。

明治維新前後の混乱期、寺社は荒廃し、仏像が売り払われ、大名・武家が没落し、武具、陶磁器、漆器などの工芸品も安価で放出されていた、という時代であった。美人画、役者絵、相撲絵、春画などの浮世絵は題材が世俗的であり、こうした盛り場で女・子供相手の低俗なもの、江戸土産の品として、これまた安価で入手できたと思われる。

美術専門商として明治17年（1884）、林忠正はパリで商売を始めていたが、日本での仕込みは配下のハタ師（屑屋同然の仕入れ専門商人）に当たらせていたともいう。彼らは各地を駆け回り、1枚30銭から40銭くらいだった版画を2円から3円で買い取っていたらしい。

飯島虚心の『葛飾北斎伝』の発行を手伝った小林文七も林忠正の配下であった。

明治19年（1886）には、かのパリの美術商ビングは日本に弟を派遣し、まず横浜、翌年には神戸に支店を置き、買い付けに当たらせたという。

エンリーコ王子達は、こんな時代におそらく上海から長崎・神戸・横浜へ来航し、東京にもやって来たであろう。美術商から、あるいは市中の骨董屋で金に糸目を付けずに買い漁ったのか……と、勝手な想像を巡らしたのだが、王子の来日に関する資料が見つかった。

たまたま読んだ『小シーボルト蝦夷見聞記』に、「明治21年（1888）に来日中の王子が、かの有名なシーボルトの次男H・v・シーボルトにコレクション蒐集の助力を依頼した」とあった。小シーボルトと呼ばれたこの人は、当時オーストリア・ハンガリー帝国日本公使館の書記官、代理公使を務めていた。父親譲りの日本研究者であり、築地の居留地に住み、貴族達のコレクションを手伝ったという。翌年に彼は自らの膨大なコレクションをウィーンの帝室や自然科学博物館に寄贈し、男爵に列せられている。彼はウィーン万博の日本国内委員会の連絡員もかつて務めており、ウィーンで王子と既に面識があったのでは？　王子にジャポニズリーを吹き込んだキーマンだったのかも知れないと思えてきた。

小シーボルトのことを更に詳しく知る機会が先日やってきた。「築地居留地研究会」の講演でシーボルトの子孫の方の話を少し聞くことができたのだ。その時の資料によれば、彼は次男ハインリッヒであり、概ね先の本の紹介通りの人物であった。

会場で入手した資料には彼の足跡が詳しく記されていた。彼は日本人の〝岩本はな〟を妻とし、2男(ひとりは夭折)1女を家族とし、歌舞伎・美術工芸品など伝統的な日本文化を深く愛した男であった。この資料によれば、ウィーン万博(1873年)での活躍は国内外で認められたとあり、年齢も近いバルディ伯エンリーコ王子との面識・親交が始まったのはこの頃ではなかろうか? ジャポニズリーを吹き込んだキーマンだったのかも知れないという、私の推測はあながち外れていないようである。

明治20年代の彼の年表には、オーストリア・ハンガリー帝国からの貴族達の来日時に日本文化の案内役や日本の美術工芸品のコレクションを指導・協力したことが記されている。トスカーナ大公、オーストリア皇太子フランツ、フェルディナンド陛下などである。資料の中に次の一文があった。

イタリア系オーストリア貴族のバルディ伯爵の日本旅行と美術、工芸、武具の蒐集はハインリッヒの協力。このコレクションは1906年(明治39)に競売され、現在ベネチアの東洋博物館の収蔵。

まさしく、私達が出合ったものであった。かねてから面識のあった二人はきっと意気投合したのだ。トスカーナ大公のコレクションは、ウィーンのヴェルヴェデーレ宮殿などで帰国後陳列されたと言う。

彼らが帰国した後の1890年代にかけては、浮世絵コレクションは熱狂の時代と言われ、日本の美術品は価格も高騰し貴重なものとなっていった。1900年代に入ると一級の美術品はあらかた日本から姿を消していた。その頃来日した米国の実業家チャールズ・フリアが集めた北斎の約500点に及ぶ肉筆画の中には、もはや既に少なからず偽作や贋作も混じっていたという。

空前の人気をみせた〈ジャポニズリー〉も明治38年（1905）には衰えを見せ始め、ビングも亡くなり、林忠正も帰国、翌明治39年に53歳で病没した。

エンリーコ王子が亡くなったのも明治38年のことだ。日本は日清戦争の勝利を経て、前年から始まっていた日露戦争でも勝利をおさめた年である。西欧からみたら、もはや〈ジャポニズリー〉などと言って、単なる異国趣味の対象として東洋の島国をみる時代ではなくなっていた。黄禍論も興っていたし、日本は不気味な新興の資本主義国家、遅れてやって来た小癪な帝国主義国家として見られ始めた頃ではなかったか。

エンリーコ王子は、ヴェンドラミン宮殿で、プライベート・コレクションを持つ夢を叶えたいと、コレクションに囲まれて亡命貴族として暮らした。しかし夢は叶わず、モナコに近いフランスの高級リゾート地メントンで保養中に病を得て亡くなった。先の美術館の資料によれば、彼のコレクションは死の翌年、1906年に競売されたとあった。〈ジャポニズリー〉の終焉の始まりとともにこの世を去ったというべきだろうか。

「カ・ペーザロの北斎」の真贋

さて、カ・ペーザロ東洋美術館にあった「北斎戴斗」の落款があった肉筆画の真贋や如何に？である。バルディ伯エンリーコ王子が、東洋旅行の折に買い求めたというこの肉筆画であるが、残念ながら真筆である可能性は極めて低いと思わざるを得ない。何故ならば、こういうことではなかろうか？

まず、肉筆画というジャンルであるが、版画もそうであったように、その制作は人気絵師（画工）を中心とした工房での制作が普通であった。大名とか豪商とかいった富裕階層からの特別注文は別として、工房では師匠の作品を手本（粉本）にして、弟子達がほぼ同様の画を仕込み画として量産したという。いわばコピー、複製である。そこに師匠の画号を書き入れ、師匠から預かった、あるいは譲り受けた印をその下に押すこともできたとか。

こうした工房制作は、この時代何ら咎《とが》められることではなかった。北斎は名声を己一人で独占するのではなく、弟子達に仕事を分け与えていたとも見ることもできる。西欧でもレンブラントなどの例を見るまでもなく、よく見られたことである。北斎の落款が入っていることが真筆を保証するものではなく、いわば〝北斎ブランドもの＝北斎擬き〟とみるのが妥当のようだ。

次に、「北斎戴斗」という画号であるが、北斎自身がそう名乗っていたのは文化7年（1810）

頃から文政2年（1829）にかけてのほぼ五十歳代の頃である。だが彼は、この号を弟子に譲っており二代目戴斗なる人物もいる。『浮世絵類考』（太田蜀山人）によれば、二代目の俗称は亀屋喜三郎。「画風よく師の筆法を得たり、真偽ややもすれば見まがふ計りなりといへる、是れなり。絵本類など画き、又絹紙などへも多く画きたり」とある。北斎は自らの画号をしばしば売った人らしく、かの『葛飾北斎伝』にもこう書いてある。

「北斎翁名を門人に譲りて若干の報酬を得ることをつねとす。故に貧困極まれば即ち名を譲る。門人窃《ひそか》にこれを厭《いと》いしとぞ」

つまり、生活のために号を売ってしまうから、その都度別の号が必要になったのだと。だから30回も画号を変えたのだと。有名であったはずの北斎が、どうしてそんなにいつも貧困極まっていたのか？　よく解らないのだが。

更に考えられるのは、贋作（＝ニセモノ）の可能性である。エンリーコ王子が来日した頃は、欧米での日本美術熱を背景に美術商が大量に買い漁りを始めていた時代であった。北斎の人気は既に高いものがあり、北斎の名があれば高く売れた。そこに目をつけた贋作者が現れていたとしてもおかしくない。維新この方、伝統的浮世絵師は凋落しており、食い詰めた北斎の弟子筋にあたる絵師達が贋作に手を染めたともいう。世に北斎作品の贋作は夥《おびただ》しい。世界中に三万点もあるという「北斎」作の中に無数に紛れ込んでおり、その真贋を見極める要素は至って少ないようだ。

『北斎肉筆画大成』(永田生慈編)には、「戴斗」期の作品について次の説明があった。「北斎期と一部年代的に重なりがあり、保存作は多くない。様式面などに〃チリチリ〃といわれる特徴的な描線が顕著。精巧な模倣作が多い。工房作と称され北斎落款を持ちながら門人の筆も入っているとされる作品群あり」。この画集に収録されている作品として、ワシントンのフリア美術館蔵の「七福神図」「六歌仙図」があった。カ・ペーザロの作品にも確か「六歌仙図」があった。やはり精巧な模倣作ということかも。

カ・ペーザロの東洋美術館のコレクションについて触れた図書はないのか? と探してみたが、あったのは次のようであった。美術評論家の瀬木慎一氏の著書『日本美術の流出』の一節に「イタリアにおける日本美術コレクションというと、ヴェネツィアのカ・ペーザロの東洋美術館で、これはボルボーネ(ブルボン)パルマ公エンリーコが1888年に始まる長期の東洋旅行に集めたものであるが、内容はとりたてていうほどのものではない」と、あるだけであった。敢えてコメントするならば、この文章は正確ではない。エンリーコはパルマ公ではなくバルディ伯、旅行に出掛けたのは1887年だ。

地元の公民館で文化講座があり、「北斎の生涯と作品」について、東京国立博物館の絵画・彫刻室長の田沢氏のお話を聞けた。その際、「カ・ペーザロの北斎」について質問してみたが、全くその存在すら承知しておられないようであった。本格的な調査がなされたことはないようであるが、やはり〝ヴェネツィアにいた北斎〟は、世界中に無数に存在しているという〝北斎擬《もど》き〟〝ニセ北斎〟の内のひとつでしかない、ということではなかろうか。

イタリアのジェノヴァ生まれの版画家で、明治8年（1875）に明治政府のお雇い外国人として来日したキヨッソーネという人がいる。彼は紙幣や切手のデザインを指導し、西郷隆盛のモンタージュ肖像画を画いたことでも知られる。彼は20年以上にわたり滞在したのだが、その間に、武器・武具・浮世絵・陶磁器・漆器・印籠・根付・能面・仏像など1万5000点以上の日本の美術品をコレクションした。1898年に死去したが、その遺品であるコレクションはその翌年に故郷のジェノヴァに移管され、今日ではキヨッソーネ東洋美術館として公開されている。

エンリーコとキヨッソーネ。時代といい、日本の美術品のコレクションといい共通点が多い。キヨッソーネのコレクションは評価も高いようだ。しかるに、エンリーコのそれはコレクションにその名も冠されていないし、〝とりたてていうほどのものではない〟と軽くあしらわれている始末である。この扱われ方の違いは一体どうしたことなのだろうか？

思うに、キヨッソーネは版画家であり、永年にわたる日本滞在中にコツコツと自らの審美眼で真贋を見極めながら本物を買い集めた。それに対し、青年貴族エンリーコは、東洋旅行の傍らカネとヒマにものをいわせて、束の間の滞在で買い集めただけだった。単なるオリエンタル趣味から〈ジャポニズリー〉の熱に侵されてのコレクション。本物を見抜く眼を持ち合わせず、お土産品みたいなニセモノもつかまされた。だとしたら、何だか少し淋しい気がしないでもないが如何であろうか。

セレンディピティという言葉をご存知であろうか？「幸運な出会い、発見」とか「予期せぬ掘り出し物」という意味なのだが、語源は18世紀の小説家ホレス・ウォルポールが童話「セレンディブの三王子」の中に書いた言葉に由来する。セレンディブとはかつてセイロン（今のスリランカ）と呼ばれた島国のことである。予め計画を立てたうえで冒険に出かけた王子たちが、偶然に予期せぬ宝物を発見する体験により成長していく物語だという。

セイロンの王子ならぬパルマの王子〝バルディ伯エンリーコ〟は思わぬ宝物とは出合えなかった！　私達の旅は〝ヴェネツィアのクリムト〟に逢いに行ったら、真贋の知れない〝ヴェネツィアの北斎〟に出合ってしまった！　というセレンディピティであった。

主な参考資料

『海を渡る浮世絵―林忠正の生涯―』（１９８１年　美術公論社）定塚武敏著
『日本美術の流出』（１９８５年　駸々堂出版）瀬木慎一著
『迷宮の美術―真贋のゆくえ―』（１９８９年　芸術新聞社）瀬木慎一著
『葛飾北斎伝』（１９９１年　岩波書店）飯島虚心著
『浮世絵類考』（１９９１年　岩波書店）仲田勝之助／編校・太田蜀山人原著
『ジャポニスム』（１９９２年　講談社）大島清次著

『小シーボルト蝦夷見聞記』(1996年　平凡社) H・v・シーボルト著・原田信男ほか訳注
『北斎肉筆画大成』(2000年　小学館) 永田生慈編
『林忠正』(2009年　ミネルヴァ書房) 木々康子著
「子孫が語るシーボルト父子伝～ハインリッヒを中心に～資料集」(2012年　目白相互企画) 関口忠相編集

文人たちの風景

良寛体験

「うらやす市民大学」の自主プレゼン講座で、新潟県は長岡市のご出身のS氏が《我がふる里の良寛—新説・異説の謎について—》と題した研究成果を発表された。S氏によれば「良寛とは深い地縁繋がりがありながら、その詳細はよく知らなかった。彼の実像や生き方について最新データで埋めてみたい」というのが考察の動機であったとのことであった。

「良寛は、出雲崎の名家の長男として生まれたが、生家を家出し、出家。禅僧として諸国行脚の修行の後、故郷に戻って草庵に隠棲。托鉢修行で暮らし、書・詩歌で有名である」といった彼の生涯を紹介しながら、良寛は謎の多い人であることを解説された。

例えば、実父は誰か？　家出・出奔・出家の理由は？　などである。若き頃に挫折と葛藤した人である。宗教家としても、宗教界の堕落を批判したこととか、禅僧でありながら宗派を超えたところがあったりしたとかにも触れられた。人間良寛の真実に迫ろうとする考察であったと感じた。初めて知るところが多く、良寛という人物像を興味深く聞かせていただいた。

発表後の質疑応答の時間で、ある方は、〝良寛はなぜ有名なのでしょうか？　僧侶として偉い人は他にもたくさんいるはずですが〟と発言されたのでした。確かに空海・親鸞といった高僧でもないし、徹底した苦行僧でもないようだし。

良寛をどう知ったのか？

私はといえば、思わず口から〝ところでどうして私は良寛を知っているのでしょうか？〟と手を挙げて質問してしまっていた。周囲からは笑い声も出た。私は新潟県生まれでもなければ、お寺にも、書道にも、和歌にも、生まれてこの方あまり縁がなかった。だが、良寛という名前は知っていた。何となくおぼろげなイメージでしかないが、子どもたちと手毬をついて遊ぶやさしいお坊さんという印象はあった。

新潟県なのかどうかは定かではないが、新潟か北陸の方の人物で江戸時代あたりの人くらいだろうと。親たちから聞かされた覚えはないし、新潟の良寛記念館も知らなかった。学校で教わったのか？　良寛に関した本を読んだこともなければ、書や詩歌をしかと見たり読んだりしたこともない。

でも、何となく知っていた。どうしてだろう？　考えてみれば不思議なのである。よくわからないのである。どこで〝良寛体験〟をしていたのだろう？　この感覚から私の新たなる〝良寛体験〟が始まることになったのだった。

「S氏の考察」を拝聴する前までは、良寛についてあまり知るところはなかったのだが、それにしても何処でどうその存在を知ったのか？　更に私たちの親や家族達はどう知ってきたのであろうか？　と思いは広がっていった。子供の頃に親から昔話として聞かされたのか？　学校で教わったのか？　漫画で見たのか？　テレビで見たのか？　どんなメディアを通じて知ったのか？　大人になってから本で読んだり、書や和歌に触れた記憶はない。にもかかわらず何となく知っている。一体どうしてか？　探ってみたい。そして今の子供たちはどうなのか？　も。

団塊の世代の場合

私は戦後生まれで、所謂団塊の世代の走りだ。戦後教育を受けた世代だが、まずは学校教育の中で習ったのではないかと考えてみた。

私が学んだ小学校が当時どのような教科書を使っていたのか？　を確認してみることにした。出身地である名古屋市の教育センターには教科書に関するデータベースがあることが解った。電話で問い合わせ、小学生時代の昭和28年から33年にかけて採択されていた国語の教科書を教えていただいた。すると、昭和29年までは『太郎と花子　国語の本』(日本書籍)、昭和30年から32年までは『小学校国語』(学校図書)、昭和33年からは『わたしの国語』(学校図書)とのことだった。つまり、4年生から6年生にかけては「学校図書」という出版社の本が使われていたようだ。

現物を確かめることにした。教科書出版の最大手「東京書籍」には「東書文庫」という教科書専門の図書館があると知り、王子にあるそこを訪ねてみた。該当する教科書の実物を閲覧してみた。すると、六年下の国語の教科書に、〝芸術の秋〟の単元に「短歌と俳句」の章があった。その本文には紹介されてはいなかったが、参考（二）に短歌と俳句がそれぞれ10首あり、そこに一行、良寛の一首があった。

かすみたつ長き春日をこどもらと　手まりつきつつけふもくらしつ

参考（二）の説明文によれば「短歌や俳句の好きな人、研究したい人はこれらの歌や句の意味を考えあったり、先生にきいたり本で調べたりしましょう」とあった。

関心や興味もなく勉強好きでもなかった私は、そのようなことをしたはずはない。つまり、情報としてはあっても頭には入っていなかったのでは？　と思いたい。

私の場合はこうだったのだが、いわゆる団塊の世代が小学生時代の昭和30年代の教科書では一般的に良寛をどう教えられていたのかを探ってみることにした。ネットで検索したら、雑誌『良寛』（全国良寛会発行）第35号に「良寛さんと小学校教科書」という記事があることが判った。そのバックナンバーを取り寄せてみて、手がかりを得られた。その記事によれば、

敗戦に伴う教科書の混乱期を経て、良寛が再び登場したのは昭和21年後半発行の「暫定教科書」であった。新しい教育の方向に添った新教材の一つとしてである。昭和25年の最後の国定教科書まで、子どもと遊ぶ良寛は、思いやり、優しさといった人間性尊重の観点からかずっと

登場し続ける。こうした背景に、昭和26年からは民間発行による検定の時代が始まった。昭和二・三十年代には良寛の人柄暮らしぶり等を、逸話や物語と短歌を交えて紹介している例が見られた。

と、具体的な例が紹介されていた。私の教科書では良寛の短歌の紹介だけで、解説もなければ逸話や人物の紹介もない。これでは、本人には全く記憶もなければ自覚もないのはむべなるかな、ではなかろうか？

となると、良寛のことを見たり聞いたりしたのは教科書というよりむしろ学校教材としての伝記本の類ではなかろうか？　と次に考えた。何となくではあるが、学校の休み時間とか放課後に、挿絵入りの偉人伝のような伝記本を読んだ記憶がある。昭和二・三十年代の児童向けの図書の事情を調べに、東京は上野の「国際子ども図書館」に行ってみた。国立国会図書館の支部として設立された児童書専門図書館だ。ここのデータベースから〝良寛〟をキーワードにして検索し、実物も閲覧してみた。その結果を要約するならばこうなった。

〝良寛〟のタイトルで検索すると、戦後の昭和21年から約10年間で出版された本は22冊あった。この当時が伝記本の出版としては実はピークであったようで、出版社の数も15社もあった。教育専門系の会社の名前もあったが、今はないところも多い。『偉人伝文庫』（ポプラ社）とか『少年文庫』（光文社）、『児童伝記全集』（偕成社）などがあり、漫画系では『おもしろ漫画文庫』（集英社）、『伝記漫画文庫』（東京漫画出版社）などといったシリーズの中に「良寛」の巻が存在した。これらの内のどれかを学校にあった図書なのか、あるいは友達から借りて読んだのかも知れない。中学校の教科書で良寛の和歌を知ったという人もいるようだが？　判然とはしないのだが、私の場合は漫画による〝良寛体験〟だったかも知れない。

私とほぼ同世代の友人は、「小生の良寛体験は、小学校の教科書でなく幼稚園の絵本で、子供たちとかくれんぼで、日が暮れても、そのまま鬼を続けるという話を覚えている」「我々、団塊の世代が幼稚園に行く頃は、当時、寺が副業で幼稚園を経営するのがブームになった時で、仏教系の幼稚園では、必ず良寛の絵本を読み聞かせていたのではないかと、思いますが」という話をしてくれたが、案外そうかも知れない。

我々世代が大人になっていった昭和後期の時代、そして平成の時代に良寛はメディアではどう登場していたのか？　１９８０年代には出版界には良寛ブームというような時代があったようだ。しかし、水上勉の『雁の寺』は読んだが『良寛』（１９８３年刊）を読んだ記憶はない。私は昭和55年（１９９０）から本格的に首都圏に移住した。１９９２年からは平成の時代となり、ポストバブルの時代を暮らし始めた。良寛は中野孝次の『清貧の思想』（１９９５年刊）で兼好・西行などの隠者の系譜につながる生き方をした人として取り上げられもした。

この本を当時読んだ記憶がある。しかし良寛のことは、しかとは記憶していない。

テレビドラマではNHKが1993年の正月に早坂暁の脚本で2時間ドラマ『乳の虎・良寛ひとり遊び』（主演：桂枝雀）が、映画では1997年に松本幸四郎の主演で『良寛』が瀬戸内寂聴の小説『手毬』（1991年刊）を原作にして制作・公開されたようだ。残念ながらこれらの作品は見逃していた。1999年には表参道にある新潟県のアンテナショップ「新潟館ネスパス」で《いま、そこにいる良寛》なるイベントがあったらしい。著名人による講演・対談が連続して開催され、後に出版物にもなったようだ。しかし、当時はこのイベントを知ることもなく、また参加もしていない。

私は本や映画が好きで、しかも首都圏で生活していながらこれらの〝良寛〟を体験することはなかった。親や親族あるいは周囲にいた大人の人達からあるいは友人や知人から、良寛さんの逸話なり人物について子供の頃に私は聞かされた覚えもない。新潟県出身の係累もいない。だが親たちの世代はどうだったろうか？　と思いがそこに及んだ。第二次世界大戦前の教育を受けた世代は違うのかも知れないと思った。

戦前・戦中派の世代の場合

この世代を一括りにするのは極めて乱暴なのかも知れないが、小学校までの教育を戦前・戦中に受けた世代と捉えたい。昭和一桁以前の生まれの世代は国定教科書で教育を受けたはずである。

そんな教育の中で良寛はどう位置づけられていたのか、先述の雑誌『良寛』の記事が参考になった。国定教科書なるものが登場したのは、意外と遅く明治30年からである。良寛の作品が初めて採用されたのはもっと遅く、昭和12年（1937）であった。『サクラ読本』の中で、手まりなどを詠みこんだ短歌三首が採り上げられている。この背景には、相馬御風を始めとする良寛研究家による啓蒙とか正岡子規から佐々木三千綱、斎藤茂吉へとつながるアララギ派の歌人達の敬愛、あるいは夏目漱石、安田靫彦といった文人達による良寛の書に対する敬慕といった明治晩年から大正・昭和に至る戦前のブームがあったようだ。この教科書は昭和15年までの3年間しか使われなかった。昭和16年からは小学校は国民学校となり、教科書も戦時色の強いものとなり、良寛は消えた。時代の影響か、軟弱と判断されたのか。

向田邦子の随筆集『夜中の薔薇』の中の「本屋の女房」という章に、彼女の〝良寛体験〟が書いてある。

はじめて選んで本を買ったのは小学校四年のときである。お年玉なんかでお小遣いがたまり、祖母がつきそって本屋へ出かけたのである。

散々迷った末に選んだのは『良寛さま』。たしか相馬御風という方の書かれたものだったと思う。随分しおらしいものを選んだものだが、四十年程前には今ほど子供向きの本はなかった。その時分住んでいた鹿児島の金港堂である。子供の時分から本が好きだった。

彼女は記憶力抜群で、場面の細部や空気を再現することにかけては舌を巻く表現力の持ち主だった。この文章からは、次のことが解った。彼女が『良寛さま』をいつ買いもとめ、その時すでに彼女は学校の教科書で良寛を習っていたかどうかということである。向田邦子は昭和4年（1929）11月28日生まれだ。彼女は、昭和14年（1939）1月に父親の転勤により鹿児島に転居していた。4年生になったのはその年の4月からである。4年生のお正月というのは昭和15年（1940）のことであった。先程の戦前の教科書事情によれば良寛が載った『サクラ読本』の時代は昭和15年までだった。彼女は5年生になってから教科書で習ったことになる。つまり、学校で習うより前に〝良寛体験〟をしていたことになる。本が好きだった彼女はこの年で漱石の『坊ちゃん』などを親の目を盗んで読みふけっていたという。『良寛さま』を買ったのは、大人の小説を読んでいるのを親に見つかった時の用心にそばに置くためだった、とも書いている。

相馬御風の『良寛さま』は昭和5年（1930）に初版が出ている。彼の良寛本は戦後にも何度となく出版され、近くは2007年にも復刻版が出ている。世に流布している良寛像のイメージの大元と言って良いようだ。

相馬御風は新潟県糸魚川の出身の歌人、評論家である。大正8年の『大愚良寛』は良寛研究には欠かせない本といわれる。それまでは、ともすれば聖僧として美化されがちであった良寛の人間的な側面を掘り下げたのであった。早稲田大学の校歌をはじめ新潟県下の数多くの学校の校歌の作詞者としても著名である。

戦前にはこの他にも、『少年良寛和尚の生涯』（高野盛義／少年史伝叢書　1929年刊）とか新美南吉（知多の半田出身）の『手毬と鉢の子』（1941年刊）、などといった児童図書も多く世に出ていた。昭和18年（1943）戦時中に出版された『童話　良寛さま』（大坪草二郎）では、著者の言葉にこうあった。

良寛は、単なる隠遁者ではない。いたづらに感傷的な、弱々しい人物でもない。（中略）大戦下の小国民の讀物として、良寛の話は消極的で、ふさわしくないと思ふ人があるかも知れない。

教科書からは消えても良寛は伝えられ続けたようだ。総じて言えば我々の世代よりは当時の子供たちは〝良寛体験〟の機会は意外と少なかったのかも知れない。しかし、読み物としての体験であったところが異なるのかも。

団塊世代の子や孫の場合

団塊ジュニアの世代以降に生まれた子供たちは、それ以前に比べると〝良寛体験〟についていえば大きく異なっていった。その背景として教育環境・メディアの変化・発達が決定的だと思いたい。活字媒体からテレビへ、漫画からアニメ、テレビゲーム、パソコン、そしてケータイへと変化は続いている。こんな中で良寛はどう伝えられてきたのか、また伝えられていないものは何かを考えてみたい。

先述の『良寛さんと小学校教科書』ではこう指摘された箇所があった。

昭和二十・三十年代、良寛さんを採りあげた教科書が多いとはいいがたいが、良寛さんの人がらや、くらしぶり等、逸話や物語と短歌をまじえて紹介するというような、工夫された立派な教材があった。そして、東京書籍、学校図書のように改訂しながら十年近く使用されたものもある。ところが、昭和40年（1965）代以降ほとんど姿を消し、短歌教材のみになっていったのは何故だろう

単に和歌だけが紹介されるようになっていったことが明らかだった。更に教科書内での現象だけでなく、伝記本、伝記漫画の出版事情にも〝良寛もの〟の減少がみて取れる。団塊ジュニア世代が小学生の高学年となっていった1986年からの10年間で僅か3冊であった。次の10年間でも7冊でしかない。最盛期であった1946年からの10年間では22冊であったのに。確実に〝良寛体験〟の機会が減り、その中身も人物像にふれることが減り、ただ名前だけを知り、かろうじて短歌で〈子供と遊ぶ良寛〉に接するかどうか、になっていった。この傾向の背景には時代の動きがかかわっているはずだ。

子供たちを取り巻くメディア事情

テレビの中のアニメや漫画・コミックが子供たちにとっては最大の関心事となっていく。1975年に始まり20年間にわたって放映された『まんが日本昔ばなし』という人気アニメがあったが、しかし何故か良寛は登場しない。更に、テレビゲームが追い打ちをかけた。ファミコンが発売になったのが1983年、『スーパーマリオ』（1985年）、『ドラクエ』（1986年）、『ファイナル・ファンタジー』（1987年）と今日でも超人気のキラーコンテンツが登場している。余りに面白いので、私もハマった記憶が蘇る。

更に更に「ケータイ」が子供たちのコミュニケーションの世界を侵食し始めた。「ケータイ」の販売自由化が始まったのは1994年のことであり、まだ20年程前のことでしかない。その後の進歩変化については言うまでもないこと。活字離れを大人より早く始めていったのだ。〈よくわからない、子どもとまりをついて遊ぶちょっと変わったお坊さん〉に子供たちはつきあっていられないのである。今であれば、確実に変人として扱われる危ないヒトなのだ。

『いま、そこにいる良寛』の中に次のような話があるのを見つけた。1938年北京生まれの絵本作家、佐野洋子さんのエッセイ「いま、ここに居ない良寛」の一節だ。

「小母さん、ヨシヒロって誰だい」

私がこの原稿を頼まれて、にわかに、数冊の良寛に関する書籍を重ねて読んでいる時、近所の若い男の子が遊びに来て言った。

「エッ」「ほれ、これ、ヨシヒロだろ」私は仰天した。

「あっ、あんた、リョーカンさん知らないの」「知らねェーよ、これリョーカンって読むのか」

サリンジャーも、スティーブン・キングも知っている男の子である。

「あのさ、子供と遊んだお坊さんの話しらない」

「知らねェーよ、どういう人なの」と言われて私も、ぐっとつまってしまった。何といえばいいのか、私だって知らないのだ。「何した人なの」と言われて私も、ぐっとつまってしまった。何といえばいいのか。私だって知らないのだ。

「何した人なの」「……」「何で有名なんだい」（中略）

別に宗教を知らない私の若い友人を弁護するわけではない。彼は普通の日本の若者である。

そして、彼と五十歩百歩の私も又、普通の日本の小母さんである。


佐野洋子さんは1938年、即ち昭和13年の生まれ、敗戦の時は7歳か。〝良寛体験〟は比較的薄い世代。近所の若い男の子というのは、推測するに二十歳前くらいの大学生か。

この文章が書かれた年から考えて（この本は1999年の講演・対談をベースに編集されている）、1980年頃の生まれかも。つまり団塊ジュニア世代だ。今から10年位前でこうなっていたのがよく解る。「リョーカンなんか知らない！」世代がフツーになっていた。

今時の子供の良寛体験

良寛でネットサーフィンしていたら、「Kおばさんのひとりごと」というブログに出合った。２０１１年９月21日付けの〈新潟　咲花温泉へ〉の箇所にこんなことが書いてあった。

３連休に新潟の咲花温泉に行って来ました。最初の目的地は出雲崎の良寛記念館。ここは孫のリクエストで国語の教科書で良寛様について勉強しているので行きたかったとのこと。驚くことにバックからは国語の教科書がでてきました（笑い）。でも記念館は小学３年生にはちょっと理解できなかったようです。

これを読んだ私も驚いた。小学３年生が国語の教科書で良寛を教わっているんだ。昔は６年生だったのに。ブログの文章全体からみて、このお祖母さんと孫は静岡市辺りに在住らしいと思われた。静岡県では小学校の国語の教科書はどの出版社のものを採択しているのかを調べると、静岡市は「光村図書」、他にも磐田、浜松、など全11地区中５地区が採択していた。

現在の教科書事情を調べてみた。すると、小学校の国語の教科書は今では５社しか出版されていないようだ。少子化でマーケットが小さいからか。内３社は良寛を採り上げている。最大手の「東京書籍」は良寛を採り上げていないが、第2位の「光村図書」は3年・上で、「教育出版」は4年上で採り上げている。「三省堂」にも出ていた。「光村図書」の国語教科書をみてみた。3年生の上巻で、〝声に出して楽しもう　良寛・芭蕉など〟の項目があり、和歌を2首紹介している。一つは私の小学生時代と同じ、

かすみたつながきはるひにこどもらと　てまりつきつつこのひくらしつ

であった。同社の教師向けの教材用資料では出雲崎町のHPや良寛記念館を紹介している。くだんの孫は教室でネットで見せられたのか。

ちなみに我が町浦安の事情も調べてみたが、「教育出版」を採択し、私の出身地の名古屋市も「光村図書」だった。昔採択されていた「学校図書」に今は良寛は載っていない。

良寛が消えてはいないのはよいとしても、Kおばさんのコメントではないが、3年生や4年生で〝良寛体験〟したとしても、理解にはちと早すぎると思うのだがどうだろうか。

教科書ではまだ残っていたのだが、児童用の伝記本、伝記漫画の類は昔日の面影はほとんど残っていない。良寛のタイトルは図書館・書店の店頭ではほとんど姿を見かけることはない。

〝一休〟はあっても〝良寛〟は見かけないはずだ。講談社の『火の鳥伝記文庫』、小学館の『少年少女世界伝記全集』などは昭和57年（1982）が初版であるが、現在のシリーズでは良寛は消えている。最近のものでは絵本の『良寛さま』（2008年、にっけん教育出版刊）くらいか。活字離れはこ

こでも深刻なようだ。

劇作家の如月小春（1956年東京生）は『いま、そこにいる良寛』の中でこう言っている。

子供の頃、良寛さんは、今よりもずっと身近な存在だった。良寛さんに限らず、現存した人物の逸話を面白く子供たちに語って聞かせるおじいさんやおばあさんが、彼らの周囲にまだたくさん居たからかもしれない。良寛さんのことを知らない子供が増えたことは、アニメやゲームのせいばかりでない。子供たちは年寄りと遊ばない、年寄りは年寄同士でひっそりとホームで暮らしている。生活環境や人間関係が大きく変化したことは、教育現場の昨今の荒れとも密接につながっているのだろう。

Kおばさんとお孫さんのような話は稀に違いない。メディアも家族環境もその中でのコミュニケーションも大きく変わり、〝子どもたちと手まりをついて遊ぶお坊さん〟が全くイメージできない時代になったのだ。

新潟県人の場合

しかし〝良寛体験〟の事情は良寛の出身地新潟県では、少し異なっているようだ。

口コミというメディアがあった。『いま、そこにいる良寛』では、新潟県出身、あるいは所縁の方が多く登場している。作家の竹原素子（1927年加茂市生）は、「幼い頃から良寛の話にはなじんでいた。（中略）母は良寛さまといい、祖母は〝こじき坊主〟と言っていた」と述べている。調べてみればこの母は明治33年生まれ、祖母は明治初年の生まれらしい。生前の良寛を知る人達がいた時代である。良寛像の変化もまた面白い。

元NHKのアナウンサーで文筆家の下重曉子は、1936年栃木県生まれだが、母親が上越高田の在の板倉町出身という。彼女も子供の頃、母から良寛さんの逸話を聞かされたといい、良寛のような生き方を讃えている

越後生まれの人達は、ずっと良寛さんの伝説や逸話を幼い頃から肉声で聞かされて育ってきたというところが他の地域とは違っている。〝良寛体験〟が濃いようだ。

相馬御風をはじめとして、北川省一、田中圭一など良寛の研究家と言われる人達も多くは新潟県の出身者である。『良寛の恋』の著者、工藤美代子も父親が新潟県小千谷の出身という。

新潟県といえば、「その昔江戸（東京）より越後（新潟）の方が人口が多かった」という話がある。天保の頃の人返し策により江戸の人口が減り、幕末頃から明治30年代中頃まで今日の新潟県の人口が今日の東京都内の人口より多いという時代があったらしい。往時より勤勉な人柄で知られる越後の人は、出稼ぎ、行商なども含め関東に拡がり、故郷の偉人〝良寛さま〟の話を伝え、敬愛する人を増やすことになったとも思える。

新潟県には「全国良寛会」という組織がある。1978年に前身が生まれ、現在では県内に26支部、全国では48支部があり、調査、研究、イベントの開催などを手掛けている。新潟良寛会の会長は「考古堂」という老舗書店の経営者だが、良寛関係の書籍の出版では定評がある。雑誌『良寛』の編集・発行を1982年から25年間も続けた。

良寛の記念館は県内だけで3箇所、全国では4箇所もある。かの夏目漱石は記念館がないというのに。かつて新潟県では、「ズーム・イン朝!」というテレビ番組のローカルの天気予報のコーナーで、ビリー・バンバンの曲〝良寛さん〟がバックに流れていたことがあったという。都市伝説かも知れず、真偽の程は定かでない。

良寛終焉の地である長岡市に和島小学校という学校がある。2009年4月に統合・合併を機に新しい校歌を制定したという。縁あってか、なんと作詞は阿木燿子、作曲は宇崎竜童。その歌詞の一節には「良寛さまの教え今でも生きてるこの学び舎」とあった。

越後・新潟は〝良寛体験〟が、今でもとにかく濃いエリアであることは間違いない。

良寛体験は消えてゆくのか?

そんな新潟ですら、〝良寛体験〟が薄れつつあるようだ。新潟県の地元の調査会社が行った「新潟出身の有名人・偉人に関する調査」(2006年9月実施、有効回答1002人)の結果によれば、良寛の名前は出てこなかった。ベスト3は田中角栄、小林幸子、渡辺謙だった。

雑誌『良寛』は２００７年に25年間の歴史を閉じて休刊となった。全国良寛会は会員数が約３０００人、学者、宗教家、政治家が多く、毎年活発な活動をしているようにもみえるが、会員の高齢化、会員数の減少傾向がみられるという。出雲崎の良寛記念館も年間10万人を超えた入場者数が今では減少の一途だとか。

大学受験用の参考書『日本史B用語集』（山川出版社、２００９年版）には、良寛の項目にはこう出ている。

「越後出雲崎の禅僧。歌人、書家。諸国行脚の後、故郷で閑居。万葉調の童心あふれる歌風」（日本史教科書11社中９社に記述あり）。

しかし、フツーの人にとってはますますその実像とか価値がよく解らない存在となってきている。残念ながら、単なる断片的な知識でしか良寛を知らないようになってきている。彼の生き方や思いを、人間像を物語として知る機会がなくなってきているようだ。良寛体験はこの先も消えはしないが、良寛の情報が量・質ともにかつてより少ない状態は続くはずだ。良寛を敬愛する人達は別にして、和歌を覚えたくらいでは良寛を知ることは無理とも思える。

如月小春は、「最も民衆に近いところに在り続けようとした希有な宗教家の思想と態度は、子供たちが戸外でまりつきすらしなくなった（できなくなった）現代の都市にこそ必要とされているのではなかろうか？」とも書いていた。同意したい。

良寛は複雑で不思議で、奥深く、難しいところのある人間のような気がする。「S氏の考察」を伺った後のある方の質問ではないが、「ところで良寛ってなぜ有名なの？　どこが偉いの？」と私も問いかけたくなった。更なる〝良寛体験〟に踏み出してみたくなった。そもそも良寛は何者なのか？　その人間像を深く知ってみたくなってきたようだ。

主な参考資料

『夜中の薔薇』（1981年　講談社）向田邦子著
『いま、そこにいる良寛』（2004年　現代企画室）北川フラム編
『良寛の恋』（2007年　講談社）工藤美代子著
『日本史B用語集』（2009年版）山川出版社編
雑誌『良寛　第35号（1999年5月号）』全国良寛会編集発行

良寛は何者なのか

越後の人で、子供たちと手毬をついて遊び、優れた和歌や書の達人と知られた良寛なる偉いお坊さんが江戸時代に生きていた。〃そのことをどうして私は知っているのか?〃という素朴な疑問から私は三年前に「良寛体験」をした。結果、何となく分かったようで分からないところもあったのである。

良寛を敬愛する人は新潟県を中心に今なお多く、良寛の研究も盛んであることも知ったのである。私達を引きつけて止まない磁力がある良寛さんとは、本当はどんな人物だったのだろうか? どこが偉いのか? 一体何者なのか? との思いが、いつも頭の片隅に住むことになったのだ。

出雲崎へ

この秋、福島県から新潟県にかけての旅をする機会が巡ってきた。旅の最終地は新潟市であったのだが、私の心は出雲崎町を目指していた。良寛さんの出身地であったからである。磐越西線の新津駅で旅の仲間たちと別れ、長岡駅経由で出雲崎へと向かうことに。

良寛記念館前というバス停で降り、短い時間ではあったが、良寛所縁《ゆかり》の地を巡ってみた。良寛記念館を見学し、眼下に日本海に面した出雲崎宿の町並みを見下ろす夕日の丘公園に立ってみた。子供たちと遊ぶ良寛さんの銅像、歌碑などが立ち並んでいる。

公園の一画には何故か山頭火の句碑もあった。昭和11年6月、彼は東北地方の旅から帰る途中に立ち寄っていたからであろう。自由律俳句の山頭火は、芭蕉のことはあまり考えなかったようだが、良寛には敬意を表したようだ。比較的新しい句碑には二句が刻まれていた。〈思いつめたる こころの文字は 空にかく〉が印象的で、良寛的な句であった。しかし後で調べてみたら、もう一句は、何故かこの地を訪れた時の句ではなかった。不思議である。

丘からは急な階段で下に降り、北国街道沿いの妻入りの屋並の町中に入った。すぐに、良寛生誕地橘屋跡という立派な石柱があり、良寛堂があった。ここは良寛の生家で名主・橘屋の敷地跡の一部であるという。お堂から海に向かって一段下がった所には、海の向こうの佐渡ヶ島と対座するように良寛さんの坐像が。骨格・顔相が特異で、存在感のある銅像であった。

田舎町は、どこでも似たところがあるが、日中は本当に人通りがない。ここ出雲崎もそうであった。しかし、良寛堂の周りでは小学高学年らしき女の子が三人遊んでいた。ボール遊びをしていたのだ。まるで良寛さんと遊ぶが如くに。彼女たちとすかさず会話をしてみた。「良寛さんを学校で教わっている?」と。答えはこうだった。「逸話を聞いたり、紙芝居を自分たちで作ったり、天上大風と書いたりしています」と。さすがに出雲崎の子供は〝良寛体験〟が濃いのであった。

私の〃良寛体験〃にも幼稚園で聞かされた紙芝居があったかも知れないと、ふと思った。

町並みをしばらく歩くと芭蕉園があり、余り広くはない園内に芭蕉の石像と句碑が建っている。芭蕉は、かの〃奥の細道〃の途次、北国街道を曾良と歩いている。〈荒波や 佐渡によこたふ 天河〉を詠んだのがこの辺りだとか、いや違うとか諸説あるところである。

芭蕉は良寛さんが生まれる約70年前に出雲崎に来たのであり、そのことを彼は無論知っていたと思うが、芭蕉のことには触れていないようだ。良寛には俳句もあるが、むしろ和歌や漢詩の人だからか？ 出雲崎を歩いて感じたのは、観光パンフを見てもそうだが、良寛の存在感が如何に大きいかであろう。『全国文学碑総覧』によれば、芭蕉の句碑は日本で一番多く、３４３３ある。次が山頭火で７３６、一茶が３４５というのがベスト３だ。良寛の碑は１８８だがほとんどは新潟県に集中している。出雲崎町には26基の文学碑があるが、そのうち良寛及びその関係碑が19基であった。越後の国では、山頭火も芭蕉も遥かに霞んでいるのである。

良寛という人物についての逸話・伝記の類いは彼が生きた江戸時代後期に、既に生まれている。以来、明治・大正・昭和から平成の今日まで数々書かれ続けてきた。その中には、事実ではないもの、願望から造り出され捻じ曲げられたもの、勝手に解釈されたものなどが多いであろうと言われている。歴史的史料も限られており、本当の姿に辿り着くのは容易ではない。彼は和歌・漢詩・俳句、手紙類などを書き残し、その書も高く評価されている。しかし、それらの作品の中にも偽物があるようだ。

本当の姿に辿り着くのは、難しく不可能なことかも知れない。しかし、改めて良寛なる人についてその姿・カタチ、人物像を辿ってみたいのだ。

複雑な家庭事情

良寛は、新潟県三島郡出雲崎町の名主・橘屋山本新左衛門家の長男として生まれた。これは確かであろう。母親は、近年の通説では佐渡生まれの「のぶ」。明治時代に山本家の末裔が著した「山本家譜」では母は秀子とされ、永らく信じられてきた。しかし、江戸時代に貴族でもない女性が〝子〟と呼ばれるはずもなく、間違いとの説が納得できる。当時の公的な記録にある、出雲崎の橘屋に嫁入りした「おのぶ16歳」が母であると、昭和56年（1981）に明らかになった。寛延3年（1750）、婿は新津生まれの「17歳の新次郎」とある。新次郎は出雲崎橘屋新左衛門の婿養子となる、即ち両養子の婚礼だとある。しかし、4年後の宝暦4年（1754）頃、新郎側の事情により離別し、婿は新津に戻ったとされる。

橘屋「のぶ21歳」は、宝暦5年（1755）に与板の「新木重内（20歳）」を婿に迎える。重内は名を新之助、号を「以南」と改めた。この二人の間の長男が幼名「栄蔵」、後の「良寛」である。

しかし、「以南」が実の父親かどうかについては確かではない。何故かと言えば「栄蔵」の生年に諸説があるからだ。宝暦4年12月説、宝暦7年説、宝暦8年12月説が伝わるが、確かな記録もなく本人も述べてはいない。もし、最初の宝暦4年説だとすれば父親は新津の新次郎（実家に戻り「桂誉章」となる）であり、身重のまま結婚したことになる。

後年になって、桂家との関わりがあったり、父・「以南」との確執が伝えられたりしていることからみて、この間の複雑な事情への疑いを「栄蔵」は感じていたのかも。

子供は自分は本当にこの家の子なのだろうか？　とよく思うものだ。こうした事情があるのであれば尚更、自我の危うさに脅えていたのかも知れない。山本家の家譜ではこの間の事情については一切触れられていないようだ、不都合なことには目をつむったのか。

従って通説では、今のところ宝暦8年（1758）12月生まれで「以南」の長男とされている。ただし、良寛は終生自らの生年について語ってはいない。「のぶ」「以南」の間には、次男「由之」、三男「宥澄」、四男「香」、長女「むら」、次女「たか」三女、「みか」が生まれた。良寛とは違って全て生年月日が明らかである。良寛だけが不確かなのだ、不思議だ。

生家・橘屋は、謙信以前からの名家であり名主にして神官、廻船業、本陣、佐渡鉱山関連の事業にも携わってきた。江戸中期以降は佐渡金山の衰退もあり、家業は衰退・凋落気味であり、ライバルの敦賀屋と確執が続いていた。以南は、養父の死に伴い名主役となった、栄蔵が七歳の時とされる。性格的にも尖った処があったのか、代官所に訴えられるなど事業家としての才覚は欠如していたようだ。以南は文化人としては知られた人であり、特に俳句の才能で名を挙げた。愛国心という熱情と詩心を持った高潔な人柄で評価され、彼即ち〝橘以南〟の句碑も良寛堂にある。良寛をはじめ子供たちには、僧侶や歌人など文才で知られた人物が多い。

イジメられっ子・栄蔵

栄蔵は13歳頃から約6年間、父親の親戚筋に寄宿し地蔵堂（現・燕市）の大森子陽の塾で学ぶ。この人は、荻生徂徠以来の古学を信奉した貧乏儒者であったが、良寛は師として尊敬した。幼少年時代の栄蔵を伝える話は多くはないが、「近所での盆踊りに遊びに行けと母親が勧めたにもかかわらず、彼は遊びに出かけたふりだけをして、庭の石灯籠の明かりで論語を読んでいたという」とか、「父に叱られて、〝親をそんなに睨むとカレイになる〟と言われ、渚の岩の上に立って母が迎えにくるまでぼんやりとたたずんでいた」といった逸話がよく知られている。読書や思索が好きで気の弱く感受性の強い性格を思わせる。あくまでも憶測だが、内向的で世間とコミュニケーションをとるのが苦手だった。愚直で生真面目すぎて、どこかズレていたのでイジメられっ子だったのではなかろうか。

『良寛はアスペルガー症候群の天才だった』なる本がある。『良寛禅師奇話』など、良寛の生涯を伝える伝記・説話の中から例を挙げ、彼がこの病気の人であったと結論づけている。そして、良寛は〝ふるさと〟新潟が生んだ高い悟りの境地に達した野の高僧であると強調していた。

アスペルガー症候群は「広汎性発達障害・自閉症スペクトラム」の中の一群とされる。知的能力は比較的高く、他人とのコミュニケーションがうまくいかない反面、感覚面で鋭い能力を発揮したり、鋭敏な記憶力と洞察力を示す者がいる。歴史上の人物では、アインシュタイン、ヒッチコック、ヒトラー、三島由紀夫などがそうであるという。

確かに良寛の全生涯の中から、それとおぼしき逸話をかき集めれば、自閉症的でそういう側面もあったとは言えるが、いささか強引な展開だと思えた。幼児期から発症することが多いのだが、その時代の記録や証拠に乏しく、論争にもならないのではなかろうか。

『良寛の逸話』で谷川敏朗は「子どもの頃の良寛は、人見知りする内気な子供で、利発ではあったが物事をひどく気にする神経質な性格であったらしい。余り気にかけるので判断に迷い、それが人々の目には愚鈍に見えたわけである」とした。

松岡正剛は「少年期にはぼうっとしていた良寛は〝アナザー・トリッパー〟の子供だったらどうだろうと思うときがある」と見た。

アメリカのスタニスラフ・グラフという精神科学者の話として――「世の中にはもともと早い感覚の持ち主がいて、ただそれがアタマの中だけで起こっているので周囲の速度にあわなくなり、かえって漠然としてしまう」「教室ではぼんやりしていて、みんなから馬鹿にされているような子なのだけれど、ときどきぎくっとするようなことを言ったりする、そういう子供です」「その子たちは、実は異常に速い意識をもっている。あまりに速いために教師が言っているようなことすらもが先に感じられてしまって馬鹿らしくなってしまう」「かれらはアナザー・トリッパーとよばれたりします」（『外は、良寛』）―そうかも知れない。

栄蔵は15歳で元服し、名を文孝、字《あざな》を曲《まがり》と称した。この字は自分でつけたものではなく、みんなからつけられた仇名、ニックネームであるとの説がある。北川省一は『越州沙門良寛』の中で、子供の頃の綽名が「曲」であったことを捉え、良寛は斜頸（首曲がり）であったのではなかろうか、と書いている。

性格が単に意固地でへそ曲がりであっただけではない、という見方である。もしもこれが事実であれば、良寛の性格・行状・苦悩の多くを理解できるという。良寛は人を差別することを戒めた人でもあるが、これも自らの身体障害に根差していたかも知れないと。

この説を支持するものは、他には見当たらない。ただ『良寛禅師奇話』の次の箇所が気になった。「師一生、奇行異事ノ人ニ云フベキナシ。只一事アリ。師死シテ後、棺ニ納メ日ヲヘテ後、（中略）止ムコトヲヱズシテ棺ヲ開ク。頂骨不傾、嚴トシテ生ケルモノ（ノ）如シ」

当時は立て棺桶に納棺したであろうが、その中で頭蓋骨が少しも傾くことなく真っ直ぐ立っていた。まるで生きておられるお姿のようだった、と良寛を敬愛していた栄重氏は回想しておられる。〝不傾〟を斜頸だった首のことと解釈するのはちと牽強付会かも知れぬが。

青春の蹉跌

元服の後18歳頃、文孝は長男だから名主見習いのため、退塾し出雲崎に戻ることになった。正式に見習役となったかどうか、史料がなく不明である。この頃の彼の行状・評判を伝えた話は少ないが、〝橘屋の昼行燈〟が象徴的のようだ。学問好きなお坊っちゃまだが、どこかぼんやりしたところがあったのだろう。碁やおはじきまで勝負事が好きで、ギャンブラーだったという。

遊女屋に出入りし、遊女などとおはじきをしていて、弟に冷やかされたこともあった。出雲崎代官と漁民との争いの調停がうまくできなかった、とか行政的な仕事には凡そ不適格なことを示すような噂話も残っている。文孝自身もおよそ性格的に名主なんかには不向きだと思い込んでいたはずだ。グレて不良になりかかっていたのだ。

父・以南はそんな文孝をどんな思いで見ていただろうか？　以南自身、地元での火事・旱魃・疫病等の対処等多事多難であった。代官所と領民との間のトラブルにも嫌気がさしていた。いっそ名主を引退したい！　と鬱屈していた。長男に早く名主を継がせたいが、どうも不向きのようで継がせてよいものかどうか、大いに悩んだ。息子へもそのイライラをついついぶつけることが続いた。本当に自分の子なのか？　という疑いの心もあり、それは子供にも伝わったことだろう。5歳違いの次男・由之もいることだし、いっそのこと、長男を廃嫡するか？　との考えがあったのではなかろうか？　父親からの心の底からの愛情を感じられずに、息子にもまた鬱積するものがあったのだ。

そんな中、安永4年（1775）7月18日、文孝は弟に家を譲る旨の書置きを残して、突然家からいなくなる。近くの光照寺に入り髪をおろして出家した、との説があるが疑わしい。出家のためではなく、父親と大げんかし、〝出て行け、出て行ってやる〟と口論になり家出・出奔したのだと思える。

そのキッカケには諸説あるが、定かではない。父親のエキセントリックな振る舞いに絶望・ウンザリするような事件が積み重なっていたようなのだ。後に良寛となってから、漢詩で〝父を捨てた〟ように書いているが、むしろ捨てられたと見るのが正しいと思われる。江戸時代の儒学者や明治の文人達は、この事件を出家遁世とし、良寛を生来の聖僧だったからだと美化した。

忠孝が最高の美徳とされた時代にあって、親に楯ついて家業を捨てたことはとんでもない不道徳・親不孝者と世間からは非難されたはずであり、事件・スキャンダルだった。

良寛関係の年譜によれば、「安永8年（1779）5月、備中（岡山県）玉島円通寺の大忍国仙にしたがい得度。僧名〝良寛〟と称す。国仙に随行して備中玉島の円通寺に入る」

正式に僧侶となったのは家出・出奔してから4年後のことである。その間、どこで何をしていたか、諸説はあるが確かな史料はないようだ。遠くではなく越後の国にいたようで、空家のお堂に寝泊りしたり、学友や親戚縁者を頼って放浪した。時には日雇いしながらプータローをしていたのだろう。如何なるネットワークがあって、円通寺で修行する道が開けたのか？　これもまた詳らかではなく、諸説がある。放浪生活中に、越後・紫雲寺町観音院の宗龍和尚と出会い、実家の山本家は真言宗であるが、曹洞宗繋がりにより光照寺での出家がかなったようだ。この背景には、母おのぶが離縁させられた新津の前夫・桂誉章の存在があるとの見方がある。観音院の大旦那の彼は良寛の実父かも知れない、とすれば頷けるものがある。

時に良寛22歳、親の許しも得ての故郷からの旅立ちとなったが、両親とはその後、逢うことはなくこれが永の別れとなった。

孤独な修行僧

越後から遠く離れ、備中玉島円通寺の住職・国仙に随行し修行僧としての生活に入った。以後、寛政8年（1796）、39歳まで17年間ほとんど故郷に戻った形跡がないようだ。天明5年（1785）亡母の三周忌、寛政7年（1795）京都で入水自殺した父・以南の法要のあと越後に立ち寄ったかも知れないと伝わる程度である。両親の死以外に、その間に山本家では弟・由之が名主職を継ぎ、僧となっていた弟・宥澄が菩提寺の円明院の住職となっていた。

円通寺は道元を開祖とする曹洞宗であり、只管打坐により悟りを求めて修行をした。早朝に起き座禅、読経、読書を日課とした。時には、寺を出て托鉢・行脚する雲水生活もした。行脚は地元玉島だけでなく、各地に足を運んだようだ。師・国仙に随行して信州、西国、須磨、吉野から江戸を経て越後・紫雲寺の宗龍師の下での参禅か、とも言う。

生来、孤独癖があったのか寺にあっても真面目な良寛はひたすら一人、清貧な暮らしに徹した。後年の漢詩には、周りの禅僧などの立身出世に堕落した生き方への批判も見られる。おそらく浮いた存在だったのだろう。

しかし師の国仙は、寛政2年（1790）、良寛に印可の偈《げ》を与えた。卒業証書のようなもので寺持ちになるための資格を得たということだ。だが、翌年に良寛は円通寺を出てしまう。国仙が亡くなり、後任の住職と折り合わなかったからと思われる。少年時代に学んだ儒学の影響か、現実派の生き方にはついていけないと悟ったのであろう。

玉島を去って、良寛は諸国行脚の旅に出た。赤穂、明石、有馬、四国、土佐では良寛らしきみすぼらしいなりの僧の目撃談もある。さらに信州、関東、東北まで行脚とも伝わる。この諸国放浪の旅にあって「良寛は一時鉢叩きをしていたのではないか」（『良寛・芭蕉の謎を解く―鉢叩きの残像―』）との説があった。

「鉢叩き」とは、「鉦や瓢箪を竹の杖で叩きながら、念仏、和讃を唱えて墓所葬場を巡った。普段は茶筅《ちゃせん》を製し、万歳など雑芸能にすぐれ、埋葬、墓守、医療などもした」をいう。民俗学では雑種賤民、京都空也堂の念仏踊りで知られる。俳諧の世界では冬の季語であるらしい。氏の説の根拠は、良寛の俳句に鉢叩きの句があり、逸話に火葬場・髑髏が登場していること、また盆踊り好きであったことも挙げている。「大正年間までは、良寛を〝勧進〟〝乞食〟と呼ぶ年寄りが地元にもいた」（『野の良寛』）という別の話もあり、蔑視された向きもあった。

修行僧としての暮らしの中で、ひとつの行として体験していた可能性をあながち否定できないかも知れない。いずれにしても記録がある訳でもなく、その確かな姿は見えない。

只是従来栄蔵生

国を出る時には立派な僧となることを誓ったはずなのだが、宗教界の現実と己の姿に鬱屈した思いを抱いたまま、越後の国に帰ってきたのは寛政8年（1796）、既に39歳の壮年になっていた。以後、島崎村で74歳で没するまで、中越地方の各地で一人暮らしをした。越後から出たのは僅かに米沢に向かって十三峠を越えたくらいだが、その目的はよくは知られていない。宇津峠の近くで良寛の足跡を解説した説明板を、イザベラ・バードの道の街道歩きの際に私達は見かけたのだった。

出雲崎には余り近寄らず、燕・国上山の五合庵などを拠点に村々を托鉢して歩く。良寛は漂泊か放浪の詩人ではない。名門橘屋の長男に生まれながら跡も継がず出奔した。出家したが、高僧どころか住職にもなれず零落して故郷に舞い戻って托鉢修行する姿に対し、〝働くこともなく他人のお情けによって辛うじて生きている役立たずだ〟という声もあったであろう。出雲崎から北の燕、与板、島崎、地蔵堂、寺泊などには、彼の親戚・縁者・学友達が多く住んでいた。彼らの多くは富農、豪商であり、良寛を支える強力なサポーターとなった訳である。

一書によれば、良寛に生活物資を支援した外護者《げご》（名主・庄屋・医者・僧侶など）は32家、その物資は「米・野菜・果物・油・酒・煙草・薬等」87品目あったとある。高価な菓子をねだっている書簡も残っている。ある意味身勝手で融通無碍なところがあり、中途半端な生き方にみえるかも。彼を敬愛する人が未だに多いという事実をみれば、ものごとに囚われない自然体で自由な生き方への素朴なあこがれが人々の中にあったとも思える。

良寛のもとには高名な儒学者・国学者が訪ねてきて交遊し、その詩歌や書を賛美した。若い頃からの和漢の学問の勉強、精進による教養、技量が彼の身を扶《たす》けたのだ。

こと禅僧としては、正統派ではなかった。宗祖・道元の戒めを二つも破っている。一つは〝故郷に帰るな、との教え〟であり、もう一つは、〝文筆・詩歌は、修行には無用〟との教えに背いたことである。だからこそ、世に認められたとは皮肉なことだ。

寺持ちの資格を持ちながら、住職とはならずに宗教界の堕落を嘆き、宗教界を含めた権門には距離を置き、反骨・批判の姿勢をとったことも、人気の秘密かも知れない。それなのに、良寛堂では片方の石碑に〝良寛和尚生誕の地〟とある。和尚という称号とは本来無縁の生き方をしたのだから、これは贔屓の引き倒しだ。

雑炊宗教と言われるほど、色々な宗派の経典を独学で学び、少年時代に学んだ儒教に加え老荘思想も学んでおり、学んだことを平易な言葉で語りかけたことも、〝良寛さん〟と親しみを込めて呼ばれる背景にあるのだろう。

良寛を敬愛するあまりの良寛像の脚色、偶像化は彼の存命中から始まっていた。越後の儒学者・大関文中、鈴木文台に始まり、明治・大正・昭和には西郡久吾、相馬御風などの影響が大きい。戦後になってからは、清貧の思想という流れに乗り、中野孝次、水上勉、立松和平などへと続いている。子供たちと手毬をついて遊ぶという良寛伝説のもとは解良栄重の『良寛禅師奇話』であり、根底には純真無垢で無私の心を持った人物を尊敬する日本人の心性があるようだ。西郷隆盛についてもそうだが、こういうタイプの人物が好きなのだ。

期待される良寛像に都合の悪いところは、出生の事情など軽い捏造もなされてきた。貞心尼との〝老いらくの恋〟のことも中々注目されなかった。人間・良寛の実像に歴史家の立場からの研究が進んできたのは最近のことのようだ。

何故に、越後・新潟県で〝良寛さん〟が敬愛されるのか、については江戸時代後期からの社会、経済的な背景を考えるだけでは充分ではないのかも。越後という土地の事情があるかも知れない。

明治初年の新潟県は、幕末の北越戊辰戦争で河井継之助の徹底抗戦による戦乱はあったものの、人口は東京府を凌ぎ全国一の大県であった。しかし、明治政府の富国強兵路線で産業の近代化は関東・近畿など太平洋沿岸部を中心に進み、次第に日本海側は取り残されることになった。食糧生産基地としての重要性は高まったものの、冬場の出稼ぎや移民により人口の流出、過疎化の流れとなり、今では死語だが裏日本という暗いイメージで見られるようになっていった。有名人の輩出からみても、武人なら昔謙信、近くは山本五十六が目立つ程度であろう。そんな中、越後・新潟県の人々の郷土の誇れる人物、文化のシンボルとして〝良寛さま〟がいた。人々の心の支えになり続けてきたのだ。

少年捨父走他国　辛苦画虎猫不成
有人若問箇中意　只是従来栄蔵生

この詩は、国上山の五合庵で詠まれた詩である。周りの人がどう思おうが、良寛さんの本音は案外この中にありそうである。出自にまつわる心の葛藤や、青春の挫折への屈折した思いを抱えながらの人生を歩いたはずだ。それでも是れ只の従来の栄蔵と言い切るところが、タダならぬ人物なのだ。聖人視されることなど、思いもよらないことなのである。

生き続ける良寛像

万延2年（1861）生まれの日本人キリスト者・内村鑑三は『代表的日本人』（1894年英語版刊）で、西郷隆盛、上杉鷹山、中江藤樹、二宮尊徳、日蓮を日本人の典型的な偉人として西欧に紹介した。残念ながら良寛がいない。彼は知らなかったのか？

しかし、川端康成はノーベル賞受賞式（1968年）のスピーチ「美しい日本の私」で、良寛を〝日本の美〟の代表者として讃えている。その中で次の一首を紹介していた。

形見とて何か残さむ春は花　山ほととぎす秋はもみぢ葉

「日本古来の心情がこもっているとともに、良寛の宗教の心も聞こえる歌です」とある。評論家の唐木順三は『良寛』（1989年刊）で、「良寛にはどこか日本人の原型のようなところ、最後はあそこだというようなところがある」と書いていた。

下重暁子は日経新聞のコラム（2011年10月8日）で「持たない暮らし再考」と題し、「越後の雪深い人里離れた庵で一人暮らした良寛は、城主が大きな寺に招請した時に〈焚くほどは 風がもてくる 落葉かな〉と詠んで婉曲に断りました。足るを知るということで、すべての欲望を捨てて自由を得ました。現代人の私が良寛のように生きることはできませんが、少なくともそうありたいと思います」と共感していた。

私がブータンで体験したブータンの人達の生き方はこれだった。

良寛は、地震見舞いの手紙の一節でこんな言葉も残している。

「……災難に逢う時節には、災難に逢うがよく候。死ぬ時節には、死ぬがよく候。是はこれ災難をのがるる妙法に候。……」

是はこれ、凄い！　ではないか。

あわ雪の中に顕《た》ちたる三千大千世界《みちおほち》　またその中にあわ雪ぞ降る

この歌はとても哲学的だ。とても奥が深いのだ！　やはり只者ではないらしい！　良寛さん。

良寛体験を深めながら、わたしは何故か、今は亡き〝フーテンの寅さん〟を思い浮かべていた。映画の中で甥の満男はこう言う。

「いつも人の世話ばかり焼いていて、世間では変人扱いされているおじさんだが、ぼくは何故かこの人に魅力を感じるんだ」「おじさんは他人の悲しみや寂しさがよく理解できる人間なんだ」

そう言えば、寅さんは親との葛藤からグレて不良になって、家を飛び出した。そして故郷の葛飾柴又が忘れられなくて帰ってくる。寅さんの中には良寛が入っている。寅さんは歳をとったら良寛さまになるのだ。

日本人の心の中に、私の心の中に良寛さんは住み着き、そして生き続けていく。

主な参考資料

図書

『越州沙門良寛』（1984年　恒文社）北川省一著

『良寛─その出家の実相』（1986年　三一書房）田中圭一著

『野の良寛』（1988年　未来社）松本市寿著

『良寛─米沢道中』（1988年　考古堂書店）川内芳夫著

『良寛』（1989年　筑摩書房）唐木順三著

『手毬』（1991年　新潮社）瀬戸内寂聴著

『清貧の思想』（1992年　草思社）中野孝次著

『外は、良寛』（1993年　芸術新聞社）松岡正剛著
『良寛の実像』（1994年　ゾーオン社）田中圭一著
『良寛のすべて』（1995年　新人物往来社）武田鏡村編
『手毬つく良寛』（1997年　春秋社）高橋庄次著
『良寛禅師の悟境と風光』（1997年　大法輪閣）長谷川洋三著
『良寛の逸話』（1998年　恒文社）谷川敏朗著
『新潟県の歴史』（1998年　山川出版社）田中圭一ほか著
『良寛の四季』（2001年　岩波書店）荒井魏著
『いま、そこにいる良寛』（2004年　現代企画室）北川フラム編
『良寛の恋—炎の女貞心尼』（2007年　講談社）工藤美代子
『アスペルガー症候群』（2009年　幻冬社）岡田尊司著
『新良寛伝—「越の聖」の虚像と実像—』（2010年　彩流社）高橋誠著
『良寛はアスペルガー症候群の天才だった』（2012年　考古堂書店）本間明著
『良寛・芭蕉の謎を解く』（2012年　考古堂書店）平松真一著

新聞・雑誌記事

『キネマ旬報　昭和47年7月上旬号』山田洋次・渥美清・白井佳夫　鼎談　1972年
「日経新聞」2011年10月8日夕刊「持たない暮らし再考　下重暁子さんに聞く」

鴎外・漱石二人の間

博物館・明治村

10月の或る日、久方ぶりに郷里名古屋を訪れた際、かねて再訪してみたかった犬山にある博物館・明治村（1965年開村）に足を延ばしてみた。フランク・ロイド・ライト設計になる旧帝国ホテルの中央玄関が見たかったのだ。明治村には昔から数度遊んだことがあるが未見であった。旧帝国ホテルが明治村に移築され、見学開始になったのは1985年のこととか。私が1969年に社会人となり、名古屋を離れてから随分経ってからのことである。

明治村は広大な敷地を持つテーマパーク、屋外ミュージアムのはしりのようなところだ。訪れる度に新しい建築物が増えていく。

旧帝国ホテルは村の一番奥まったようなところにあるため、時間切れで行きそびれていた。そんなこともあり、一度はゆっくりと訪ねてみたかったのである。建築資材に大谷石をふんだんに使った旧帝国ホテルのロビーは、素晴らしいデザインではあったが、イメージしていたものよりは、なんだか小さいような気がした。西欧に何とか侮られまいとして、精一杯頑張って舶来デザイナーに依頼して本格的に造ったのだろう。だが、やはりなんとなく背のびしていたのではと思えた。今は見ることができないが鹿鳴館もきっとこんなものだったのかも知れない。

そこを後にしてぶらぶらとあちこち歩いてみるうち、「森鷗外・夏目漱石住宅」の前に出た。ここはかつて来たことがある建物だった。凡そ次のような説明書きがあった。

この建物は千駄木町に中島医師の住宅として建てられた和風住宅である。（中略）明治の二大文人学者森鷗外（１８６２〜１９２２）と夏目漱石（１８６７〜１９１６）とが時をへだてて住んだ、まことに記念すべき明治文豪の家なのである。鷗外が新築して空家になっていたこの家を借りたのは明治23年（１８９０）の秋であって、『文づかひ』などの小説や評論をこの家で書き、明治25年1月まで住んだ。（中略）その後、斎藤阿具という歴史学者の家になっていたが、明治36年（１９０３）２月から39年12月まで漱石が借りて住み、この家で『吾輩は猫である』を書いて有名な作家になった。「猫の家」と呼ばれるのはそのためである。

このことはほとんど知っていたことであった。漱石の作品は若い頃から愛読していたし、鷗外も全てではないが読んでいた。東京都文京区千駄木町にあるこの住宅の旧跡にも足を運んだことがあった。

鷗外・漱石という文豪が同時代に生きたこと自体が半ば奇跡と言えることかも知れぬのに、11年間という時を隔てていたとはいえ、同じ空間で暮らしたとは本当に奇跡としか言えないと、あらためてうなずけた。

しかし、私はそこから更にこう思い始めた。二人は同時代に生きた同じ文人だったのだから、まして同じ家に住んだことのある人なのだから、二人は会話したりとか訪問し合ったりしたことはなかったのだろうか？　という素朴な疑問が浮かんだのだ。そしてお互い相手のことをどう思っていたのであろうか？　また世間は当時どうみていたのであろうか？　と。鴎外・漱石二人の関係はどうだったのか、その軌跡をたどってみることとしたい。

千朶《せんだ》山房

二人は時を隔ててはいたが同じ家に住んだ。このことからまずは確かめてみたい。鴎外が本郷区駒込千駄木町五十七番地の新築間もない借家に移り住んだのは明治23年（１８９０）、彼が29歳の時であった。最初の妻・赤松男爵の娘登志子と離婚の結果、それまで暮らした上野花園町の家（現在は水月ホテル鴎外荘）から引越してきたのだった。ドイツ留学帰りの陸軍軍医学校教官でバツイチの独身男が、弟二人と同居した。離別の理由ははっきりしないが、どうやら登志子が結核患者だったらしいことを恐れたようだ。

事実彼女は再婚後この病で若死している。鴎外自身もその死因のひとつが結核であった。結核は戦前まで恐ろしい伝染性の不治の病であった。だからなのか鴎外は、この事実が世間に知られることを実に周到に避け、腎萎縮を死因とし、死後35年にわたるまで隠し続けた。

軍医のかたわら本格的に文学活動を始めたのは、最初の結婚前の明治22年からだった。明治17年8月から約4年間のドイツ留学体験を元にした作品を次々と発表し、脚光を浴びた。『舞姫』『うたかたの記』『文づかひ』のいわゆるドイツ三部作がそれである。

明治22年、漱石こと夏目金之助は第一高等中学校で正岡子規と出会っていた。漱石は鴎外より5歳年下、23歳の学生だった。翌年か翌々年、彼は鴎外の三部作のうち二作品を読んだ。このことは明治24年8月3日の子規宛の手紙の文中にあらわれている。無論この時、鴎外は夏目金之助のことは知る由もなかったが。

鴎外の作ほめ候とて図らずも大兄の怒りを惹き申訳も無之（中略）元来同人の作は僅かに二短篇を見たる迄にて候得共　当世の文人中にては先ず一角ある者と存居候ひし　試みに彼が作を評し候はんに　結構を泰西に得　思想を其学問に得　行文は漢文に胚胎して和俗を混淆したる者と存候　右等の諸分子相聚つて小子の目には一種沈鬱奇雅の特色ある様に思われ候（後略）

この時、鴎外の名前が漱石の書簡に初めて登場した。二人の間は漱石による鴎外への尊敬から始まったのである。華麗なる鴎外の雅文体の文章という刺激は、後に漱石が明治38年『吾輩は猫である』に引き続き発表した『幻影の盾』などの短編作品に影響を与えているようだ。

千駄木町57番地のこの家を鴎外は「千朶山房」と名付けこの家で執筆活動を行ったが、この家に子規も出入りしたとか。ここに住んだのは明治25年1月までの1年半足らずと短かった。小説としては『文づかひ』だけである。引越し先は、歩いて10分足らずの同じ千駄木町内の団子坂上で、そこが「観潮楼」となった。

近代文学史上最も豪華な句会

これは漱石の孫娘・末利子の夫半藤一利が書いた文章（雑誌『ノーサイド』1995年3月号）の題である。この文によれば、鴎外と漱石が初めて対面したのは明治29年（1896）1月3日。子規が根津の自宅・子規庵で開いた「発句始」に二人とも参加した時という。他に虚子、鳴雪、碧梧桐といった後に俳句会の巨匠達が集まった。よって文学史上最も豪華な句会であるとされる。

鴎外はこの時35歳のエリート陸軍軍医中佐。文人としても文芸誌『めざまし草』を創刊するところであった。子規とは以前より面識があり、前年5月に日清戦争直後の満州・金州城で第二軍兵站軍医部長と従軍記者の関係で俳句談義したことが鴎外の日記にみえる。そんな交友もあり、招いたようだ。ただし、会には遅れてやってきて途中から運座に参加した。

漱石はこの時、前年4月より松山の愛媛県尋常中学校の英語科教師。年末より正月休みで帰京中であった。中根鏡子（キヨ）嬢との見合いのためであり、婚約成れりの目出度いお正月であった。この句会が、初対面であったはずなのだが、鴎外はどうやら田舎教師の夏目金之助のことは眼中になく憶えていなかった。

このことは、後の彼の言説で明らかである。一方漱石は先の手紙にある様に鴎外の名を知っていたはずだ。しかし、紹介されて挨拶を交わしたのかどうか、漱石も何も書き残していないので分からない。

この時二人が詠んだ句のひとつが

おもひきつて 出で立つ門の 霰かな　　鴎外
暁の 夢かとぞ思う 朧かな　　漱石

何となく二人のそれぞれの状況がわかりそうな気がするが。いずれにしろ二人の最初の出会いはこの後の関係を思わせるように、ふわふわというかよそよそしいというか。会ったような会わなかったような、交遊とは程遠いものだった。これを会ったことに含めない人もいるくらいである。

猫の家

明治36年（1903）1月、漱石は神経を病む程に研究に没頭した留学先のロンドンから帰国した。熊本の第五高等学校教授だったのだが、帰国すると熊本には戻らず、そのまま東京で生活することにした。一高と東大の英語、英文学の講師となったのだ。

いったんは妻子がいた中根家の隠居処に住んだが、学校に近いところに住まいを探した。本郷区（現・文京区）千駄木町57番地、11年前に鴎外の住んだ家であることを漱石は知らなかった。鴎外の後、誰が借りたのかは分かっていないが、鴎外が去って2年数か月後の明治27年秋に、齋藤家が家主の中島家から買い取っていた。かつて鴎外が住んだことを齋藤家も知らないまま息子の歴史学者齋藤阿具のために買っていた。

漱石はこの家に3月3日に転居した。齋藤阿具の「二文豪其他の名士と私の家」（雑誌『文藝春秋』昭和10年4月号）という文章を要約して紹介すれば、

「漱石と齋藤阿具は一高の同級生であり、この家に来訪したこともある学友だった。齋藤阿具が仙台の二高教授として西洋留学に出ることになり、その留守中だけ貸屋にした。だがその店子が漱石であることを知ったのは旅先のロンドンでの父親からの手紙であったとか。またこの家には漱石の前に著名な学者達も住んだ」という来歴を披瀝していた。

齋藤阿具のこの資料は、『夏目漱石研究資料集成』中にあったのだが、ページをめくっていたら「千駄木の或る家」（飯塚米雨）という文章に出くわした。その中に興味深い箇所があった。

あの千駄木の家は〝猫の家〟と呼ばれる前は、近所では〝狂人の家〟と呼ばれ、漱石が住む直前は〝肺病の家〟と呼ばれていた、という話である。飯塚米雨は日本画家であり、あの家の近所に住んだことがあった。〝肺病の家〟というのは、漱石が住む前には肺病患者が亡くなった家として有名であり、借手のつかなかった家を、漱石はそれを承知のうえで充分消毒して借りたらしい。前掲の阿具の文章によれば、漱石の前に住んだのは阿具と同郷の矢作栄蔵博士とある。阿具と同時に欧州留学することになり、あの家を出たとある。

とすると、矢作家に肺病患者がいたということになるが、阿具は仙台にいたから知らなかったのか。〝狂人の家〟というのは、漱石のことである。ロンドン留学で神経衰弱となり、この時期はまだ良くなっていなかった頃だったからか。ご近所で噂が立てられたという。「夏目さんていふんだそうだが、門の前へお出でないよ。もしひよっとすると出刃庖丁を持って出て来ると大変だからね」などと。

他にもエピソードに溢れたこの文が書かれたのは、大正15年（1926）6月、雑誌『美国』が出典とあった。まだ人々の記憶が風化していない漱石没後10年のことである。

漱石がこの家を去るのは明治39年（1906）12月27日、3年と9か月暮らしたことになる。転居のきっかけは家主の齋藤阿具が留学から仙台に帰国した後、二高から一高教授となり東京へ戻ることになったからだった。ここで暮らした時に、英語教師として働きながら『吾輩は猫である』『坊ちゃん』『草枕』といった名作が執筆されていったことは、明治村の説明書きにもあった通りである。文豪二人が住んだこの家は、明治38年（1905）『吾輩は猫である』がヒットしたことで〝千朶山房〟〝肺病の家〟〝狂人の家〟から、一躍〝猫の家〟に変身し、有名になったのだ。

この家が〝猫の家〟として有名になったからかどうか、当時は漱石の旧居としてのみ人々には知られていて、鴎外の旧居でもあったことはあまり知られていなかった。史蹟の名称にそれが現れている。だが鴎外はこの事実を知っていた。鴎外自身による自記年譜『自紀材料』（明治41年頃整理）に、本郷区駒込千駄木町五十七番地の家の項に「此家後夏目金之助の宅となる」と後に朱記していることで知れる。漱石とは書かず金之助とある。

明治41年といえば漱石は文名も上がり、朝日新聞に入社し、本格的に専業作家として活躍し始めた頃である。漱石の次男・夏目伸六の『父・漱石とその周辺』にはこういうくだりがあった。

尤も鴎外先生のご母堂が、父の『吾輩は猫である』をお読みになり「これで見るとあの家の間取りは昔とちっとも変わっていない様だね。」と云われたと云うから、鴎外先生の方は最近あそこへ引越して来たのが夏目漱石と云う男だ位の事は御存知だったと思われる。

この話は鴎外の弟・潤三郎の著書によると思われる。『吾輩は猫である』のヒットで、ようやく鴎外は夏目漱石が夏目金之助であることを知ったのだ。しかし、子規庵の句会で会ったあの田舎教師が漱石であることに気付いていない。しかし漱石はどうだったか、前掲の書には、こうあった。

同じ借家に入ったという事実を知っていたかどうかは解らない。（中略）それに、散歩好きの父の方も、当時「見晴らし」と呼ばれて、遠く不忍の池方面が一望のもとに見渡されるあたりを歩きながら、「ああ、此処が森さんの御宅か」と、その門前を過ぎ、藪下の狭い道から根津権現へ抜けて出る事も何度かあったに違いない。

恐らく漱石は気付いてはいなかったのだろう。今の住まいに鴎外が暮らした事は知らないまま、近くの鴎外邸は通りかかっていたことになる。ただしこの頃、鴎外は日露戦争に軍医部長として出征するなどして不在のことも多かった。従って、出会うこともなかったのだ。

漱石は、明治39年12月に家主の齋藤阿具の帰京に伴い転居を余儀なくされ、西片町を経て明治40年9月終の棲家となる牛込区（現・新宿区）早稲田南町の漱石山房へと落ち着く。

夏目伸六は前掲の『父・漱石とその周辺』の中でこうも書いている。

尤も齋藤さん御一家が再びこの家に戻られても、父の生前は別段のこともなかったらしいが、死後次第に参観を求める者が続出し、毎度ぞろぞろ広くもない家の中をうろつかれては家族一同落ちつく暇もなく、遂には以後は一切こうした客を断ることに決めたという話である。
〝ぞろぞろ家の中をうろつかれて困った〟というのは、主に大正から戦前にかけてのことであろう。齋藤阿具は昭和17年（1942）、74歳で亡くなった。ちなみに漱石も生きておれば74歳である、開戦をどう思ったであろうか……。この家は戦災にも奇跡的に焼け残った。

『文京の文化史』によれば「都の旧跡　夏目漱石住宅」として、昭和25年（1950）9月教育委員会より指定を受けたとあった。しかし、標識を立てただけで実際上の保護もないまま、昭和37年8月には史蹟指定は解除となっている。当時は誰も住んでいなかったらしく、理由は〝腐朽はなはだしく倒壊の危険あり〟とある。前掲の阿具の文では「この家の地主は太田家であり、自分も半ば引退の身であるから地主の方針次第でいつ現状維持ができなくなるか分からない」とあったが、齋藤家もこの家の保存に苦しみ、この土地を日本医科大学に譲渡する。〝猫の家〟も史蹟指定解除を中入れ、解体されそうになったが、齋藤家は明治村への移築保存を選んだということらしい。昭和39年には移築工事が行われ、翌年の昭和40年（1965）の開村時より公開され今日に至っている。感謝せねばなるまい。

東京都も史蹟に指定する時、〝漱石旧居〟としてのみ指定したように〝猫の家〟が鴎外の旧居でもあったことはあまり知られてはいなかった。〝猫の家〟の明治村への移築・保存に尽力した評論家の野田宇太郎は『明治村物語』に、「それまで夏目漱石旧居として有名だったこの家に、漱石より前に森鴎外が住んでいたことを一般の人々がはっきりと知るようになったのも、明治村の『鴎外・漱石旧宅』となってからです」と述べていた。

また、博物館・明治村の建設に尽力した建築家の谷口吉郎も、「それ故、明治村では移築した家の名称を『森鴎外・夏目漱石住宅』とし、明治二大文豪の名前を並記し、この家の珍しい歴史的履歴を明らかに示すようにしている」（『博物館明治村』）と、書いている。

だが、明治村に移築された跡地は、昭和57年（1982）になっても「夏目漱石旧居跡」として文京区指定文化財となった。だが、鴎外の名はない。今は日本医大の同窓会館が建っていて、少しばかりのモニュメントがあるばかりだ。役人は今も昔も、なかなか自らは訂正はしないようだ。

青楊會

二人の出会いを次に確認できるのは、明治40年（1907）11月25日である。この日は上野の精養軒で午後4時より上田敏の欧米外遊の送別会が開かれた。上田敏は明治7年生まれで、東大英文科卒の漱石の後輩。あの「山のあなたの空遠く…」の人である。既に雑誌『芸苑』を創刊するなど活躍し始めていた。

この時漱石は、既に『坊ちゃん』『草枕』もヒットさせ、朝日新聞に入社して本格的に作家生活に入っていた。鴎外はこの月、陸軍軍医総監となり陸軍省医務局長を命じられていた。高級官僚としてキャリアのトップに立った時である。上田敏とは彼の雑誌と自らの『めざまし草』を合併して『芸文』を創刊するなどの交遊があった。この会は与謝野寛（鉄寛）の肝煎で、二人の他にも藤村、孤蝶などが参加、以後数回文士の集まる会として開かれたようだ。〝西洋〟繋がりだから〝精養〟軒で、〝青楊〟会なのだろうか。きっと洒落なのだ。

この会合での二人を描写した資料を、前掲の『夏目漱石研究資料集成』に見つけた。「漱石先生と鴎外博士」（丸田潤二郎・昭和11年3月）からの孫引きになるが紹介したい。

平田禿木氏は「夏目さんは鴎外博士と対つて席に就かれてゐたが、次次に静かにその口を洩れる警句に、森さんの方が終始受太刀だつたのには、誰も皆意外と驚いたのだつた。（『夏目さんと英吉利』）」と叙し、成瀬無極氏は、「其時のテーブル・スピーチに漱石氏は〝西洋から雪隠を土産に持って帰った男の話〟をした。（中略）例の落ち付た調子で唇辺に微苦笑を漂はせながら、淡々と物語る態度は、（中略）。漱石氏の話を聴いてゐた鴎外氏は〝夏目君にはああした独特のユーモアがある。〟と言つた。自分に缺けているものを認めたのだと思われた（『大正文壇の追憶』森鴎外の項）」

この会の三度目が開かれたのが翌明治41年（1908）4月18日。この時も二人は参加した。「鴎外日記」によれば、「四月十八日（土）夜上野の青楊會に往く。夏目金之助等来会す」とあり、欄外には「午後四時青楊會一円五十銭」とある。上田敏宛の4月25日付けの手紙にはこうあった。「君を送りまつりし會より生れし青楊會の三度目に又々夏目君などと出逢い候」。ここから読み取れるのは、漱石と出会ったのは二度目であると鴎外は思っていたことである。子規庵での出逢いは憶えていなかった、とこれで分かる。

明治43年（1910）7月1日発行の雑誌『新潮』で、鴎外は漱石についてのインタビューに答えている（「夏目漱石論」）。この中の「社交上に於ける漱石」という項目で、「二度ばかり逢ったばかりであるが、立派な紳士であると思ふ」とあり、これが裏付けとなる。

青楊會の漱石側の資料であるが、一度目については出席を伺わせる書簡があるが二度目については、日記・書簡などの記録が残されておらず確認できない。雑誌『新潮』では「森鴎外論」を同年の11月1日号で特集しているが、漱石は取材の対象にはなっておらず、従って発言もない。

明治41年青楊會での二人の生涯における三度目の出会いの様子を伺わせる資料がある。長田幹彦が書いた『文豪の素顔』の中の「森鴎外」の章にあった。長田も文士の一人としてこの会に参加していたのだ。こんな箇所に目を惹かれた。

そこへあまり背丈のたかくないひとりの軍人が、かちやかちや剣鞘をつきならしながら入ってきた。鴎外先生であった。(中略)「しかし僕は今ひどく忙しいんでね。もし君逢ったら、うまく断つといてくれないかね。」さういひながら鴎外先生は杢さんと二人で、食堂の控室の方へ入っていってしまわれた。
僕は丁寧にお辞儀をしたが、一顧にも値しなかつたらしく、無論黙殺である。寂しかつた。急にウイスキーががぶ飲みしたくなつた。（中略）「夏目先生は、一番むッつりであつた。面白くなさそうな白ばッくれた顔をして腕ぐみばかりしてをられた。『猫』のクシャミ先生が鼻毛をぬいてゐるかつこうそつくりである。鴎外先生はお酒をあがると、つやつやしたお顔になつた。細い髭をふるわして、感慨深さうに何かしきりに杢さんに話しておられる。

このあと鴎外先生がどんな話題を話したのか、縷々紹介しているが、要して言えば、公衆衛生が専門の軍医局長森林太郎は兵士たちや師範学校の女学生たちの性生活や性病に関するうんちくを繰り広げたらしい。

何しろさながら試験管中の現象について語るごとくに、いかにも平静に、しかも科学的に、露骨な固有名詞を用いて滔々と論じてをられるので、私たちはうつかり笑ふことも出来ない。みんな息をつめて、厳粛な顔をして傾聴してゐた。（中略）夏目先生もその話の時はくすくす笑つてをられた。腕組みが一層堅つ苦しくなった。「どうも、手数のかかつた、浅間しいことをやるもんだなあ。」と、感嘆しておられたが、それは数の少ない発言の中の一番出色のものであった。その晩は夏目先生の、胆汁質な、対抗意識みたいなものばかり、僕はみせつけられた。

偉そうな軍隊衛生学専門の医学博士は、学術的なシモネタを開陳し、面白くもなかった漱石先生はそれを腕組みしながら聞かされた。この場面を思えば笑えるものがあるが、二人はいわゆる会話はしなかったようだ。この後も一生対話することはなかった。

書簡にみる二人の交遊

明治38年（1905）大晦日、〝猫〟執筆中の漱石は、弟子の鈴木三重吉宛の便りの中で、「君早く出て来給え　早稲田文学が出る。上田敏君杯が芸苑を出す。鷗外も何かするだろう。ゴチャゴチャメチャメチャ其間に猫が浮き沈みしてゐる。」と書いている。

鷗外はドイツ3部作以降しばらく創作が絶えていた。だが、漱石の予測通り明治42年（1909）1月に雑誌『昴』を創刊、以後多数の作品を発表し、7月には文学博士号も授与された。

資料にみる限りでは、二人の間に書簡などのやり取りが始まったのは、明治41年6月8日付けの漱石から鷗外への手紙からである。手紙といっても、或る人物に持参させた紹介状だった。青楊會で二度会って面識ができていたからだろう。後輩で朝日新聞に入社してきた男に鷗外先生宛の持参状を持たせてやったのである。丁重に、会ってやって欲しい旨願い上げ奉っている。

朝日新聞入社後、漱石は『虞美人草』『坑夫』『三四郎』『それから』と次々と話題作を書き続けた。ところが明治43年（1910）『門』を連載中に過労からか胃潰瘍を患い、修善寺温泉で転地療養生活となる。この年9月18日の漱石日記に、「一等軍医正矢島氏伊東迄来れる序にと見舞はる森氏の命令也」とあり、陸軍省医務局長の森林太郎が命令して見舞わせたことが分かる。更に、10月18日には「鴎外漁史より『涓滴』を贈り来る。漱石先生に捧げ上ると書いてありたり　恐縮」とある。

これについて夏目伸六は前著の中で、―恐らく父としても、未だ曾て一面識もないこの大先輩から、突然の見舞いを受け、加うるに「漱石先生に捧げ上る」と云った鄭重極る献本を受けては、内心、恐縮、汗顔の思いを禁じ得なかったのは当然だろう―と述べておられるが、面識はあったのである。伸六は明治41年生まれ、この息子は知らなかっただけのことである。

これに対し明治44年正月、漱石は弟子の森田草平に出来たばかりの自著『門』を持参状を添えて持たせた。このことは「鴎外日記」も「漱石日記」にもその記事が見られる。同年の2月17日付けの小宮豊隆宛の手紙では、「夫から鴎外から『烟塵』といふものをくれた。此前の『涓滴』といふのももらつてある」という箇所があった。

鴎外の長男である森於菟が、昭和23年（1948）、雑誌『芸林閒歩』に「鴎外と漱石との交遊など」という一文を書き、漱石から鴎外への書簡を紹介しておられる。それによれば、この著書の贈答はその後しばしば行われた。鴎外から漱石へは『我一幕物』『青年』『かのように』『沙羅の木』が大正元年（1912）から大正4年にかけて毎年のように贈呈された。

漱石からは『彼岸過迄』『社会と自分』が贈られたことが礼状で知られる。ただ漱石から、年は不詳だが「御本をありがとう存じます　失禮ながら端書で御禮を申上ます」という、5月18日の礼状があった。

いつ、どんな本のことかを調べてみた。大正4年の5月15日に単行『雁』が発行されており、これではないかと見当をつけてみた。鴎外日記の大正4年5月22日には「夏目金之助 硝子戸の中 を贈る禮を申し遣る」とあった。

事実関係はおそらく、鴎外は『雁』を贈り、漱石は『硝子戸の中』をすぐ献本した、ということではないか。鴎外は都合7冊贈り、漱石は4冊ということか。常に贈るのは鴎外から先にであり、漱石は恐縮して返礼する形のようである。大正4年に出された年賀状が残されているが、宛名は、本郷団子坂上　森林太郎様。文面はただ謹賀新年と印刷され、全く儀礼的なものだ。


鴎外は著書だけでなく、書を二度も漱石にやったように書かれた本があった（『鴎外、屈辱に死す』大谷晃一）。しかし、間違いと思えた。二人はそんな仲ではないはずだ。

確かめてみたら漱石に書を贈ったのは、森は森でも森円月であった。松山出身の英語教師で当時は雑誌の編集者だ。漱石に書を贈ったり紹介したりして喜ばれていることが書簡集に見えた。彼の随筆『渋柿』（大正6年12月）中にも、〝蔵沢〟の竹の書を見舞いに進呈して喜ばれた、との記述があった。やはりそうであったのだ。

大正5年には、書簡のやり取りもなくなり、そしてこの年12月漱石は死去する。鴎外はこの時54歳、4月には医務局長を辞任していた。漱石の葬儀には鴎外も弔問した。芥川龍之介がこの時受付にいて、鴎外の様子を随筆に書き残したことはよく知られた話らしい。書簡を通しての二人の交遊は、やはりどことなくよそよそしい感じがする。しかし、どちらかと言えば鴎外の方が、漱石の存在をより強く意識していたのではないかと思われるが、どうか。

互いにどう思っていたか

鴎外は『昴』を舞台に、漱石は『朝日新聞の文芸欄』を主催し、明治42年から本格的に文筆活動を繰り広げていった。そんななかで二人はお互いに相手をどう意識していたのか、二人の作品や書簡に探ってみたい。

『ヰタ・セクスアリス』の中の一節にこうある。「そのうちに夏目金之助君が小説を書き出した。金井君は非常な興味を以って読んだ。そして技癢（ぎよう）を感じた」

この時までに漱石は『吾輩は猫である』から始まり『三四郎』に至るまで世評は高かった。鴎外といえば、それに対し小倉への左遷などもあり、しばらく休んでいた創作を再開したばかりであった。作中人物の口を借りて素直に漱石の活躍とその技量を認めている。

〝技癢〟とは、人のするのを見て腕がむずむずすることを言うらしい。創作活動の再開も漱石の活躍に触発されてのことだったのかも知れない。若い頃の夏目金之助は鴎外の『舞姫』などの華麗な雅文体に触発され、敬意を抱いた。しかし、この時は5歳若い漱石の素養に今度は鴎外が敬意を抱きライバル心を掻き立てられていた。

明治43年3月から連載を始めた『青年』では、漱石がモデルと思われる〝平田拊石〟なる人物が登場する。そして〝拊石〟を次のように描写した。

少し古びた黒の羅紗服を着てゐる。背丈は中位である。顔の色は蒼いが、アイロニイを帯びた快活な表情である。世間では鴎村と同じように、継子根性のねぢくれた人物だと云つているが、どうもそうは見えない。少し赤み掛かつた、たっぷりある八字髭が、油気なしに上向に捩ぢ上げてある。

青楊會で出会ってこんな風に観察していたのだ。何よりも『青年』は、ずばり漱石の『三四郎』を意識して書かれた小説だと言う。鴎外の漱石に対する〝技癢〟が書かせたのである。

前述の「夏目漱石論」（明治43年7月雑誌『新潮』でのインタビュー記事）によれば、創作家としての技倆を問われて、「少し讀んだばかりである。併し立派な技倆だと認める」、また、漱石の長所と短所については「今迄讀んだところでは長所が澤山目に附いて、短所と云ふ程なものは目に附かない」と回答している

『鴎外と漱石との交遊など』（森於菟）には、こう書いている。

漱石と鴎外とは互いに理解し尊敬し合つた仲であると思ふが、どちらからも訪問したことは

ないらしい。勿論外での會合には顔も見知り話もしたであろう。『青年』の純一が平田拊石のイプセンに關する講演を聽く場面なども鴎外自身がそれをきいて感じたと思われるところがある。

実際、小説の中では、拊石がイプセンの思想について語っている。しかし、鴎外が漱石の講演を直に聞いたとは思えない。何故ならば、漱石が講演の中でイプセンについて述べたのは、大正2年の12月、第一高校で「模倣と独立」という講演の中でのことだからである。『青年』が書かれた以前には、雑誌（明治41年正月号『趣味』付録「愛読せる外国の小説戯曲」など）に収録された談話の中に、言及が見られるだけである。このくだりは鴎外による創作ではなかろうか。前掲の「漱石先生と鴎外博士」にも、『青年』中の漱石らしき登場人物「拊石」の出る場面は、この会合（青楊会）の情景を叙したものであろう、とあった。同感だ。

こんなようにも書かれている。—慶応義塾は、（中略）ついに明治42年晩秋、根本的な刷新に打ってでました。当時の文壇ないし文芸批評界で衆目の認める最大の人物であった森鴎外に文学科顧問を委嘱、厳しい協議をします。その時、鴎外がこの「大刷新」の「中心」となるべき人物として第一に推したのが、夏目漱石だったのです—（『英文学者 夏目漱石』亀井俊介）。

鴎外は漱石に対しては、偶然とはいえ同じ借家に住んだことなど、親近感を持っていたであろうし、英文学者としての学識、作家としての腕に一目も二目も置いていたであろう。だが、高級官僚としてのプライドからか、あからさまにそれをみせることはなかったようだ。

一方、漱石は鴎外をどう見ていたかである。前掲の『父・漱石とその周辺』に、漱石が鴎外に対し大いに敬意を払っていたことが伺える一節がある。

父が始めて朝日の文芸欄を担当する事になった時も、先ず第一に原稿を依頼した先が永井荷風氏と鴎外先生の二人であり、而も鴎外先生に対しては僅かな稿料を御送りするのは失礼だと云う考えから、わざわざ自分の選んだ品物を森田さんに持参させたと云う話である。

これは、森田草平の『漱石先生と私』にある「原稿料は随筆だと云ふので、一回分金二円、一枚五六十銭—それつぱかり金で持参するのも失礼だといふので、やはり先生の命を承けて、一度なぞは雛人形を買つて持参したことを覚えている」による文章のようだ。鴎外が朝日文芸欄に寄稿したのは、明治43年1月掲載の「木精」だけだが、この頃、鴎外には長女茉莉（7歳）と次女杏奴（0歳）と二人の女の子がいた。鴎外は、家族思いで子煩悩であった。きっと喜んだことだろう。実に気の効いた贈物ではないか。漱石が亡くした子供は、雛子といった。

漱石書簡を辿ると、大正3年（1914）1月30日の長谷川時雨宛の手紙に、鴎外の名前が出ていた。

拝啓　森さんの原稿については先程電話口で申上げた通りの訳で　何ともお気の毒で御座いますが　時節柄新聞の事ですから無理のないのは私によく解って居ますからどうぞ万已むを得

ざる事と御察しを願ひます　森さんの原稿は早速御手元へ御返送致します　可成早く他の方面に御掲載の手続が必要だろうと存じますから右口代迄　早々

長谷川時雨は明治12年生まれの女流劇作家・小説家である。鴎外、漱石とは大正2年12月に、幼馴染の六代目尾上菊五郎と旗揚げした「狂言座」の顧問に共になってもらった縁があった。

鴎外は「狂言座」のために「曽我兄弟」を書き下ろし、それを時雨は朝日新聞に公演前のパブリシティの目的で掲載を依頼したようだ。漱石は引き受けたものの、新聞社側が仇討ちという題材に難色を示し、心ならずも断念した、という事情があってのことらしい（「漱石と時雨」尾形明子／1994年『漱石全集別巻』より要約引用）。

これには後日談もあった。狂言座の公演は同年の2月26日から3日間催され、鴎外は27日、漱石は28日に観劇した。二人は一日違いであった。漱石は歌舞伎に関わったことを後悔し、やがて顧問を辞退したとも。

漱石書簡集には、もう一通大正4年7月、歌人の佐佐木信綱宛の手紙に鴎外が出てくる。

拝啓。『船長ブラスバオンドの改宗』御贈り下さいましてありがとう存じます。私はショウのものを二、三冊しか知りません。松村さんも知りません。御本の名は聴いた事もありません。いま森さんの序だけ読みました。森さんの英文学の智識の方が、私より余程あります。御礼の序に余計な事まで書きました。書物は閑を得て読みたいと思つてゐます。

漱石も文壇の大御所を尊敬し、若い頃から変わらず敬意を抱いていたようだ。書簡ではないが、大正4年10月の漱石の大阪朝日新聞の談話に、「森鷗外の此頃の作物、例えば『栗山大膳』とか『堺事件』とかいふ様な、昔の歴史を取り扱ったものを、世間では高等講談などと云つて悪く云ふが、私は面白いものだと考える。物その物が面白いのみならず、目先が替つて居るだけでも面白い。高等講談などと云つて一笑に附すべきものではない。（後略）」と、鷗外の歴史物を評価していることが伺える。

二人の違い

しかし、あの石川啄木がそうであったように、尊敬してはいても鷗外への態度はどこか距離を保ちながらのものであり、漱石から親しく接近していくことはなかった。

鷗外は若い文人達からは、敬して遠ざけられ気味のところがあった。『文豪の素顔』にも「ちよっと千駄木町のメートルのところへ伺候してみようじゃないか」とある。メエトルとも書かれたりするが、仏語で maitre= 巨匠のことである。偉い博士だったのだ。

漱石の弟子たちは鷗外の観潮楼に集まる詩人たちをライバル視し、鷗外と漱石に対立意識があったような風評も立ったようだが、二人は互いに認め尊敬し合っていたのは間違いない。しかし、深い関係にならなかったのもここまで見てきた通りである。プライドが邪魔をしたのだといえばそれまでだが、しかし、私にはもっと深いものがあるように思える。

漱石という人は、よく知られているように、江戸牛込馬場下横町（現・新宿区喜久井町）の生まれだ。親は町方名主、五男三女の末子で生粋の江戸っ子で庶民だった。江戸っ子は、維新の覇者たる薩長に反感を持っていた。漱石も「自分は幕府を倒した薩長の田舎侍が、どの位旗本よりも野蛮であつたか考えて見ろと云つた」（「素人《しろうと》と黒人《くろうと》」）と、その小論の中で語っている。

幕末の浮世絵師「歌川国芳」のことを伝えた本に、こんなのが出ていた。「国芳という人は面白い人だったネ、（中略）例えば書画会で人から先生一枚願い升なんか云や、アワッチヤー未だ先生にァなりやせん、先生ていうなァネソラ…」（若樹漫筆『一勇斎国芳の話』）。いよ、江戸っ子ダネェ。

権威や権力が嫌いだった。教師を辞めて、当時はまだ社会的な地位が低かった新聞社へ入社した時の言葉も有名だ。西園寺公望による文士招待会の謝絶、文学博士号授与辞退も然りだ。へそ曲り、依怙地といえばそれまでだが。「人間も博士を名誉と思うようではだめだね、漱石は乞食になっても漱石だ」と私的な手紙にある。世俗的な栄誉には背を向けたのだ。

翻《ひるがえ》って鴎外はどうか。石見国（島根県）は津和野の生まれである。生家は代々津和野藩の典医。長男・跡取りとして輿望を担い、父と共に上京。幼い頃より英才として医学を修め、陸軍の高級官僚として栄達したのは周知の通りである。津和野藩といえば長州藩に近い。長州閥の大物山懸有朋に鴎外は尽くした。クラウゼヴィッツの『戦争論』を翻訳し、有朋を囲む歌会を主催したりした。

官僚道に邁進した上での立身出世だった。屈折したところはあるものの権力や権威には従順だった。

鴎外は息子の於菟に「博士にせられたとして自慢するには及ばないが、学位を持っていて別に邪魔になるものではないよ。お上のやろうというものを強いて辞退するには当たらないと思うな」と話したという。

鴎外といえば脚気論争が有名だが、彼は終生自らの誤りを素直に認めることはなかった。事実に謙虚になるどころか、権威と権力を背景に改善の妨害すら行ったという。まるでひと頃マスコミを賑わした薬害エイズ事件を見るようだ。漱石はどちらかと言えば在野の人であり、鴎外はずっと官にいた人、二人は真逆の人に見えてきた。


前掲の『鴎外、屈辱に死す』は、彼の有名な遺言「余ハ石見人森林太郎トシテ死セント欲ス…」について、その根底にある謎を追いかけたものだ。この書によれば、死に臨んでの鴎外の心は、「男爵についになれなかったという屈辱を、爵位は絶対に受けぬと先制して宣告することによって免れる。これを、鴎外は目論んだのである」という仮説で解読できた、とある。

手が込んでいる。鴎外博士はかなり複雑な人だったようだ。世評の高い『興津弥五右衛門の生涯』『渋江抽斎』などの作品も読みようによっては、官僚生活における自らの鬱屈とか、弁明とかの表白に満ちているとか。小説を書くことでそれを昇華させたということか。あの『舞姫』も、恋人来日事件の言い訳か、きっとそうに違いない。

余り好きになれそうにない男のようだ。漱石だって、きっとこの鴎外の体質を嗅ぎ取っていたに違いない。だから、文学の先輩として高く尊敬はしたものの、近づきたくはなかった。鴎外は漱石を若き良きライバルとして近づきたかったのかも知れないが、そうはならなかった。このことの根っ子にはこんなことがあったのではなかろうか。私はそう思う。

二人の文学記念館

鴎外の生誕150年に当たり、文京区は記念行事として区立「森鴎外記念館」を開館させた。場所はかつて鴎外の旧居「観潮楼」があったところだ。これまでの文京区立鴎外記念図書室を全面的に建て直したものである。図書室に加え、鴎外の遺品資料、自筆原稿などの展示がなされ、敷地内には観潮楼ゆかりのものも見られるようになった。鴎外の記念館といえば津和野、ベルリンにもあり、小倉に復元旧居と跡碑がある。だが最も縁のある千駄木に誕生したのがうれしい。

一方、漱石にはちゃんとしたものがない。所縁《ゆかり》の施設といえば、早稲田南町の「漱石山房跡」に公園があるが、遺品の展示とかはない。遺品は、漱石の長男・純一の遺族が「神奈川近代文学館」に寄贈し、蔵書は東北大学図書館に小宮豊隆が移し、散在している。

伊豆の修善寺の「漱石記念館」は漱石が大患時滞在の宿、旧菊屋本館。熊本、ロンドンにも記念館があり、松山道後温泉には『坊ちゃん』の間がある。つまり、漱石ほどの文豪であるのに、生まれ育ったお江戸東京に、ちゃんとした記念館がないのである。

何故ないのかという事情については、長女・筆子の次女が書いている。孫娘、半藤末利子の著書

『漱石の長孺袢』の中の「まぼろしの漱石文学館」という章に詳しい。

要約するならば、漱石の娘婿で文学者の松岡譲が鏡子夫人とも相談のうえで、弟子たちの協力を得て、記念館を田園調布かどこかに作ることを提案した。大正12年の関東大震災の後のことと言う。しかし、松岡譲の根回しが足らなかったのか弟子の中では若輩の松岡に反発したのか、一番先輩の寺田寅彦をはじめ他の弟子たちの賛成が得られず、この話は立消えとなってしまった。門下生が一致団結して事に当たれば、できたはずである、と弟子たちに不満を述べている。

しかし、生誕150年の2017年には、新宿区が鴎外より5年遅れだが、「漱石山房」の跡地を再整備し復元するという。本格的な文学記念館となることを願うばかりである。

しかしどうも、文京区は鴎外を、新宿区は漱石をご贔屓のようだ。

主な参考資料

『漱石先生と私』(1947年　東西出版社) 森田草平著
『文豪の素顔』(1953年　要書房) 長田幹彦著
『父・漱石とその周辺』(1967年　芳賀書店) 夏目伸六著
『明治村物語』(1973年　国土社) 野田宇太郎著
『博物館明治村』(1976年　淡交社) 谷口吉郎、二川幸夫著
『子規全集』第15巻「俳句会稿」(1977年　講談社) 正岡子規著
『カラー明治村への招待』(1980年　淡交社) 木村毅・野田宇太郎・谷口吉郎共著

『文京の文化史』(1983年　東京都文京区)文京区教育委員会編
『鷗外、屈辱に死す』(1984年　人文書院)大谷晃一著
『鷗外全集』「ヰタ・セクスアリス」「青年」「日記」(1987年版　岩波書店)森林太郎著
『漱石　鷗外　対照の試み』(1988年　双文社)浅野洋/芹沢光興編
『夏目漱石研究資料集成』(1991年　日本図書センター)平岡敏夫編
『啄木・鷗外・荷風』(1994年　ネスコ)吉野俊彦著
『両像・森鷗外』(1994年　文芸春秋)松本清張著
『漱石全集』「日記」「評論」「書簡」「別巻」(1996年版　岩波書店)夏目金之助著
『漱石とその時代　第4部』(1996年　新潮社)江藤淳著
『芥川龍之介全集　第9巻』「森先生」(1998年　岩波書店)芥川龍之介著
『もっと知りたい国芳』(2008年　東京美術)悳俊彦著
『漱石の長襦袢』(2009年　文芸春秋)半藤末利子著
『英文学者　夏目漱石』(2011年　松柏社)亀井俊介著
「夏目漱石論」(雑誌『新潮』明治43年7月1日発行号)インタビュー記事
「二文豪其他の名士と私の家」(雑誌『文藝春秋』昭和10年4月号)齋藤阿具著
「鷗外と漱石との交遊など」(雑誌『芸林閒歩』鷗外と漱石特集号1948年　岩波書店)森於菟著
「近代文学史上最も豪華な句会」(雑誌『ノーサイド』1995年3月号)半藤一利著

漱石　山に登る

漱石の長女・松岡筆子は随筆の中で、父・漱石のことをこう書いている。「お酒や煙草をたしなむわけでなく、女遊びをするわけでなく、規則正しい生活を続けていながら、終始、不健康に悩み、短命に終わった父が、近頃は気の毒に思えてなりません」(『文藝春秋』昭和42年3月号)

事実、彼は病弱のイメージが強い。若い時の眼病、腹膜炎に始まり、中年以降には胃弱、糖尿病、痔瘻ときて、最後は胃潰瘍で亡くなっている。神経衰弱には、ロンドン留学時代などの他、周期的にたびたび悩まされていた。従って、彼の写真は内なる痛みをこらえていたのか、いつも謹厳な表情で笑顔がない。

だが、学生時代の夏目金之助は意外と身体壮健にして運動得意なのである。東京大学予備門時代の学友の思い出話によれば、器械体操が上手で、庭球・水泳・ボート・乗馬・野球・柔道などのスポーツをしている。おそらく教科で体験したのであろう。大学では仲間でボートの倶楽部をつくったが、物にはならなかったという。柳橋の下につないだボートに乗り、和服に袴を履いたまま隅田川を漕いだらしい。野球は学友の正岡子規の影響もあったのか、早稲田と一高の試合を観戦している。晩年の漱石は相撲見物によく出かけている。太刀山という豪快な取り口で知られた横綱が贔屓《ひいき》だった。家の中で、息子や娘らと取っ組み合いの相撲をとっていたという思い出話もある。

漱石という人は、実に多彩な面を持った人だった。英語教授、作家、漢詩、俳句、美術評論、画も描いた。それにスポーツマンでもあったことになる。実に明治のエリートなのだ。

夏休みには仲間達と旅行によく出かけている。18歳の夏は、仲間10人と江の島へ徒歩で挑戦した。深夜に神田の下宿屋から、赤毛布を背負い、草履ばきに握り飯を持参しての旅だった。海岸の窪地で野宿もしている。鎌倉を見物して駆け足で途中まで帰るという、若者ならではの小さな冒険だったか。

房総旅行

明治22年（1889）8月には、第一高等中学校（大学予備門を改称）の友人4人と一緒に房総半島を旅した。広島県出身の井原市次郎、大分県出身の井関某らとであった。江戸っ子漱石の友人には、何故か西日本の出身者が目立つ。互いに違うところに、惹かれ合うものがあったのであろうか。

この年、落語好きで仲良くなった正岡子規も、愛媛県の出身者だ。だが彼はこの時、5月に喀血した病の療養のため、故郷松山に帰郷中で、この時は一緒ではない。その後、井原氏とは晩年交友があったが、この旅を共にした他3人については全く知られていない。

金之助は、この旅の模様を漢文の紀行文にして子規に送った。題して『木屑録《ぼくせつろく》』、著者を〝漱石〟とした。読者は子規ひとりだが、漱石が人に読んでもらうために初めて書いた文章だった。子規は漱石の才能を認めていた。その巧拙はともかく、漢文で表現することができたとは驚きである。江戸時代から明治にかけてはこれが教養の一部であったとは。

漱石は大学予備門に入るために、漢学の予備校にも通っていたというから、できて当然なのかも知れない。

この旅は、約3週間かけて房総半島を半周し、銚子から利根川、江戸川を船運で東京に戻っている。出発点はおそらく隅田川河口の霊岸島だ。江戸港の跡という記念碑が今もあるが、三浦半島、伊豆大島、房総半島など当時、東京湾周辺への航路はここからで、竹芝や日の出桟橋ではない。

ここから汽船で浦賀に寄港し、対岸の房総半島の保田に上陸した。保田で滞在して海水浴をしばらくした。この時の体験が後に、名作『こころ』に登場することになる。

主人公の私が、友人であり恋敵きの〝K〟を誘って、夏休みに一緒に房州へ行く場面がある。保田の辺りは手頃な海水浴場だったとか、海岸の風景や〝K〟との心の葛藤も描かれている。

『木屑録』には、鋸山《のこぎりやま》（330m）に登ったらしい文章がある。しかし、山頂を極めた訳ではなく、山腹にある日本寺に参詣したことを、そう書いたと思われる。

『草枕』の中に、〈昔し房州を館山から向ふへ突き抜けて、上総から銚子迄濱傳《はまつた》ひに歩行た事がある〉とある。その後、半島東海岸を北上した体験した事によるのだろう。

この作品では、もう一か所旅の体験が描かれている。那古井の宿のことを、かつて房総で泊まった、女二人で営んでいた薄気味悪く一睡もできなかった宿に似ている、と書いている。

今日の旅行事情と大きく違うと感じたのは、銚子からの帰り方である。利根川を使った水運が盛んだったことである。明治15年（1882）に、東京・両国から新川、江戸川を上がり、関宿で利根川に連絡し、銚子まで定期船の運航が始まっている。江戸川筋と利根川筋では運航会社が異なってはいたが、蒸気で走る定期船であった。

江戸川の河口近くでは、行徳が主要な寄港地であり、我が浦安に発着所ができたのは、明治27年（1894）のことである。深川の高橋《たかばし》まで結ばれていた。行徳は『南総里見八犬伝』にも登場する。漱石達はここから上陸し、都心まで歩いたか？　いや深川まで更に船に乗り続けたのではないか。いずれにしろ、残念ではあるが、わが浦安に立ち寄った形跡はない。

富士登山

子規と友達になる前の年、明治20年（1887）の夏休みのことだった。二十歳になった金之助は初めてというか、いきなり富士山（3776m）に登った、という説がある。

『漱石研究年表』によれば、日時は不詳、誰と一緒だったかもよく分かっていない。しかし、柴野（中村）是公《ぜこう》らと江の島に遊び、そのまま引き続き登山に出かけたように書いてある。箱根・御殿場に一泊し、御殿場口から頂上に登った。道順も不明だが、帰りは箱根を経て、国府津から汽車で帰ったと推定している。

『坊っちゃん』の主人公のように、金之助は子供の頃から無鉄砲だったとは言え、にわかには信じられない。御殿場口は、5合目の標高が1440m。登山口の中でも最も厳しいルートだ。コースタイム8～9時間とされる。単独行だとしたらなおのこと信じられない。

この資料以外には記録が見つからないし、本人や友人、家族の証言もないのだ。途中までは歩いたかも知れないが、登頂は断念したのではなかろうか？

二度目だとされる富士登山は、明治24年（1891）のことだ。帝国大学文科大学生になって2年目。7月下旬または8月上旬のことらしいが、日は不詳である。しかし、今度は同行した仲間がはっきりしている。学友の中村是公と山川信次郎の三人で出掛けた。

彼らは、新橋から汽車に乗る前に登山姿の証拠写真を残している。駅から近い芝区新桜田町（現内幸町）の「丸木利陽写真館」で撮った写真が残されている。金之助は着物姿である。登山にしては皆軽装だが、強力を雇ったのだろうか？　足元がよく分からないが足袋に草鞋《わらじ》であろうか？　地下足袋は大正時代になってからの発明品だから、まだないはずである。洋服に草鞋で登るのが当時のトレンドで、草鞋は最低4、5足持参、寒さ対策として和紙を油に浸した油紙と着ゴザが必携品だったようだ。

富士山の登山口としては、吉田口、須走口、富士宮口も他にあったが、4年前のリベンジなのか、登山ルートは前と同じ御殿場口からだったようだ。富士宮口、須走口はそれぞれ当時の東海道線の駅から鉄道馬車に乗らねばならず、不便であった。

東京方面からは、昔から吉田口が知られていた。5合目が2305mで比較的楽とされるが、当時汽車が八王子までしか開通しておらず、最も不便であった。先の状況を考えても、このルートではないと思われる。

山頂まで本当に登ったのかどうかも分からない。一緒に登ったはずの中村、山川両氏の証言も知られていない。富士山に登ってなにを感じたのか、知りたいと思うのだが。

富士登山には、実はもう一度縁がある。晩年のことになるが、大正4年（1915）の夏に娘達が登っていた。『道草』を執筆中の8月9日、弟子への手紙の中で、こう書いている。

「東京は大分暑いです　十七になる女の子と十三になる女の子が富士へ登りましたが　私は原稿を書くので凝として座っています」

写真もあった。

長女の筆と三女のエイであった。元祖山ガールか。もちろん女の子だけで登山させた訳ではなく、若いサポーターがついていた。行徳二郎（34歳）、中根壮任《たけとう》（21歳）、強力・寅吉の三名である。行徳二郎は、熊本五高時代の書生で、明治43年（1910）5月に、早稲田大学に入学するために10年振りに訪問して来て以来、夏目家には頻繁に出入りしていた。漱石は彼の面倒をよくみており、彼が富士登山の後、ラバウルで雑貨商を営むための資金200円を貸したりしている。彼が帰国したのは約2年半後、漱石死後の大正7年（1918）である。漱石夫妻は弟子達のお金の面倒をよくみたらしいが、未返済も多かったという。行徳は返したのか？　中根壮任は、鏡子夫人の末弟で、この時は名古屋高等工業（現名工大）の学生であった。鏡子夫人の妹婿の鈴木禎次が、そこの教授であった。鈴木禎次は鶴舞公園の建築物他を手掛けたことで知られた人物でもある。

行程を記録した資料によれば、飯田町駅から汽車で大月駅(明治35年開業)へ向かった。富士吉田の登山口までは鉄道馬車を乗り継ぎ、吉田口に宿泊。登りはじめて六合目に泊まり、翌早朝に登頂し須走口を降り、御殿場口に下山している。

漱石以外の家族(妻、次女、長男、次男)が、前年(大正3年)に開業していた東京駅から御殿場駅まで出迎えに赴き、一行と合流、沼津で数日間静養している。

満州旅行(明治42年)の途中の大連で、『満州日日新聞』主催の講演会では、満州は良いところだ、という感想を述べているところで「内地では避暑といえば温泉だとか海水浴だとか、また富士登山であるとかずいぶん費用も安くできることがたくさんあるのに……」と、語っている。この頃、夏目家はそれなりに優雅であったのだ。

しかし、この登山の模様は彼女達の思い出話にも、『漱石の思ひ出』でも触れられてはいない。辛いばかりで、楽しくなかったのかも知れない。

山路を歩く

富士登山の後は、本格的な登山をした形跡はない。同じ年の10月に、文科大学の遠足行事で神奈川県の大山(1252m)に登ったくらいである。

明治25年、帝国大学の夏季休暇を利用して、松山に帰る正岡子規とともに、初めて関西方面の旅に向かっている。清水寺・祇園などを見物し、翌日比叡山（848m）に登ることに。鋸山と同じように山頂をきわめた訳ではなく、延暦寺に参拝したのだろう。ここには、朝日新聞の専属作家として初めての新聞小説を執筆するにあたり、後に再度訪問している。

『虞美人草』がそれである。大阪に本社のあった同社の関西方面の読者を意識してか、小説の書き出しを比叡山としたかったらしい。取材のために明治40年3月下旬から4月上旬にかけ出かけた。「随分遠いね。元来何所《どこ》から登るのだ」と一人が手巾《はんけち》で額を拭きながら立ち留まった。という書き出しで、連載第一回が始まっている。

日記によれば、「4月9日 叡山上り。高野より登る」とある。今ではケーブルカーがあるが、麓の高野村から歩いてどのくらいで登れたのだろうか？

15年前には子規とともに訪れたが、この時は友人の狩野亨吉《こうきち》、菅虎雄、高浜虚子が一緒だった。京都、嵐山や保津川の遊覧は、『虞美人草』の華麗な文章の素材となっている。

漱石は、一年ばかりの松山時代を経て、明治29年6月に熊本で所帯を持った。熊本第五高等学校の英語教師の時代である。英国への留学のため離れる明治33年7月まで、しばしば休暇を利用して、軽い山歩きを伴う旅に出かけている。

明治30年の春休みには、久留米の高良山《こうら》（312m）、発心山《ほっしん》（698m）を歩き、翌日高良大社に詣で、麓で桜見物をした。年末・年始の休みは、熊本近郊の小天《おあま》温泉方面に出かけ、越年した。

石神山（163m）、荒尾山（445m）、熊ノ岳（685m）の山麓の峠越えの道を辿った。名作『草枕』の有名な山歩きの文章は、これらの旅の体験から創作されたものだ。

小天温泉には、翌31年も行っているが、誘ったのは五高の同僚教師の山川信次郎だった。彼は漱石の紹介で東京から前年に赴任し、一時は新婚の夏目家に居候した間柄だ。

明治32年の正月は、同僚の奥太一郎と一緒に、小倉から宇佐八幡宮に参詣した。徒歩で耶馬渓を歩き、吹雪の中を日田まで峠越えをし、久留米に出て熊本に帰っている。当時の青年は健脚であり、歩くことをものともしなかったようだ。

同年の8月下旬に、山川信次郎と今度は、阿蘇山に行くことになった。彼が第一高等学校に赴任することになり、その送別の意味もあったようだ。

阿蘇山麓の温泉に泊まり、中岳（1323m）の中腹まで登ったが、悪天候もあり途中で道に迷い、登頂は断念したようである。この時の体験が、後に『二百十日』という小説になった。主人公の二人は、まさに漱石と山川である。

最後の文章は「二人の頭の上では二百十一日の阿蘇が轟々《ごうごう》と百年の不平を限りなき碧空《へきくう》に吐き出して居る」であった。火口の描写がない、やはり頂上に登っていない可能性大だ。

漱石の友人宛ての手紙には、東京に帰る山川について、相談相手を失うことになり、がっかりしている様子が見える。また、彼は東京の家族のことで頭を悩ましているようだと、気遣ってもいる。しかしこの後、二人の関係は意外な展開をたどることになる。

山仲間

漱石には学生時代からの友人達が沢山いた。米山保三郎、正岡子規のように若くして逝った友もいる。狩野亭吉《こうきち》、菅虎雄のように深い付き合いをした友もいた。しかし、終生の友は誰かといえば、中村是公であろう。漱石の次男・伸六が「恐らく父が死ぬまで、(中略)学生時代と少しも変わらぬ親しさを以って附き合うことの出来た相手」と書いた人である。彼は、大学卒業後官僚となり、台湾総督府から満鉄総裁、更には鉄道院総裁、東京市長まで歴任した。満鉄時代には漱石を満州に招いている。この時の旅行が『満韓ところどころ』という紀行文になっている。

若き日の漱石が、富士登山を共にした一人であった。もう一人の山仲間であった山川信次郎は、実はある意味真逆の人生を歩くことになった。山川とは、熊本時代までは小天温泉や阿蘇への旅を共にしたことは、ここまで見てきたとおりである。

漱石と山川との間が次第に離れていくのは、漱石が英国留学から帰国後の明治36年(1903)以降のことである。この年の6月から7月にかけての漱石の書簡には、おかしな文言が見えている。「熊本時代より元気あるらしいが、僕も近来面会しない」「山川は近き将来に於いて気狂になると？どーだかわからない」「山川君は浄土宗学校へ一週二日八時間丈契約相調」とあるのだ。明治39年10月の、狩野亭吉への手紙では、「余の性行は以上述べる所に於て山川信次郎氏と絶対的に反対なり。余の攻撃しつゝあるは暗に山川氏の如き人物かも知れず」とまで書いている。

この手紙は、京都大学招聘を断り、それまでの来し方をかえりみつつ、これから自らの力で己の信ずる道を進みたい、という思いで満ちている。教師を辞めて小説家として生きたいという決意表明だった。手紙の追伸のような形で山川のことに言及しているが、いや大変な嫌われようである。

山川は明治32年9月、阿蘇登山の後、熊本五高から東京の一高教授として転任していたはずであった。一体何があったのか？　何か彼との間にトラブルがあったように書かれた資料があった。翌年以降、山川のことに触れた記述は見られないし、交友関係を示すものがないのだ。何故縁を絶ったのか？　トラブルとは何なのか気になり、調べてみた。

山川信次郎は、スキャンダルを起こし、一高英語教授を辞任していたのだ。漱石帰国の直前、明治35年11月、依願免官と報じられている。報じたのは「二六新報」だった。

この時代、黒岩涙香の「萬朝報《よろずちょうほう》」と並び大衆紙として人気のあった新聞である。社会問題に対する批判を暴露的な三面記事であおった。攻撃対象となったのは政治家、実業家、学者といった階層である。社会的な弱者に対する義侠的な立場から記事を書いていた。攻撃を受けた一人が、「第一高等学校教授」山川信次郎である。この年の10月に数回にわたり、暴露記事が連載されている。記事の要点は「山川家住込みの近藤セン（17歳）に対し、よからぬ振る舞いに及び、かつその責任を取らない風紀退廃の罪悪を犯している」という告発であった。よく読むと、1年以上前のことを嗅ぎつけられて、記事にされたようだ。真偽のほどは別にして、この記事が問題となり退官を余儀なくされたのであろう。彼が退官した後、洋行帰りの漱石が翌年4月、一高教授を引き受けている。

山川が契約した浄土宗学校とは後の高輪学園のことであり、面倒をみたのは、漱石とも学友の龍口了信であろう。彼は本願寺派の仏教学校の関係者であり、やがてその校長を務めている。山川は、他に大成中学校でも教壇に立ったようだ。それぞれの学園史を調べてみると、大正から昭和初期の卒業生の思い出に登場し、書き残されていた。

それによれば、「ひょうひょうとして面白く、ちょっと変わった」「人間としての生き方や英語学習のポイントを身につけさせていただいた」が、「みずから猛悪と称していたほどやかましい」「生徒がたちの悪いことをすると、よくなぐった」「小柄だが癖のある先生」と書かれている。周りからは昔の漱石との交友関係も知られていたという。

若き頃共に富士山も登った、今では功なり名をあげた漱石・是公を、どんな思いで彼は見ていたのであろうか？　ちょっと複雑な気がする。

彼の没年は、おそらく昭和一桁の内であろう。漱石は大正5年、是公は昭和2年に亡くなっている。富士山に登った3人の内で、山川が最も長生きしたのかも知れない。

創作活動と富士山

江戸っ子の金之助は、朝な夕なに富士山の姿を眺め暮らし、そして富士登山も体験したはずだった。だが、富士山や富士登山のことが漱石の作品に登場している印象は薄い。
小説はもとより、随筆、俳句、講演などでもそのようだ。世の中にはほとんど知られていないのだが、富士山をどう実感し、表現していたのか、彼の創作活動の中に探ってみることにした。

明治23年、夏目金之助は子規に宛てた手紙の中で、富士山をこう俳句に詠んでいる。

西行も　笠ぬいで見る　富士の山

「かつて君が、〝西行の　顔も見えけり　富士の山〟という句を自慢したが、僕が先頃富士を見て、ふと口を衝いて出た名吟には　とても不及《およばず》」
これが俳句で富士山を詠んだ始まりだが、その後も月並な句が少しあるばかりである。

小説では、どうだろうか？　『虞美人草』（１９０７年）、『三四郎』（１９０８年）などには富士山を見る場面がある。三四郎と広田先生の、「日本が誇れるものは富士山くらいしかない……」という会話は特に印象に残る。
丸谷才一は『闊歩する漱石』の中で、

あの山は、……わが風景美の代表としてよりもむしろ一国の精神的伝統の象徴として、格式の高いものになってゐる。そういふ呪術的な、もし何なら神聖と形容してもいいイメージを埒《らつ》し来《きた》つて、あれはしかし日本人のこしらへたものではないと評するとき、この一言は俗悪な愛国心への揶揄として、小手が利くというよりもむしろ腹にこたへるものになった。この寸評によって常識は覆され、そこで別の見方による日本論が可能になる。漱石は山岳信仰といふ精神風俗をじつに巧みに利用したわけ。

と評している。

富士山を象徴、遠景として眺める存在として、漱石は上手く扱っているのだ。一方、眺める存在として富士山ではなく、登る山として富士山が出てくる小説が一つだけある。『行人』（1913年）の中に次のように記している。

（前略）自分はその時富士へ登って甲州路を歩く考えで家にはいなかったが、後でその話を聞いてちょっと驚いた。勘定して見ると、自分が御殿場で下りた汽車と擦れ違って、岡田は新しい細君を迎えるために入京したのである。（中略）すると三沢といっしょに歩く時の愉快がいろいろに想像された。富士を須走口《すばしりぐち》へ降りる時、滑って転んで、腰にぶら下げた大きな金明水《きんめいすい》入りの硝子壜《がらすびん》を、壊したなり帯へ括《くく》りつけて歩いた彼の姿扮《すがた》などが眼に浮かんだ。

これは自らの実体験にもとづく描写であろう。登山姿が目に浮かぶようだ。そういえば、記念写真の漱石の腰には、何やらぶら下がっているようにも見える。硝子瓶のようだ。

明治41年（1908）、朝日新聞社主催の講演会で、自らの富士登山体験らしき描写がある話をしている。叙述における主観的態度と客観的態度の説明にふれ、主観的な例として、

「君富士山へ登ったそうじゃないか」「うん登った」「どんなだい」「どんなの、こんなのって大変さ」「どうして」「まず足は棒になる、腹は豆腐になる」「へぇー」「それから耳の底でダイナマイトが爆発して、眼の奥で大火事が始まったかと思うと頭蓋骨の中で大地震が揺り出した、こんな人に逢ったら堪りません」

まるで落語のような語り口ではないか。漱石は落語が好きだったとか。それにしても、リアルな体験を語っている。おそらく高山病にでも苦しめられたのではないか？

余裕派・夏目漱石

山路《やまみち》を登りながら、こう考えた。智《ち》に働けば角《かど》が立つ。情《じょう》に棹《さお》させば流される。意地を通《と》おせば窮屈だ。とかくに人の世は住みくい。住みにくさが高《こう》じると、安い所へ引き越したくなる。どこへ越しても住みにくいと悟った時、詩が生れて、画《え》が出来る

『草枕』（1906年）の冒頭の書き出しだ。高校生の頃に、初めて読んで以来、山を歩けばいつも頭に浮かんでくる名文だ。

漱石が、熊本時代に歩いた旅の体験から生まれたものだ。あの時の山歩きが、『草枕』を、『二百十日』を生んだのだ。一方、富士登山は名作を生んではいない。この差は、一体何なんだろうか？漱石の文学は、余裕派・高踏派と呼ばれている。人生に対して余裕を持って望み、高踏的な見方で物事を捉えるという「低徊趣味的」（漱石の造語）な要素を含む。

「富士山の全体は富士を離れた時にのみ判然《はっきり》と眺められるのである」ということを漱石は書いている（「素人と黒人《くろうと》」）。おそらく、漱石の富士山の登山体験は、バテバテで厳しいものであったに違いない。自然や景色を悠然と眺めている余裕などなかったのだろう。対象を一歩離れて全体を客観的に眺め、思索し、創作表現にまで高める余裕がなかったのだ。名作は余裕から生まれる。山路を歩き、思索しながら生まれてくるものだ、と彼は悟ったのだ。私は、火山灰と人だらけの山に登りたいとは思わない。

富士はやっぱり眺める山だろう。

主な参考資料

「漱石と自分」（1935年朝日新聞談／青空文庫）狩野亨吉
『父・漱石とその周辺』（1967年　芳賀書店）夏目伸六著
『大成七十年史』（1967年　大成学園）
『漱石俳句評釈』（1983年　明治書院）小室善弘著
『漱石研究年表』（1984年　集英社）荒正人編
『高輪学園百年史』（1985年　学校法人高輪学園）
『二六新報』第17巻明治35年10－12月（1993年　不二出版社編）
『新聞と民衆』（1994年　紀伊國屋書店）山本武利著
『漱石全集』「草枕」「虞美人草」「二百十日」「心」「行人」「書簡」「評論」「日記」「別巻」（1996年版
　岩波書店）夏目金之助著
『漱石の夏休み』（2000年　朔北社）高島俊男著
『闊歩する漱石』（2000年　講談社）丸谷才一著
『孤高の「国民作家」夏目漱石』（2006年　生活情報センター）佐藤嘉尚著
『旅する漱石先生』（2011年　小学館）牧村健一郎著
『七つの顔の漱石』（2013年　晶文社）出久根達郎著

風も吹くなり　雲も光るなり

私が、林芙美子の『浮雲』に関心を持つようになったのは、2013年春のヴェトナム旅行からである。戦後生まれの私たちの世代にとっては、リアルタイムのものではなかった。林芙美子といえば、森光子がでんぐり返しをしながら長く舞台を続けた『放浪記』の名前を知っていた程度であった。だが、あの女優にはクサミを感じていたので近寄らなかった。朝の連続テレビ小説『うず潮』（1964年）が、その昔、林美智子主演で放映されていたことを微かに憶えている。その原作が林芙美子の小説だとは最近知ったことだ。

ヴェトナム旅行中、フランス植民地時代の影を色濃く残す、リゾート地のダラットを訪れた。標高1500mくらいという高原の街だ。街の中心に湖があり、周囲にはコロニアル風なホテル、教会が並びたつ風景が爽やかだ。1922年からフランスが保養地として開発したという。かつては、貴族や高級官僚達が避暑や狩猟を楽しんだところらしいが、今はヴェトナムの新婚さんのハネムーンの地としても人気のリゾート地である。高原の街だから、早朝には朝霧が美しくたなびく。この気候を利用し、周辺では花、野菜、茶葉、コーヒーなどの栽培が盛んだ。シルクやワインも有名だ。

この美しい高原の街を舞台とした小説を書いた作家がいたことをその折に知った。林芙美子（1903〜1951）がその人だった。『放浪記』は戦前のベストセラー。戦後の代表作が『浮雲』だが、主人公の男女が出会い、不倫の恋におちる街としてダラットが登場する。男は農林省の官吏で、戦争中に軍属としてダラットの林業事務所に勤務中の技師。女はキニーネの栽培試験をする研究所のタイピスト、という当時のキャリアウーマンという設定である。第二次世界大戦中のヴェトナム（仏印＝フランス領インドシナ）は、他の南方地帯が激戦地だったのに比べて、戦場から離れた、いわば無風地帯であった。特にダラットはその環境からまるで楽園のような場所に描かれている。例えばこうである。


昭和18年の秋、ダラットに着いたのである。……高原地帯のせいか非常に住みいいところであった。仏蘭西人で茶園を経営しているものが多く、澄んだ高原の空に、甘い仏蘭西の言葉を聞くのはゆき子には珍しかった…。

森の都サイゴンの比ではないものを、この高原の雄大さのなかに感じた。高原のダラットの街は、ゆき子の眼には空に写る蜃気楼のようにも見えた。

ランビアン山を背景にして、湖を前にしたダラットの段丘の街は、ゆき子の不安や空想を根こそぎくつがえしてくれた。

内地は段々住み辛くなっているそうですが、ここにいれば極楽みたいでせう？

ダラットは、今も昔も小説に描かれたように爽やかな高原の街であることがわかるのだ。

『浮雲』のダラット描写

小説を読んでいて気がついたのは、ヴェトナムの樹木や果物についての説明がとても詳しく描写されていたことだった。主人公の男性が林業技師で、なおかつその描写は、彼が農業新聞に記事を投稿するという場面だから当然といえば当然なのだが。それにしても女流小説家がここまで詳細に書けるものなのか？　例えば、松の木の種類などキチンと書き込んであり専門家ならではの書き方には、説得力がある。また、地名もダラットだけでなく、ハイフォン、ハノイ、ユエ、サイゴンとヴェトナム各地を列車で旅する場面もある。

だが、逆にあまりにも詳しすぎるのでは？　と違和感を覚えたのだ。よくミステリー小説では状況を知りすぎている人物はかえって怪しい、という例がよくある。実は現場に立っていないのではないか？　と疑ってみたくなった。林芙美子はヴェトナムに旅した体験があるのかどうか？　あるとしたらいつ、どこへ行ったのか？　何の目的があったのか？　戦争中に小説を書くために旅行するなんてことが許されたのか？

私が旅行の前に読んだガイドブックには、「小説家がいつこの地を訪れたのか不明であるが、戦中もしくは戦後間もない時期であったことは想像できる」とあった。

戦中はともかく、戦後間もない頃というのはまずあり得ないはずだ。占領下の日本からヴェトナムへ旅ができたはずがない。うっかりと読み過ごしていたが誤りだろうと思った。

幻のダラット

林芙美子の年譜を調べてみた。昭和17年（1942）10月、39歳、軍の報道班員として南方へ派遣され、マレーシア、仏印、スマトラ、ジャワ、ボルネオなどに8か月滞在。スラバヤでは、現地の村長宅で暮らし、それが「浮雲」の背景となった。戦争激化のため文筆活動は制約された、というのが一般的であった。『浮雲』初版の「あとがき」に「戦争中、南方の島を八ヶ月ほどまわり、此の地方を知っていたので、仏印を背景に選んだ」とあるのがヴェトナム体験の根拠らしい。小説の設定からみて、行ったとしたらこの時であろう。仏印というのは現在ではヴェトナム、ラオス、カンボジアだが、ダラットとは書いてない。仏印に「行った」のではなく、「知っていた」とある。実に曖昧で微妙な文章である。

この時の事情をもっと詳しく調べたものを更に探してみた。しかし、仏印を直接訪れたという記録は残されていない。資料によれば、林芙美子達女性作家5名と新聞社、出版社から12名が陸軍報道部の臨時嘱託となり、「南方視察」に赴いたのは昭和17年10月だった。南方が選ばれたのは、後進地域ではなく、快適な面もある文化性を強調したイメージ戦略の一環であった。この時の行程など詳細な記録は軍事上の制約もあり確かめられないのだろうが、広島に10月26日に集結、11月16日にシンガポールに到着したという。病院船に偽装した船で渡航したらしいが、経由地はどこかも明らかではない。帰国は翌年の5月とされている。

林芙美子は当時、新聞・雑誌でマレー半島やインドネシアのジャワ・スマトラ・ボルネオ島について南方体験の紀行文を書いている。しかし、ヴェトナムに関する紀行文は確認されていない。ヴェトナムに行った可能性があるのは、往路のシンガポール到着前の2週間か、帰国した年の復路の5月中旬から下旬であろうと、推定されている。しかし、本人の微妙な証言をただ信じているだけである。これだけでは納得できない。作家は巧みに嘘をつき、もう一つの真実を創りだすのが商売である。

『浮雲』は、仏印の奥地森林地帯の調査に従事した農林技師・明永久次郎（1889〜1983）が書いた『佛印林業紀行』をかなり参考にしている、という資料があった。国会図書館で本を探し、指摘されている箇所を実際に読んでみた。事実、小説『浮雲』の文章とほぼ同じ部分が数箇所あった。特にダラットを中心としたランビアン高原の樹木、漆、伽羅の木、果実についての説明など非常によく似ている。

また、登場人物の設定も農林技師であり、山林局長の名前も同一だった。これで、腑に落ちた。ほぼ間違いなく林芙美子は、この本を読み、種本としたに違いない。それにしても、この本は非常に専門書に近い本である。いつ、どのようにしてこれを入手し読むことができたのだろうか？

研究者によれば、友人で詩人の松下文子の夫・林学博士・松下真孝から明永氏を紹介されていたと言う。東大で林学を専攻し、林業試験所に勤めていた氏は、戦時下の1941年(昭和16)末、林業調査団の一員として仏印(現在のヴェトナム各地、ラオス、カンボジア)に渡り、全地域の密林・山林を踏査した。『日本農林新聞』に一部を連載した後、1943年(昭和18)10月、『佛印林業紀行』を出版。この時かあるいは戦後なのかははっきりしないが、林芙美子はこの本を読んでいたのだ。ダラットには行っていないが、ダラットの情報は手に入れていた。だから書けたのだ。林芙美子のダラットは幻であった。行っていない、という疑いが濃いことになる。

明永氏と出会った時期だが、いつであろうか。松下夫妻は昭和3年(1928)に親元の北海道・旭川で結婚し、林芙美子は昭和9年初夏、旭川の松下邸を訪ねている。この時だとの説がある。しかし、最近の日経新聞の記事(2013年5月)によれば、昭和6年8月に『大陸日報』(カナダのバンクーバーで発行の日本語新聞)に小説『浮雲』の原型を思わせる短編小説を寄稿していたことが分かったとのことである。

短編は「外交官と女」といい、林業分野の仕事に携わる男性外交官が、中国アモイ赴任時代に知り合った熊本・天草出身の女性を回想する独白体だとか。確かに設定が『浮雲』を思わせるものがあるようだ。昭和6年といえば、この年の11月からは憧れのパリ・ロンドンへ半年も旅行し、下駄で街を闊歩している。外交官という設定が、いかにもといえばいかにもか。この小説の準備にあたって、松下夫妻の紹介により明永氏の存在を、洋行前のこの時に知ったのかも知れない。

小説『浮雲』執筆の経緯

『浮雲』が雑誌『風雪』に連載され始めたのは、昭和24年（1949）11月から、完結したのは昭和26年4月だ。『浮雲』の構想は、昭和初期からの知人明永氏と出会ったことから生まれた、と考えたい。その頃既に構想していたものをベースにして、彼の著作『佛印林業紀行』をダラットが登場する場面に巧みに援用した。自らの戦前・戦中・戦後の体験を物語として肉付け創作し膨らませ、20年もの熟成を経て名作として結実させた。現代ならばパクリと非難されるだろうが、創作の経緯はどうあれ、傑作である。

執筆の経緯として、もう一つ考えられるのはライバルの存在かも知れない。彼女は、宮本百合子をライバル視し反発していたというが、同時代の女流作家の森三千代も気になる存在だった。いずれも裕福な生まれである。貧困な家に生まれ、放浪生活の中から成功をつかんだ芙美子とは全く違っていた。負けたくなかったはずだ。

森三千代は、女子高等師範学校中退のインテリで林芙美子より2歳年下。夫は羨ましくも有名な詩人金子光晴だ。彼女は戦時中の昭和17年（1942）、ヴェトナムに旅行している。ハノイ、ユエ、ダラット、サイゴン、更にはカンボジアまで、外務省から文化使節団の一員として仏印に派遣されたのだ。軍の宣撫策ではなく、親善のためだった。

林芙美子が陸軍嘱託の従軍作家として偽装病院船による船旅だったのに対し、森三千代は羽田から二昼夜の空旅でハノイに入っている。マレーシア、インドネシアには行ったが、ヴェトナムには行けなかった林芙美子と違って、フランス文化の香りのするダラットや憧れの小パリ・サイゴンを旅したのだ。森三千代はこの年、ヴェトナム体験をもとに『詩集インドシナ』(仏語)、『晴れ渡る佛印』、『金色《こんじき》の伝説』といった作品を世に出している。林芙美子はこれらを目にしたが、この時はヴェトナムを描こうにも描けなかった、体験できなかったからである。戦後『浮雲』を構想したのは、行きたかった、書きたかったという無念や嫉妬があったのではなかろうか?

屋久島への旅も執筆の大きなきっかけとなった。昭和25年(1950)、雑誌社の企画で『屋久島紀行』の取材に出かけた。当時、屋久島は、台湾も沖縄も失った日本の南の果ての地であった。南国情緒豊かな島の風物・人情は、ジャワやスマトラといった南方を偲《しの》ばせ、彼女の華々しい時代であった南方体験を思い出させる地だった。そして行きたくても行けなかったヴェトナムを思わせる地でもあった。

太鼓たたいて笛ふいて

井上ひさしは林芙美子の後生をつづった『太鼓たたいて笛ふいて』という芝居を書いている。大竹しのぶの熱演が評判だが、未だに見逃している。というか、気がついたのが遅過ぎたのだ。

林芙美子には南方派遣の従軍作家として活躍した過去、軍の宣伝ガールとして戦意高揚に協力したという贖罪意識があった。昭和5年（1930）、『放浪記』が売れ、一躍流行作家となった彼女は、他にも軍への協力を積極的に行っている。昭和12年（1937）の南京攻略戦、翌年の漢口攻略戦では新聞社の従軍特派員となった。女性として一番乗りをし、戦場体験を新聞記事、従軍体験記、時局講演会などで発信し、銃後の国民を熱狂させたのである。

小説『浮雲』の中でも随所にみて取れるが、そこをテーマにした芝居である。そのことに対する戦後になってからの自省の念を芝居の中の彼女のセリフで、井上ひさしはこう語らせている。

責任なんか取れやしないと分かっているけど、他人の家に上がり込んで自分の我がままを押し通そうとするのを太鼓でたたえたわたし、自分たちだけで世界の地図を塗り替えようとするのを笛で囃した林芙美子……、その笛と太鼓で戦争未亡人が出た、復員兵が出た、戦災孤児が出た。だから書かなきゃならないの、この腕が折れるまで、この心臓が裂け切るまで。その人たちにせめてものお詫びをするために……。

戦中・戦後の自身の過去との訣別を告げる地が欲しかったのだ。物語の終焉の地として屋久島が相応《ふさわ》しく思えた。林芙美子は、幻《まぼろし》のダラットをその華やかな時代の象徴とし、現《うつし》の屋久島を終焉の地とする小説『浮雲』を構想したのだろう。

私生児として生まれ、幼い頃からの行商生活やカフェの女給暮らしなどの体験を踏み台に作家として成りあがったが、戦中の生き方には悔痕があった。戦後は持病の心臓弁膜症の体に鞭打ちながらひたすら書き続け、小説の完結も間もなく、一種の過労死のように昭和26年（1951）6月、48歳の若さで亡くなったのだ。

映画『浮雲』

『浮雲』は成瀬巳喜男監督、高峰秀子、森雅之主演で昭和30年（1955）に映画化された。林芙美子の死から4年後、まさに日本映画・黄金時代の始まりの頃だ。史上最高の恋愛映画として評価され、作品としても俳優としても数々の賞を受賞している。DVDで初めて見てみたが、ほぼ原作に忠実に物語がモノクロ画面で映像化されていた。戦後の荒廃した日本の様子を、映像で伺い知ることができる貴重な資料とも言える。解説資料によれば、二人が出会うダラットのあるランビアン高原は、伊豆山中でのロケだとか。室内風景はスタジオ撮影とある。この時代、海外ロケなどありえない。やはりダラットは幻の中だった。

原作にあるように、戦時中の楽園のようなダラットを引き揚げた二人は、敗戦後の荒廃した日本で、ダラダラと頽廃的な不倫関係に引きずられてゆく。楽園と荒廃の地の対比が印象的だ。そして二人の再出発の地、最後の地として屋久島が描かれている。映画での屋久島行きは鹿児島港でロケしたらしい。宮之浦港へは艀《はしけ》で上陸した時代であったのが、時代を感じさせる。島の場面も伊豆のロケとスタジオ撮影だとか。もしこの映画をリメイクするならば、ダラットと屋久島にロケして欲しい。きっと傑作がまた生まれる予感がする。観てみたいものだ。主役の女優は、高峰秀子も良かったが、少し明るく健康的すぎるかも。少し頽廃的で影のある美人が似合うのだが……。

この映画の脚本を書いたのは水木洋子だった。浦安市の隣り市川市に住んだ文化人として井上ひさしや永井荷風とともに、よく文化イベントで取り上げられている。最近も「水木洋子展」が催され、展示と共に〝映画「浮雲」の世界〟という講演もあった。会場では「生誕100年　脚本家水木洋子」という冊子も販売されていたので、これを買い求め、紐解いてみた。映画『浮雲』と水木洋子にはどんな関わりがあったのかに興味があったからだ。

この冊子から、今までよく知らなかったことが少し分かってきた。彼女は明治43年（1910）8月生、林芙美子よりは7歳若い。若い頃は築地小劇場に立ち、演劇の道に入るも、劇作家となり、ラジオドラマの脚本も手掛けた。戦後は舞台やラジオの脚本から映画の脚本家として数々の名作のシナリオを担当している。代表作として『また逢う日まで』『キクとイサム』『おとうと』などがある。テレビドラマの脚本にも『龍馬がゆく』など名作があった。平成15年（2003）4月、長生きして92歳で老衰のため死去している。

林芙美子との接点に注意して読んでみれば、32歳の時、昭和17年（1942）10月に陸軍省嘱託として南方へ派遣される女流作家の一人に選ばれシンガポールへ向かう、とあった。林芙美子と同行した女性作家の内の一人であった。ここに着目して、他の資料にもあたってみたら二人の関係が更にわかってきた。シンガポールまでの船中で二人は同室となり、2週間余りの船旅の間、親しく付き合ったようだが、シンガポール到着後は別行動となった。

林芙美子は主にインドネシア方面で視察・取材したのに対し、水木洋子はビルマに入り、中国・雲南省に対峙する最前線まで取材をしている。新聞や本に従軍記を書いている。林芙美子とは帰国してからも手紙のやり取りなどがあったようだ。戦後になって小説『浮雲』の執筆中にも交流があったとある。作中の舞台となった幻のダラットは、水木洋子も同じ想いを共有できた世界だったのだろう。

林芙美子の作品は戦前から『放浪記』など映画化されたものも多いが、戦後は初めてだった。水木洋子は林芙美子の原作を戦後になってからラジオドラマでは3本手がけていたが、映画は初めてであった。そして最初で最後の脚色作品となった。映画『浮雲』のプロデューサーは東宝の藤本真澄だが、脚本家として水木洋子を起用したのは実に絶妙だったと思える。

『浮雲』二つのラスト

映画は小説をほとんど忠実に脚色しているのだが、ラストシーンだけが異なっている。映画では、森雅之演じる富岡が女主人公のゆき子の遺骸を前に打ち崩れ慟哭するという感動的な場面で終わる。そして、普通であれば〝終〟と出るところだが、林芙美子の〝花のいのちは みじかくて 苦しきことのみ 多かりき〟という有名な句が映し出されて終わる。

しかし、小説にはこの詩はなく、永遠の別れの場面の後に最後の節がある。そこでは、富岡はゆき子の死後まもなく鹿児島に戻り、天文館通り裏の小料理屋の二階で彼女の残したお金で遊び、情緒に誘われるまま女を抱く場面となる。そして、最後の文章はこうである。

富岡は、まるで浮雲のような、己の姿を考えてゐた。それは、何時、何処かで、消えるともなく消えてゆく、浮雲である。

「花の……」の揮毫をいれたのは成瀬監督の発想らしいが、小説の最後の章をカットしたのは水木洋子の考えのようである。

当時のインタビュー記事で水木本人がこう話している。

「原作者の林さんとは戦争中南方でずっとご一緒だったので、林さん自身をかなり理解できたし、同時に非常に身近なものを感じていた訳です。でもね、私としては林さんの作品を借りて、私の生活感情を含ませたつもりです。原作では、最後に死んだ女の金を盗んで、また別の女を買いにいく。……林さんは男性を徹底的に否定してあつかっているのね。私は映画の上でそこまで断定することができなかった」

また、別のエッセイでは、

「これが現実の姿であろう。しかし私は林さんの声と呼吸を耳のはたに聞きながら尚且つ男への絶望を叩きつけたくはなかった。それは脚色をした私の切なる希望である」

とあった。

林芙美子と水木洋子は、南方への従軍作家的な体験を共有していたが、微妙に違うところがあったのだ。水木洋子の言う〝生活感情〟とは恋愛感情、男性観のことであろう。

映画の主人公達には水木の思いが色濃く出ているようだ。この映画が完成して間もない頃、水木はある男性との別れがあったという。その男とは南方派遣で赴いたビルマで恋に落ちていた。そしてその恋を知られることなく戦後も引きずっていたが、結ばれることはなかったようだ。明らかになったのは彼女の死後、比較的最近のことという。

南方から帰国の翌年、昭和18年（1943）に林芙美子が水木洋子に宛てた手紙の中に、こんな箇所もあるという。

「ジャワで、あなたをよく知っている朝日の記者の方に会いました。山本さんとか云ったと思います。小柄な若い人でした。……」

ひょっとしたらこの人物のことかと思ったが、野暮な詮索は止めておきたい。いずれにしろ実生活での恋愛体験が映画のシナリオに重なっているということだ。ちなみに、水木洋子は若き日に映画監督の谷口千吉とわずか10か月ばかりの短い結婚をし、離婚を経験している。でも男に絶望はしていなかったのだ。

桐野夏生は、林芙美子の南方派遣体験を題材に小説『ナニカアル』を、とても巧みに虚実を取り混ぜて書いている。林芙美子は、ジャワで毎日新聞の斎藤という記者との逢瀬と別れを体験したことになっている。ジャワやビルマという南方で、二人はともに恋を経験していたのか？幻のダラットは二人が想いを共有できた南方での恋愛体験の象徴だったのかも知れない。水木洋子は林芙美子への〝オマージュ〟として『浮雲』のシナリオを書いたのではなかろうか。

しかし、林芙美子は水木洋子とは違うたくましさを持つ女性のようだ。売れない詩人として出発し、貧乏を売り物にしたルンペン作家、女給上がり、戦争協力者だ、とか言われ毀誉褒貶に晒されても、ラブアフェアにもへこたれることなく生きた。男との別れも、男とはそんなものだと吹っ切った、引きずらない人だったのではなかろうか。

市川市で水木洋子展を見てほどなく、新宿歴史博物館で林芙美子展が開催中であることに気付き、出掛けてみた。そこでは、思わぬものを目にすることになったのである。

会場には彼女にまつわる遺品、出版物、写真、自画像などがあったが、一枚の額装された直筆の詩の揮毫が飾られていた。それは友人であった『赤毛のアン』の翻訳者・村岡花子の書斎に飾られていたものだという。その詩の最後の句に目が惹きつけられた。

花のいのちは　みじかくて
苦しきことのみ　多かれど
風も吹くなり
雲も光るなり

「苦しきことのみ 多かりき」で終らず、「風も吹くなり 雲も光るなり」と前途に光明を見つけ出し、へこたれることなく歩き出そうとするところが、如何にも林芙美子だ。〝苦しきことのみ 多かりき〟と下向いているのは、彼女らしくないのだ。
村岡花子にも林芙美子と同じように貧しい生い立ちがあるとか？ 彼女への共感もあったのだろう。

主な参考資料

『晴れ渡る佛印』（1942年、2005年復刻版 ゆまに書房）森三千代著
『金色の伝説』（1942年、1991年復刻版 中央公論社）森三千代著
『佛印林業紀行』（1943年 成美堂書店）明永久次郎著
『浮雲』（1953年初版 新潮社）林芙美子著
『林芙美子全集 第6巻』（1977年 文泉堂出版）より「作家の手帳」（1946年作品）
『林芙美子新潮日本文学アルバム34』（1986年 新潮社）磯貝英夫編集・評伝
『火と燃えた女流文学』（1989年 講談社）瀬戸内晴美編
『金子光晴と森三千代』（1996年 マガジンハウス）牧羊子著
『南方徴用作家（戦争と文学）』所収「女は戦争を戦うか？」（1996年 世界思想社）神谷忠孝編・中川成美著

『林芙美子の昭和』（2003年　新書館）川本三郎著
「回帰と再生－成瀬巳喜男の『浮雲』演出」（2008年　東京大学『超域文化科学紀要13号』所収）大久保清朗著
『林芙美子とボルネオ島—南方従軍と浮雲をめぐって」（2008年　ヤシの実ブックス）望月雅彦著
『林芙美子とその時代』（2010年　論創社）高山京子著
『林芙美子　女のひとり旅』（2010年　新潮社）橋本由紀子著
『ナニカアル』（2010年　新潮社）桐野夏生著
『生誕100年　脚本家水木洋子』（2010年）市川市民文学プラザ編
『「林芙美子・太鼓たたいて笛ふいて」井上ひさし全芝居その六』（2010年　新潮社）井上ひさし著
『脚本家　水木洋子－大いなる映画遺産とその生涯』（2010年　映人社）加藤馨著
「突風の恩寵－水木洋子と成瀬巳喜男」（2010年　シナリオ作家協会編『シナリオ66』9月号所収）大久保清朗著
『林芙美子と屋久島』（2011年　D文学研究会）清水正著
『華やかな孤独　作家林芙美子』（2012年）尾形明子著
映画：『浮雲』（1955年／東宝映画／DVD版／シナリオ水木洋子／監督成瀬巳喜男）
新聞：日本経済新聞　2001年5月13日朝刊・社会面記事

瀬戸内寂聴の冷たい情念

日経新聞の朝刊にかつて『奇縁まんだら』という人気コラムがあった。文は瀬戸内寂聴、画は横尾忠則。２００７年の島崎藤村を第１回に１８０回以上も続いた。文化人・作家から俳優・政治家に至るまで無節操気味だが彼女の幅広い交遊範囲を誇るかのようであった。全て故人となった人を対象に、ある種痛快な暴露本的なところが受けていたのかも知れない。往年の女優・岡田嘉子を、ある時2回に分けて取り上げていた。引用要約してみたい。

「戦前の昭和13年正月に〝恋のソ連越境をとげたスキャンダル女優〟岡田嘉子とモスクワで初めて会い、彼女が帰国してから〝雑誌の対談〟で再び会う機会があったが「質問はすべてはぐらかし、答えはみんな嘘ばかりであった」。そして「書きたいんでしょ？　話してあげてもいいわよ」と鼻先で冷笑され、屈辱に震えた。さらにその後、〝名古屋の劇場の廊下〟でばったり出会い、「御盛大ね近頃」「もう、何を書いてもいいわよ」と言われ、心の中で〝書いてやるものか〟と思っていた。そして、寂聴語録として「華やかな生涯の終わりはひとり静かであった」

と結び、タイトルは〝岡田嘉子の嘘と冷笑〟とあった。

この文章を読んで、瀬戸内寂聴の岡田嘉子に対する悪意の籠った女性特有の冷たい情念を感じ、私は不快に思った。新聞の記事（2月6日）から間もない『週刊朝日』（2月25日号）でも、林真理子との対談の中でこのことに触れている。

「ついこの間『奇縁まんだら』で岡田嘉子を書いたの。それは初めて悪口を書いた。しかも2回に分けて」

こうも語っている。

「私、対談を頼まれて会ったんだけど、その時すごく意地悪な感じがしたの」「自分のことを書きたくて会っているんだと思ってるんですよ。〝話してやるものか〟という感じなの。こっちも〝絶対書くものか！〟と思いましたよ」

二人には三度の出会いがあり、どんな状況で、いかなる会話がなされたのか？　冷たい火花が散らされたのかどうかは知る由もない。まして、当事者でも縁者でもない私にとっては、どうでもよいことではある。しかし、故人となってしまい、反論する口も失ってしまった人に対しての〝悪口〟はどんなものであろうか？　悪意に満ちた文章で非難中傷するのはフェアではないだろう！　新聞という公器で、筆を借りて悪口を書くのは文学者として、まして出家までしている僧侶の身でありながら如何なものか。

瀬戸内寂聴という人物については、どこか少し軽い感じがする小説家くらいにしか思っていなかった。岡田嘉子についても深くは知らなかった。でも、この一方的な書かれ方は少し気の毒過ぎるのでは？　と思えた。

瀬戸内寂聴の〝岡田嘉子の嘘と冷笑〟という文章は私を刺激したのだった。瀬戸内寂聴が書いていることはどこまで本当なのか？　いくら虚実皮膜の間を書くのが小説家の仕事、ウソをホントに思わせるのも力量の内とは言え、見過ごしてはおけなくなった。岡田嘉子が嘘をつくのには事情はなかったのか？　瀬戸内寂聴は本当に岡田嘉子の嘘を見抜いていたのか？　何故意地悪され、からかわれた、と感じたのか？　そもそも本当に三度も逢っていたのか？　例によって探究心を発動してみたくなったのだった。

岡田嘉子の嘘

愛人の演出家・杉本良吉と共に昭和13年（１９３８）に、雪の樺太国境を越えた旧ソ連への亡命事件は「恋の逃避行」として戦前の大きな社会的な事件だった。戦後の昭和27年（１９５２）頃からモスクワでの生存が知られるようになり、訪ソした文化人達との交流を経て、昭和47年（１９７２）に一時帰国した。その時はパンダ並の大騒ぎをマスコミがした社会的な事件となったことを微かに記憶している。

モスクワ在住の時も帰国中の間も、越境事件後のことについては彼女自身は多くを語ることはなかった。彼女は自伝を3冊出しているが、やはり真相を語ってはいないし、死ぬまで真実を自ら明かさないままであった。越境事件から1947年12月に彼女がモスクワ居住を認められるまでの10年間が「空白の10年」と呼ばれ、今でも謎が残されているようだ。

「その対談にあたって、嘉子の過去をくわしくしらべていた私には、ソ連での嘉子の自伝や告白の嘘を大方見抜いていた」(『奇縁まんだら』)、「越境して三日目には二人は引き離されて、相手は銃殺されて、自分だけ助かってるんですよ。そのあと生きるために、彼女が向こうで何をしたか想像できるじゃないの。それしか生きられないですよ」「私は対談する前に調べてるでしょう。彼女が今まで言ってきたことはだいたいウソだってわかるじゃないですか」(『週刊朝日』の対談)と発言している。岡田嘉子の嘘にはどんな事情があったのか？　瀬戸内寂聴は本当にその嘘を見抜いていたのだろうか？　検証してみたい。

二人が〝雑誌の対談〟で会った時期は、文章の中での前後関係から凡そ判断すれば、次のようになる。つまり、岡田嘉子がソ連の文化大使として再帰国し、彼女が最初の自伝『悔いなき命を』を出版(1973年4月)した後、彼女は1986年4月にはモスクワに戻っているので、その前ということになる。

今日までに明らかにされている岡田嘉子の「空白の10年」の真相はこうだ。二人の「恋の逃避行」

はスターリンの芸術家粛清に利用された。拷問や強制自白により〝スパイ目的で越境した〟とされて杉本は１９３９年銃殺された。嘉子の自白も利用されたという、そのことは彼女を終生苦しめた。彼女は自由剥奪10年の刑となり、シベリアの強制収容所（ラーゲリ）、モスクワの内務監獄に入所させられ、１９４７年に出所した。出所後は日本語放送のアナウンサーになるなど、ソ連による対日戦略の一端を担わされることとなる。

ソ連当局は彼女の釈放の前に、彼女のために虚構の経歴を創り上げ、当局にとっても不都合な事実は隠蔽した。彼女自身ソ連で暮らす弱みから、粉飾された経歴の中で生きることを余儀なくされ、真実を語ることなく死ぬまで演技をし続けた。絶望と辛酸を舐め尽くしながらも、心の葛藤を乗り越え開き直り、自伝のタイトルにあるように『悔いなき命を』と自らに言い聞かせ、心の負い目や弱みを人にはみせることなく、強い女として生き続けたのだ。

この間の真相が少しずつ知られるようになったのは、ゴルバチョフが書記長に就任し、ペレストロイカ（改革）やグラスノスチ（情報公開）が始まった１９８６年４月以降のことだった。岡田嘉子が12年にも及ぶ日本での滞在からモスクワへ戻った時でもある。ソ連が杉本をスパイとして銃殺していたことを公表したのは１９８９年の４月のことであり、日本のマスコミもこれを報じた。更に、彼女がモスクワで89歳の生涯を終えた４か月後の１９９２年６月には「越境後心ならずもスパイの自白をしてしまい、それが杉本を死に追いやったこと」を認めていたとの報道がなされた。

「空白の10年」全体についての真相を探る本格的な報道は、１９９４年８月の『ＮＨＫＢＳ２』放送、「わが心の旅―ソビエト収容所大陸―岡田嘉子の失われた十年」でなされた。テレビ制作会社

『テレビマンユニオン』がロシア2000㎞を現地取材、レポーターは岸恵子、ディレクターは今野勉だ。その衝撃的な内容は、同年の『中央公論』誌上で発表された文章などで知ることができた。

瀬戸内寂聴が〝雑誌の対談〟をしたと言う1973年から1986年に岡田嘉子が帰る前の時代は、ソ連もソ連共産党もKGBも健在だった時代である。岡田嘉子はソ連国籍を持ち、ソ連からの文化大使としての来日であり、ソ連から年金まで貰っていた。彼女は、ソ連当局に配慮し、真相を隠し通さざるを得なかった。いつもKGBの目が光っている、と意識していたはずである。何をしゃべっても？　とならざるを得なかったのだ。

そんな状況下で、瀬戸内寂聴は対談の前に何をどう調べ、どんな真相を知り、ウソと見抜くことができたであろうか？　事実関係を見抜けた筈はないのである。すべて、岡田嘉子の死後明らかになった報道を基にした後付けの憶測でしかない。対談の時点では、〝本当のことを言ってはいないだろうな？〟と、女の直感で推測していたのに過ぎない筈である。瀬戸内寂聴は、内閣調査室よりも秀れた調査能力をもっていたのか？　資料もなければ証拠もなしに〝大方ウソを見抜いていた〟はないだろう。ただ小説家としての感性で、嘘を見破っていたのかも知れない。

素材・岡田嘉子

岡田嘉子から「書きたいんでしょ」「話してあげてもいいわよ」と、〝からかわれ意地悪された〟

〝鼻先で冷笑された〟と、寂聴さんはえらく怨んでおられるのだが、これはどうであろうか？　このとおりの会話があったとするならば確かに仰言るとおりかも知れない。岡田嘉子は、女優として、演出家として、はなはだプライドが高く我儘なところの多い性格であったことが評伝から伺える。これに似た場面があったのかも知れない。しかし、これは寂聴さんが、彼女の心の内を岡田嘉子から見抜かれていたことを物語っている、と私には思える。瀬戸内寂聴は、本当は〝岡田嘉子のことをずうっと書きたい〟と思っていた。

しかし、岡田嘉子には真相を語れない事情があった。書きたくとも書く材料を与えて貰えなかったことが悔しかった。その本音を岡田嘉子から見抜かれていたことで、それをこれまた作家としてのプライドが高い寂聴さんは、認めることができないどころか、恨みに思ってしまった。といったところではないだろうか？

そもそも、瀬戸内寂聴は自らの著書でこう述べている。

「私が作品の主人公に選んできたのは、世間的に立派な活躍をした人より、みっともない女たち、破綻をさらして非難され、迷惑きわまりないと誤解されたままだった女の人たちです」と。岡田嘉子はこの条件によく当てはまる。彼女を書きたかった筈である。最初に二人が出会った１９６１年のモスクワでのことを『美女伝』（１９６６年）の一章で既に書いていた。『奇縁まんだら』では書いていないが、こんなくだりがある。

「私は出発前、ほとんどの婦人雑誌の編集部から、自叙伝か手記を書くよう交渉してきてくれという話をされていた。その件を率直に訊いてみると、『これまでも、あらゆる出版社に頼まれ、それをみんな断りつづけてきたので、いまどこか一社に発表することは他のすべてに義理が悪くなる。そのため、書いても日本で発表のしようがないでしょう』と笑っていた」

ところが、岡田嘉子は自伝『悔いなき命を』を帰国後に広済堂出版社より出した。この時、どんな思いを抱いたであろうか。よかろう筈はないのでは。「結局誰一人、彼女に越境後のこと、杉本良吉のその後など訊くことが出来なかった。そのことになると急に、訊かせないあるきびしさが岡田嘉子のまわりに目に見えない壁のようにそびえ、私たちを無言のうちに、拒否するのだった」

『奇縁まんだら』ではこう書いている。

「モスクワへは日ソ婦人懇話会の一員に新進の小説家として選ばれ訪れたのだが、岡田嘉子に会った後で訪ソ団の米川団長から、〝書きたくなったでしょう。岡田嘉子をお書きなさいよ。日本に帰ったら関係者をいろいろ紹介してあげます〟」

瀬戸内寂聴は、自らも恋と不倫に生き、娘を捨てた過去がある。その体験を文壇への出世作ともなった『夏の終り』で書き、女流文学賞を受賞。やはり、恋と不倫に生きた女『田村俊子』も書いている。岡田嘉子帰国後の雑誌の対談に当たって、岡田の過去を調べたということは、やはり関心・興味があったからであろうし、これまでの経緯からして創作の素材として当然書きたかったのではなかろうか？　岡田の方も小説家との対談なのだから自分のことを書きたいのだろう、と思うのは当然ではなかろうか？　普通思うものである。それを、「自分のことを書きたくて会っているんだと思ってるんですよ、話してやるものかという感じ」とするのは、彼女の複雑な思いを物語っているように思える。

『美女伝』の最後では、こう結んでいる。

「それにしても、モスクワでみた岡田嘉子の晴れやかな笑顔と、あの不気味なほど落ちつきかえった平静な表情はどういうものだろう。男を愛し、男に尽くし、男と共に燃えつくし、男を滅しては死灰の中から自分ひとりよみがえり、永遠に生きつづける不死鳥とは、嘉子のような女をこそ呼ぶのだろうか。或いはまた、ソ連の洗脳教育の中には過去をすべて断ちきる魔法のような不思議な秘術も入っているというのだろうか」

この時点で女の直感、作家の感性で鋭く推測しているのは流石というべきだろう。だからこそ、小説の素材としてやはり書きたかったのだ。

だが、阻まれ、意地悪された、冷笑されたと、40年近い歳月を重ね、恨みは深く沈潜していったようだ。

三度の出逢い

最初は1961年のモスクワ、1974年から1986年までの岡田嘉子の帰国・日本滞在中の12年間の何処かで、〝雑誌の対談〟で再会し、その後〝名古屋の劇場の廊下〟でばったり逢ったとあるが、これは、どこまで信じてよいものなのか？　ある意味、疑いを持ち始めた。耄碌《もうろく》故の勘違い、妄想、あるいは話を面白くするための作家故の創作なのではないのか？　瀬戸内寂聴の言説だけを徒《いたず》らに信ずることはせず、検証してみることとした。

まず、最初の出逢いであるが、これは前述の『美女伝』にもあるように、訪ソ団体一員としてのことであり、まず疑いの余地はない。問題は二度目と三度目の出逢いであった。

二度目の出逢いは〝雑誌の対談〟でのこととされている。雑誌の対談なのだから過去の出版物とかインターネットの検索で簡単に見つかるであろうと、楽観していた。時期は岡田嘉子が日本滞在中に絞ればよい。ところが、これが難題となった。ネット検索しても見つからない。雑誌のことなら〝大宅壮一文庫〟だろうと、世田谷区八幡山にも出掛けてみた。あらゆる雑誌の保存と記事のデータベース化にかけては定評があるとこだ。半日以上かけて捜してみたが見つからないのだ。

瀬戸内寂聴には、雑誌での女流作家以外の女性との対談集を纏めた出版物『あざやかな女たち』（1983年）もあるが、これにも収録されてはいない。どこかで見落としているのかも知れないと思ったが、いったん調査を休止し、三度目の出逢いについて調べることとした。

三度目の出逢いは、〝雑誌の対談〟の後、名古屋の劇場の廊下のことであるらしい。手掛かりは〝名古屋の劇場〟という言葉と、〝私の小説が芝居になった時〟ばったり逢った、という言葉しかない。実に細い糸でしかなかったが手繰り寄せてみることとした。岡田嘉子の側からは、彼女の日本での芸能活動については、彼女を尊敬するところのあった宇野重吉と劇団民芸がマネジメントしていたことが解った。名古屋の劇場と言えば「御園座」「名鉄ホール」「中日劇場」と言ったところだが、に公演していることが解ったので、ここに見当をつけてみることとした。劇団民芸の芝居を名古屋に観にきていて、そこでばったり出逢ったと想定してみた。

今度は瀬戸内寂聴の側からだ。彼女の小説で劇化されたものは数多くある。しかし、名古屋の劇場しかも「名鉄ホール」での上演に絞ってみるとそんなに多くはない。１９７４年から１９８６年の間では、２本しかない。『京まんだら』（１９７４年9月5～20日）と『祇園の男』（１９８６年1月20～26日）である。

二人が劇場の廊下で出逢うとしたら、上演の前後はともかく、連続した公演の千秋楽と初日が近づいていた時、と考えられる。『祇園の男』の時にはその前後に劇団民芸の公演はなかった。それに、岡田嘉子はその直後の4月にはモスクワへ帰国し、この頃は帰国準備で忙しい頃でもあった。

この時ではない、と思う。それでは『京まんだら』の時はどうなのか、千秋楽の翌日の9月27～30日まで劇団民芸の『才能とパトロン』と記録にはあった。前年の１９７４年の2月に再来日し、本格的に彼女が芸能活動を始めた頃である。劇団民芸の演出も手伝っていたようだ。瀬戸内寂聴と出逢ったのは9月26日であった、と特定したい。「名鉄ホール」の廊下で、千秋楽の芝居に駆けつけた寂聴と翌日からの公演の準備で出掛けてきた嘉子がばったり出逢ったのだ。

「もう書いてもいいわよ」「(書いてやるものか!)」と冷たい火花が散った。という場面があったかどうかは、証言する人もいないので知る術《すべ》がないのが残念である。この三度目の出逢いが正しいとするならば、二度目の出逢いはその前とされているので、１９７４年2月の再来日以降から約8か月の間ということになる。ところが、瀬戸内寂聴の自叙伝によれば、前年（１９７３）の11月23日、得度をし仏門に入り、「寂聴」となっている。

この年（１９７４）の４月26日から60日間比叡山で修行生活に入り、年末には京都で寂聴庵に入った、とある。果たして、〃雑誌で対談〃なるものをしている余裕があったのだろうか？　対談は本当にあったのか？　杳《よう》としてわからない。対談はあったのだが、ボツになったのかも知れない。対談企画はあったのだが、なんらかの事情で実現せず、瀬戸内寂聴の脳内での出来事だったのかも知れない。まさか、彼女が嘘をついてまで、悪口を書いたとは思いたくない。時期を勘違いしているのかも知れない。

ところがいろいろ調べていくうち、『岡田嘉子との六十年』（２００２年、高橋三恵子著）という本があった。岡田嘉子の三番目の夫・竹内良一の従兄弟にあたる人で、彼女と共に暮らしたこともある黒岩健而氏の回想談だ。嘉子さんが帰るにあたって、息子が勤める新聞社からインタビューの仲介を頼まれたのだが、彼女から土壇場になってから断られた話が出ている。その時のいきさつとして、

「宇野重吉さんがお茶を飲もうというから、行ったらそばに女の人がいたの。それでご飯一緒に食べて、いろいろと宇野さんと話していたら、その人毎日新聞の記者だったの。宇野さんにも私弱いし、お世話になったからそれでインタビュー受けちゃったの。だから、毎日新聞なの健ちゃんのほうだめよ」

と、不快な思いをさせられた……とある。この話は、彼女が1986年の帰国する直前のこととあり、時期が合わない。しかし、先述の週刊朝日の記事では、「岡田嘉子を尊敬している宇野重吉が面倒をみていた。私対談を頼まれて会ったんだけど……」ともある。

ひょっとしたら宇野重吉のアレンジで毎日新聞ではなく、サンデー毎日の対談企画があったのかも知れない。そばにいた女の人が瀬戸内寂聴だったのかも。

時期はともかく何らかの形で、二人の出逢いがあったのだろう。そして、岡田嘉子の〝嘘と冷笑〟を感ずるようなことがあった。彼女のことを書きたかったのに書かせて貰えず、それは怨みとなった。少なくとも瀬戸内寂聴の頭の中ではこれは〝事実〟となった、と考えたい。

仏の教え

「この世においては、怨みに報いるに怨みを以ってしたならば、ついに怨みの息むことがない。怨みをすててこそ息む。これは永遠の真理である」

これは、瀬戸内寂聴が『美しいお経』という著書の中で『法句経』を訳した言葉だ。彼女は岡田嘉子に対し〝悪口〟を書いてやったと自ら認めている。自らの怨みに報いるに悪口を書いて積年の怨みを見事に晴らした、つまり怨みを以ってした、ということだ。語るに落ちるとはこのこと。

『十善法語』という仏書では、「妄語をいい、綺語を好み、悪口して他を罵り、両舌して他の親好を破することを口の四悪業といい、〝悪業〟を行えば、餓鬼・畜生・地獄の悪しき世界に来世は生まれる」と、されている。

瀬戸内寂聴は、天台宗で得度したれっきとした僧侶、しかも高僧である。僧侶になるに当たっては、戒律を守りながら懺悔の生活をすることを約した筈である。俗人とは違う筈だ。しかし、彼女は自らこう発言している。

「お肉もお酒も、本当はいけない。でも私は元気でいるために破戒しているんです。それに心は常に自由ですから……」

破戒が当然であるとして破るのは、懺悔ではなく、もはや無戒と言うらしい。

老境になっても、欲や・煩悩のままに生きようとする姿は本性に忠実と言えば忠実とも思えるが、僧侶としてはどうであろうか？　どうも私は好きにはなれない。

評論家の故平野謙はかって、彼女のあまりの俗物性に作家として認めなかったことがある。もっとも、そのことを根にもたれ、『奇縁まんだら』で、軽く意趣返しをされているが。

故人に対するひとかけらの敬意もなく、没後20年も経ってから〝悪口〟を浴びせて恥じるところがなく、呼び捨てにして、しかもいやらしくねっとりとした書き方で卑しめる。出家をし、文化勲章まで頂いた人物のすることであろうか。僧形なのは単なる営業用のコスチュームと思えてくる。人を集めて法話を説く資格があるのだろうか？

しかし、それを有難がって聞く人が多いというのも、これまた事実であり俗世であるというのが、面白いところなのかも知れない。

主な参考資料

『美女伝』（１９７３年　講談社）瀬戸内晴美著
『悔いなき命を』（１９９９年　日本図書センター）岡田嘉子著
『岡田嘉子との六十年』（２００２年　風塵社）黒岩健而述・高橋三恵子著
『美しいお経』（２００７年　中央公論社）瀬戸内寂聴著
『奇縁まんだら』（２００８年　日本経済新聞社）瀬戸内寂聴著・横尾忠則画
『婦人公論』（１９９４年１月号　所収「岡田嘉子　いま明かされた空白の10年の謎」）ウラジミール・ボブレニョフ・名越健郎著
『中央公論』（１９９４年12月号　所収「岡田嘉子の失われた十年」）今野勉著
「日経新聞」（２０１０年２月６日朝刊）
『週刊朝日』（２０１０年２月25日号）

文人麺麭《パン》食

ことの始まり

うらやす市民大学で「歴史未来学講座」を受講したことがある。ゼミナール形式で個人研究もやったが、私は、「浦安の麺麭《パン》工房（つまりパン屋）の始まり」をテーマに選んだ。明治から大正へ、近代日本のパン食文化を背景としてそれを探ってみることにした。

当時の浦安町の経済統計資料からは、明治38年（1905）に浦安で1軒のパン屋が登場したらしいことが読み取れた。また、パンが麺麭と表記されていたことも面白かった。ある意味、文明開化の象徴のようなパン食が、いつからどんな風に広まっていったのか、興味が湧くところとなった。乏しい手掛かりではあったが、テーマを調べ、確かめる作業を進めることになった。

パン食文化の歴史については、参考書籍が沢山あり、概要は知ることができた。しかし、浦安と関わりのある資料や文献は、ほとんど見つけられなかった。そこで、当時の生活のことを記した資料がないかと考えてみた。作家達が小説や日記の中でパン食について書いたものが、あるのでは？

一種の生活情報記録として読んだらどうか、と思ったのだ。

『青べか日記』にパン

浦安といえば、山本周五郎、周五郎といえば『青べか物語』である。彼は、大正時代のすぐ後の昭和初期に浦安町で暮らし、その体験をもとに小説を後年になり書いたのだ。その中にパンを食べる場面がないかどうか、を再読し確かめてみた。そんな場面はなかった。だが、周五郎には、小説とは別に浦安町での生活を記録した日記がある。

『青べか日記』がそれである。これを読み返してみた。すると、パンを食べたことが記されていた。昭和3年（1928）から4年（1929）にかけての、次の3か所である。

「バタ・ブレッドと果物の罐詰と砂糖湯とで一日を暮らした。…」　10月12日

前後の記述からは、高熱が出て病床にあった時のこと。パンは滋養食であったようだ。

「そこでクリイムパンを喰べあんこ玉を喰べ、…」　3月6日

べか舟で川から沖合い（今のディズニーランドの辺り）に出て、のんびりした時のことだ。

「今日は炊事が出来ないので食パンを買ってそれで済ました。…」　3月25日

寒い日に、金も乏しく炭もなくなった日の記述であるが、こうしてみると昭和初年にはパン食は、かなり普及し種類も豊富だったことが分かる。また貧乏な割には贅沢をしている。

半農半漁の鄙びた町と思えた浦安で、パンを商う店も当然あったと推察できた。

このことから、明治大正生まれの文人達が書き記した小説・随筆・日記、あるいは彼らの評伝の中に、当時のパン食を伝える文章があるのではなかろうか？　と思いが及んだ。

嵐山光三郎に『文人悪食』『文人暴食』という名著がある。この本に敬意を払いつつ、ある時はナビゲーターにし、明治大正以降の近代日本のパン食文化を尋ねてみたい。

日本のパン食の来歴

文人達の食生活とパン食の関係を見る前にザッと、米食中心だった日本人の暮らしとパンの関係の歴史を紐解いてみたい。

明治維新とともにやってきたように思えるパンだが、意外やその関わりは古いようだ。小麦の粉食形態のパン食文明のルーツは、遠く古代オリエント・中央アジアにある。インドのナンなどもその仲間であるが、現代でもパンの消費量の世界一はトルコだという。

東アジアのはずれにある日本列島には、弥生時代に既に上陸していたという説もある。シルクロード経由で渡来してきた文化は、奈良の正倉院の宝物にみるとおりだが、パンもそうだったかも知れない。文明・文化は大陸からいつも取り入れてきたのが、その頃までの我が国であった。鎌倉・室町時代の留学僧達もこれを伝えたのか？　烝餅・焼餅という漢字で伝わったという。ただし、庶民の暮らしに伝わったのではないことは言うまでもない。

文明開化といえば、すぐに明治維新を思い浮かべる。しかし、西洋文明との触れ合いの始まりは、戦国時代の種子島への鉄砲伝来の時だと考えたい。天文12年（１５４３）、中国大陸経由ではない南蛮文化の渡来である。その時にキリスト教文化には欠かせないワインと共にパン（ポルトガル語のPão が語源か）もやってきたのだ。しかし、周知のとおり徳川幕府による禁教令、鎖国策により長崎・出島の阿蘭陀屋敷だけにその文化は閉じ込められた。長崎土産の南蛮菓子の一つとして異国趣味の中で細々と伝えられた。幕末に長崎に遊学した水戸藩の学者は、その著書の中で「長崎にパンを売ることを業とする者あり。これをパン屋という。蘭人みな、このパン屋より買いて食す」。パンの製造技術は長崎では伝えられていたのである。

パン食がひろく復活したのは、幕末の動乱期であった。幕府開国派の老中、阿部正弘の片腕とも言われた江川太郎左衛門が中興の祖となった。伊豆韮山の代官にして有数の実学者、海防策の中心人物であった。韮山の江川屋敷を訪れたことがあるが、パン焼き窯が再現されている。天保13年（１８４２）４月12日に構築され、今日全国のパン屋さんは「パンの日」として祭っている。彼がパンに着眼したのは、近代的な軍隊における携行食としてであり、彼が構想した海防政策の一貫であった。

彼の門下には佐久間象山、高野長英、高島秋帆などの洋学者が集まっていた。パン造りの技術は、長崎町年寄だった高島秋帆が長崎から差し向けた作太郎という職人が伝えたという。この男はオランダ屋敷の料理方だった。更に米国帰りのジョン万次郎からも、かの地の製パン術を習得した。江川屋敷には全国諸藩から門弟が集まり江川塾と呼ばれたが、この塾生達が軍事技術を国許へ持ち帰った。近代的な兵糧食として製パン技術も伝えられ、薩摩・長州・水戸藩など各地で製造されたという記録がある。嘉永元年（1848）の『武江年表・附録』には、〃近きころ世に行なわるものの一つとして〃麺麭種類多し〃と、ある。この頃には、既にパンが拡まっていたことも、漢字でこう表記していたこともわかるのだ。

軍隊の兵糧食・主に乾パンとして普及が始まったが、その後は開港地の外国人居留地が普及の拠点となっていった。都市では神戸・横浜・築地・新潟・函館。居留地には、教会、学校、ホテルなどが次々と建てられ、西洋料理と共にパン食は普及していくことに。次には、開化以降の近代日本にどうパン食が及んでいったのか見てみることにしたい。

幕末生まれの文人たち

慶応4年（1868）10月23日、元号は慶応から明治へと代わり、社会の激変は続いた。御一新前に生まれた文人達は、文明開化・洋風食生活の象徴のようなパンと、どのように出合ったのか、その姿の一端を見てみたい。

●仮名垣魯文：文政12年（1829）生まれ

江戸時代は、戯作者と呼ばれていた物書きだが、作家の始まりとして知られるのは、『安愚楽鍋』（明治4年）で著名なこの人だろう。江戸・京橋の魚屋の倅《せがれ》という彼は、維新の頃は、おそらく頭にまだ髷《まげ》を残していただろうという。時代の流れに敏感だったのか、明治3年（1870）に41歳で『西洋道中膝栗毛』を書き始めた。本家膝栗毛シリーズは、ご存知十返舎一九が飛ばした大ベストセラーだ。続編が次々と書き継がれ、明治の世でもヒット作が生まれた。筋立ては、弥次喜多の孫にあたるというコンビが、横浜からロンドンの万国博覧会（1862年）を見物に行くという趣向である。魯文は勿論海外に出かけたことはなく、洋行帰りの横浜商館の番頭某からの聞き取りと、福沢諭吉の『西洋事情』（1866年〜1870年）、『西洋旅案内』（1867年）を読んでネタ本にしたという。『学問のすゝめ』の大先生をパロってしまうとは、さすが江戸戯作者である。この本の中にパンが登場する場面があった。おそらく日本の小説史上初めてであろう。

初編上の終盤、弥次喜多の子孫が横浜からまだ出港する前のこと。二人が、例によって口喧嘩から取っ組み合いとなる場面だ。文章中に句読点が登場する前だから、引用するのがとても難しい。どこで切ったらよいのか分からないが、敢えて切り出せばこうだ。

…ひる飯《めし》の代《かは》りにパンのもらッたのが有《ある》のを喰って凌《しの》いでゐてくれろ……

『珍客くらべ』（明治3年）に「日本製のパンはやる」とあり、『馬鹿の番付表』（明治7年）では、大関として「米穀を喰わずしてパンを好む日本の人」をあげているという。

横浜では維新前から、東京でも明治2年から木村屋（文英堂）をはじめ数店が誕生していた。パンが小説に登場していてもおかしくはない。木村屋は翌年銀座に進出し、「麺麭・洋風菓子商」と称した。この木村屋が明治18年（1885）広目屋なるチンドン隊を使って街頭宣伝活動を始めた時、魯文はその宣伝コピーを書いている。

〝木村屋のパンをごろうじろ　西洋仕込みの本場もの
焼き立て出来たてほくほくの　木村屋パンを召しあがれ
文明開化の味がして　寿命が延びる　初物　初物〟

●坪内逍遥：安政6年（1859）生まれ

この人も幕末生まれ、美濃太田の旧尾張藩代官の息子だが、維新を8歳で迎え、名古屋で育った。『小説神髄』で知られた彼が「春廼舎おぼろ」名で近代小説に挑戦したのが、『当世書生気質』（明治18年1885）だ。ペンネームからして戯作から脱し切れていないようだ。明治初期の書生風俗が活写されているが、その頃、本郷真砂町の家に、十余名の書生を寄宿させ、監督をしていた経験が生かされているからだと納得できる。文中に、書生二人の会話の中にパンが出てくる。

ヤイ　須河《すがは》マアおれの部屋へ来《こ》いといふに。マア来《こ》いヨ。甘《うま》いもんがあるぞ　(須)なんじゃア。また菓子パンじゃろう。

菓子パンの初めは、木村屋のあんパンだという。明治8年、明治天皇の向島花見の折、お茶受けとして侍従・山岡鉄舟の助言で考案された、というのが木村屋の宣伝文句である。この木村屋に製パン技術を伝えたのも長崎オランダ屋敷の料理方出身の梅吉という男であったという。長崎には餡《あん》なし饅頭というものがあり、その名から餡パンの着想がうまれた。

和洋折衷は日本人の得意技。文明開化の象徴だ。逍遥が小説に書いたこの頃、パン食はブームになっていたのだ。

逍遥の養女・飯塚くにが書いた『父　逍遥の背中』(1994年)によれば、「晩年の逍遥は和食が中心だったが、朝食はきまってトーストだった。パンは神田の精養軒。バターは小岩井のものときまっていた。トーストは他人には焼かせず必ず自分で焼いた」。焼き方に相当なこだわりがあったという。逍遥には留学経験はないが、欧風生活も好みだったようだ。

と書いてはみたが、いささか腑に落ちないところが私にはあった。〝神田の精養軒〟でパンを買い求めていたようだが、この店は資料によれば(株)精養軒のベーカリー部門として独立したのは昭和24年(1949)、戦後のことである。逍遥は大正9年(1920)以降、熱海の別荘で主に暮らしたとある。昭和10年(1935１)、そこで亡くなっている。だとすれば、本当に〝神田の精養軒〟

のパンを食べていたのだろうか？

逍遥の本宅は、牛込大久保余丁町にあった。熱海の別荘であれ、彼は〝精養軒〟からパンを取寄せていたのであろうか？　彼の生前には〝神田の精養軒〟は存在していないはずだから、レストラン〝上野の精養軒〟から取り寄せていたのでは？　と想像したい。

著者が本を書いた当時の感覚では、パンと言えば〝神田の精養軒〟であり、思わずそう書いた、のではなかろうか？　蛇足ではあるが、(株)神田精養軒は平成18年（2006）にパン製造を止め、その後、倒産して今はない。

●森鴎外：文久2年（1862）生まれ
島根県は津和野の藩医の生まれ。維新の時は6歳、その後一家をあげて上京し、教育ママの薫陶のもと秀才の誉れ高かった彼は、いろいろと蹉跌はあったものの、出世街道を歩き、陸軍軍医総監にまで登り詰めた。文才もあり、文豪として数々の傑作を世に残したのは周知のとおりである。

幕末から明治維新後にかけて、数々の人材が欧米に派遣され留学生活を体験したが、鴎外もその例に漏れない。明治17年（1884）、22歳で軍医としてドイツ留学を命じられ、約4年間かの地で暮らした。帰国にあたって欧風生活を持ち帰っただけでなく、恋人まで連れ帰りそうになり、〝舞姫事件〟を起こしたのは有名な逸話である。

帰国後の鴎外の食生活に、パンが欠かせなかったことは、彼の子供達が書き遺したエッセイの中に数多くみることができる。

長男の森於菟は「役所への弁当には握飯や食麺麭などが入れてあった。（中略）また一つは潔癖からで焼芋が一番衛生的だ、麺麭も皮をのければ汚くないといった」（『父親としての森鷗外』）と書き、次女の小堀杏奴は「図書寮へ勤めるようになってからは、何処で買って来るのかクリイムパンやジャムパンを四つか五つ、毎日のように包んで持って来てくれた」（『晩年の父』）と、とても子煩悩だったパッパ鷗外の思い出を書いている。

鷗外は大正6年（1917）、前年に陸軍を退官後、55歳より帝室博物館総長兼図書頭となっている。今の上野国立博物館敷地内に役所があった。ジャムパンは明治33年銀座木村屋の、クリイムパンは明治37年中村屋の発明品である。鷗外はどこで買っていたのだろう。

鷗外のパンに纏わる話として愉快なものは、帝室博物館勤め時代の次の話だろう。

目黒の植物園にはゆきつけの茶店があって、そこの餡パンが特別おいしかった。父が、お前の所の餡パンは特別うまいといったら、店のお神さんが毎日銀座の木村屋で仕入れて来るという話をして、それならうまいはずだと笑った事がある。その頃の銀座の木村屋はひどい繁昌で、それだけ店の者も威張っていたし、混み合うままになかなか註文を聞いてくれないので父を不快がらせていた。（『晩年の父』小堀杏奴）

天下の文豪も、こと味覚に関しては方なしといったところだ。木村屋は、卸売もしていたことが分かるし、今も昔も超繁盛店だったのがスゴイ！　パンの配達には、箱車なるものが活躍したと聞く。偉い人、文豪だからと特別扱いしていないところがまたイイ！

●伊藤左千夫：元治元年（1864）千葉県生まれ

『野菊の墓』という小説で名を残しているが、山武郡の農家出で18歳で上京し、牛乳搾取業をしながら牛飼いの歌人として名をあげた。年下の子規の門下となり、斎藤茂吉を弟子とした。筆名や小説のイメージとは真逆の冴えないジャガイモ似の醜男だった。

茶の湯を趣味としたとあるが、実に似合いそうもない。『文人暴食』（嵐山光三郎）には、「左千夫はあぐらをかいてアンパンをほおばりながらふだんは茶を飲んだ」という話が紹介されている。形式にかかわらない自己流で自由な茶の湯を楽しんでいたのだろう。

パン業界の歴史資料によれば、明治5年（1872）開通の鉄道・新橋駅構内に木村屋がパン販売店を出している。海軍、少し遅れて陸軍にもパン食が採用され、普及が進んだ。明治20年代、都市部から地方へとパン屋の開業がひろまり、日清戦争後の明治30年には、アンパンはほぼ全国的に広がったという。お茶にアンパンはごく日常的な風景だったのだ。

慶応年間生まれ

江戸時代のどん詰まり慶応年間は、奇跡のように文人が生まれた。慶応3年（1867）には、早い方から漱石（2月）、熊楠（4月）、露伴（8月）、子規（10月）、翌4年には紅葉、蘆花と続く。生まれた順に、まずは漱石からパンとの因縁を紹介してみたい。

●夏目漱石

江戸は牛込馬場下の名主・夏目小兵衛直克の末っ子だ。かの出世作にして名作の『我輩は猫である』に食パンが登場する。苦沙味先生の子供達が、主人夫婦がまだ寝ている間に食卓に着いた場面である。

　彼等は毎朝主人の食う麺麭の幾分に砂糖をつけて食ふのが例であるが……

別の、夫婦が会話する場面でも登場している。

　夫《それ》でもあなたが御飯を召し上がらんで麺麭を御食べになつたり、ジャムを御舐めになるものですから……（ただし、パンにジャムを付ける描写はない）

漱石は、松山・熊本での英語教師生活の後、明治33年（1900）、33歳から2年間余りの英国留学を体験している。帰国後の明治37年、千駄木で借家住まいの時代に名作は書かれた。洋行帰りで、朝食はすっかりあちらのスタイルに変わっていたのだろう。明治40年、職業作家になってからの彼の日記にも、朝食にパンが散見される。胃病を患ってからも、トーストにバター、鶏卵、牛乳と書かれている。病人の滋養食としても、パン食が評価されていたことが分かる。

漱石はピロシキを食べている。明治42年（1909）秋、満州旅行中ハルピン手前でのことのようだが、日記の中に次の文があった。

露助の油揚のパン※を食ふ。中に米の入りたるものと、肉の入りたるものと、カベツの入りたるものとの三種あり（※注・ロシア風の肉饅頭ピロシキのこと、カベツはキャベツか）

日露戦争の戦勝国としての、当時の対ロシア感情もうかがえるところだ。

やや尾籠なところもある話で恐縮ながら、日記の中にこんな箇所を見つけてしまった。

七月十二日（水）、朝、パン半斤の二分の一で尿を採って真鍋嘉一郎に届け、検査を依頼する

大正5年（1918）、49歳で胃潰瘍大出血で亡くなる5か月前のことである。〝で〟と〝尿〟の間の説明が省略されており、私は早トチリをしてしまった。正しくは、パンで糖分を摂取したのち、検査用の尿を採取し持参した、と読む。医師の先輩からのお話によれば当時先端をいく血糖値の検査法であったらしい。真鍋医師は、漱石の松山時代の教え子であった名医である。

●南方熊楠

紀州田辺が生んだ三偉人の一人。世界を股にかけて活躍したスケールの大きな博物学者であり、その天衣無縫なキャラクターでもよく知られたところである。田辺に行きながら彼の記念館を見られず、悔いを残している。いつか訪ねてみたい。

熊楠がアンパン好きであったことは、諸書に紹介されている。娘さんがインタビューに答えた『父南方熊楠を語る』（南方文枝）には、こうあった。

使いの者に「すまないけど、この者にアンパン買って与えてくれ」と書いた書簡を持たせたとか。「アンパンが好きで、近所の子供にアンパンを配ったりしました。徹夜のときはアンパン六つと決まっておりました（笑）」

昭和4年（1929）、文化人類学者・岡茂雄が晩年の熊楠を田辺の自邸に訪問した。この時の熊楠の姿を伝えて、「翁はすっかりくつろいで、腰の左わきにアンパンを容《い》れた紙袋をおき、目をつむって、そのアンパンをちぎっては口に運びながら、とりとめない話をされる」（『本屋風情』）と書いた。熊楠の主食は、まるでアンパンだ。

●幸田露伴

江戸の下町下谷で幕臣の家に生まれ、戦後の昭和22年（1947）まで長生きした。鴎外・漱石の前は露伴・紅葉が明治の人気作家だった。20歳の時には、電信技師の職を放棄し、北海道・余市から、野宿もしながらほとんど徒歩で東京に帰った話（『突貫紀行』）もあるくらいの苦労人だ。彼の小品に『聖天様』（明治24年）があり、この中に彼の育った下谷浅草の庶民の暮らしが描かれている。

下谷《したや》浅草《あさくさ》の小《こま》かい人達、其日ぐらしの棒手振《ぼてふり》、車夫《くるまや》、鍋焼饂飩《なべやきうどん》、おでんや、茹《ゆで》あづき、麺包《パン》の付焼《つけや》き、駄菓子賣り、日雇人足なんどに、……

明治22年（1889）の米の大凶作、翌年の米騒動と米価の暴騰を招いた。当時の新聞記事に、付け焼きパンがこう紹介されていた。

近頃大道の屋台で、一切れ五厘ずつに売る砂糖蜜の付け焼きパンは、専ら車夫社会に愛せられ、一膳飯よりも簡便でよろしいというので盛んに売れている

米価の暴騰が生んだ人気商品だったことがわかるのだ。ちなみにアンパンは明治7年に5厘で売られはじめたが、明治15年には1銭という記録（『木村屋総本店社史』）があった。付け焼きパンは、アンパンよりも安い庶民の味方だったのだ。

●正岡子規

伊予松山生まれ。漱石より少し生まれが遅いのに、いつも兄貴風を吹かせていた男だ。子規は、漱石が留学中の明治34年（1901）に脊椎カリエスで病に倒れ、漱石の帰国を待つことなく若死にした。彼の凄まじい闘病生活の様子は、自ら書いた『仰臥漫録』に余すところなく記録されている。彼は記録魔だった。食欲の鬼となって、大量に喰らい、吐き、糞をしたことを克明に書き残していた。中でも特筆すべきは、パン食である。16歳にして松山から上京し、初めて東京の菓子パンを食べて以来の好物だった。朝はほとんど毎日、昼の間食、夜食と、飽きずに食べ続けている。パンは健康に良い滋養食・病人食だとしても、それにしても食べ過ぎだろう。

九月八日　晴れ　午後三時頃曇　暫くして又晴
朝　粥三わん　佃煮　牛乳五勺　ココア入　菓子パン数個
昼　粥三わん　松魚《かつお》のさしみ　ふじ豆　つくだに　梅干　梨一つ
間食　牛乳五勺　ココア入　菓子パン数個

この日は、「黒きは紫蘇」「乾いてもろし」「アン入り」「柔か也」と、彩色イラストでパンの種類を説明している。子規が暮らした根岸の辺りでも、種類豊富な菓子パンが売られていたのだ。夜、パンを買いに行ったのは、看病していた妹・律だった。

●尾崎紅葉：慶応4年（1868）1月　江戸・芝の生まれ
父親が幇間《ほうかん》で根付師だったということを恥じ、隠していた。漱石とは大学で同級生だったが、専攻が異なり、最後は国文科中退で接触はなかったようだ。洋行体験はない。

何と言っても、文名を高めたのは明治30年「読売新聞」で連載を始めた『金色夜叉』である。大人気作となり続編を書き続けたのだが、元々病弱だったこともあり、長期連載が健康を害することになった。温泉療養などの甲斐もなく、明治36年（1903）、胃癌のため没した。そのあと、作家・漱石が紅葉と役者が交代するように登場することになる。

病気療養中の日々の日記には、所々にパン食の記録があった。子規は菓子パンだったが、紅葉はトーストにバターである。牛乳・卵やスープと一緒に摂っているが、「パンを啖しかど小一片をだに燕下する能わず。心地薬など咬むに似たり」（明治36年6月19日）という日もあった。余程体調不良だったのだろう。


明治32年、赤倉・新潟・佐渡へ療養もかねて旅をしている。7月1日午前6時上野発の列車に乗り込んだが、「前夜から仕込をしたサンドキツチが少く臭いを発した」（『煙霞療養』）と文中にあった。手作りサンドイッチとはオシャレだが、一体具に何を挟んだのだろう。冷蔵庫がまだ普及していないこの時代、夏場に生ものとは不用心ではないか。

紅葉の療養日記に、もう一つ興味深い記事があった。誰が何を持って見舞いに来たのかを、きちんと書きとめてあるのだが、次のところで目がとまった。

眠る前 小石川関屋氏より ワップル一折及び烏賊塩辛一罐到来る。（明治35年2月7日）

ワップルとは、今でいうベルギーワッフルの仲間なのだろうか？新宿中村屋は明治37年（1904）に、ワッフルにクリームを入れてクリームパンと同時期に発売したとされる。だから、この頃すでに売られていたとしてもおかしくない。だとしたら、烏賊の塩辛と一緒に見舞品にするセンスがよく分からないぞ、関屋さん。

慶応4年生まれには、もう一人徳富蘆花がいるのだが、さしたるパンの逸話もないので省略し、次に明治生まれの文人達に話を進めたい。

明治時代前半生まれ

およそ明治維新といっても、その初めと終わりを何時としたらよいかについては諸説あって判然としない。江戸の文化から文明開化の時代へとゆっくり移っていったのだろう。

だが一つの区切りは、西欧化に向けて模倣や背伸びをした明治22年（1889）、鹿鳴館時代の終焉ではなかろうか。そんな維新後に生まれ、日清・日露の戦争による国力向上時代に、青春を迎えたであろう文人達のパン食生活を次にみてみたい。

●田山花袋：明治4年（1871）生まれ

群馬県は館林出身。父親が西南戦争に出征し戦死、高等小学校程度の学歴しかなく、郷里と東京で、丁稚奉公をし苦労するという少年時代を送っている。

島崎藤村などとともに、自然主義作家として知られるが、紀行文の名手として世に出ている。評論家によっては、その第一人者という人もいるくらいである。山形県金山町の羽州街道・森合峠で彼の文学碑を見かけたが、明治27年（1894）の「日本一周」に因《ちな》んでいた。うどん・そばが好物らしく、パン食が登場する資料がなかなか見つからなかった。しかし、代表作『蒲団』（明治40年）の中にただ一箇所登場する。

複雑な関係の男と女の、新橋の停車場（汐留）での場面だ。二等待合室に入り、「時雄は二階の壺屋からサンドウイッチを二箱買って芳子に渡した」とあった。

銀座の木村屋は明治5年、新橋・横浜間の鉄道開業と同時に、駅構内にアンパン販売店を出し繁盛したというが、壺屋とはどんな店だったのだろうか？　確かめてみたくなった。

本郷3丁目に「壺屋総本店」という店があるのを知り、出かけてみた。お店のご主人のお話ではその昔、旧新橋ステーションの前（今の博品館のあたり）の支店で和洋菓子・西洋料理を商い繁盛していた時代があったという。文献も紹介して頂けた。その店が駅舎の2階に出店していたようだ。新橋駅の歴史を記した本には、店の位置が分かる図面もあった。小説は単なるフィクションではなく作者の体験にもとづいていたのだ。
明治25年（1892）、大船駅で販売されたサンドイッチが、駅弁としては日本最初と言われている。日露戦争も終結していた明治40年、駅でサンドイッチは普通に買えたのだ。

●樋口一葉：明治5年（1872）生まれ

今の内幸町、東京府の官舎生まれだ。両親は幕末に山梨県から江戸へ駆け落ちし、父親は旧幕臣を経て、東京府の下級官吏に職を得ていた。明治28年（1895）から〝奇跡の14か月〟に、『たけくらべ』などの名作を次々と出し、大ブレイクする。しかし翌年には、肺結核のため24歳の若さで世を去った、というのは余りにも有名だ。

一葉にパンというのは、とてもイメージが結びつきそうにもないのだが、実は彼女の小説に登場している。それも「廻れば大門の　見返り柳　いと長けれど……」という華麗な文章で始まる『たけくらべ』の中に、であった。

　何だ何だ喧嘩《けんか》かと喰《た》べかけの餡《あん》ぱんを懐中に捻じ込んで、相手は誰だ、龍華寺か長吉か、何処で始まった廓内《なか》か鳥居前《とりゐまへ》か、お祭りの時とは違ふぜ、……

主人公の美登利・信如を取り巻く質屋の正太郎や横町の三五郎など、子どもたちの生活描写が味わい深い。浅草・下谷竜泉寺町で、明治26年（1893）から翌年にかけ、一年足らずだが雑貨商を営んだときの体験が小説に活きている。途中からは店で菓子も扱っているから、菓子パンも売っていたかも知れない。

●泉鏡花：明治6年（1873）生まれ

金沢出身で、父親は名人肌の彫金師。上京して尾崎紅葉を師と仰ぎ、玄関番をしながら文学修行をした。鏡花は文字を愛しすぎて、ついに恐れたほど文学に敬虔だったという。律儀な人だが、雷と船を恐がり、雷除《よ》けはトウモロコシと蚊帳だった。極端な黴菌《ばいきん》恐怖症と煮沸偏執狂でも知られている。明治の世では、赤痢・コレラがよく蔓延し、鏡花も罹患した経験があったからだ。「食べ物は儀式めいた真剣さで煮沸し、黴菌を調伏してからでないと口にしなかった」。なまものは絶対食べず、酒はぐらぐら煮えたぎるような超・熱燗にした。そんな人だからパンにも面白い逸話が伝わっている。

彼はアンパンを火にあぶってからでないと食べなかった。それも丸いアンパンの表と裏を焼くだけでなく、今度は横に立てて、ぐるりと一回転させ、おちなく火にあてるのである。そして、その一端を二本の指でつかみ、食べ終ってから、指でつかんだ部分だけは捨ててしまう。たぶん指のさきが如何に黴菌の巣窟であるかを吹きこまれたからであろう。魑魅魍魎にも似た黴菌どもが無数に乱舞しているさまを、彼はまざまざと思い描いていたのではなかろうか。

（「鏡花回想」山本健吉）

おやつには、虎屋の羊羹、饅頭類を好んで喰べた。それから銀座木村屋で売ってゐた城代と称するアンパンの餡をぬいたようなパンが好きだった。此の城代パンの食べ方は、先生の潔癖から一種独特のもので、指でつまんで喰べて、最期に指のあたつてゐた部分だけをポンと捨てて了まうのだ。（「鏡花の一日」寺木定芳）

〝城代パン〟とは、どんなものだったのか？　調べがまだついていない。

幻想的な作品でも知られる鏡花だが、立ち居振る舞いもまた幻想的だったようだ。

●柳田国男：明治8年（1875）生まれ

兵庫県神崎郡の儒者の六男。民俗学なる学問を広めた学者として有名だ。しかし、『遠野物語』は、弟子の研究成果を横取りしたものだという話を読んだことがある。今も昔も研究者の世界は胡散臭いところがあるものなのか？

彼の著作の中に、『明治三十九年樺太紀行』なる日記があった。前年の明治38年（1905）、日露戦争で一部領土となった樺太島を巡回した紀行文である。北海道の方では新たな産業政策を計画するため、内務・大蔵の官僚達が視察に訪れた。その一行の尻にくっついて歩いた時のものだ。若き柳田は、詩人であり文学を志した。しかし、諦めて道を変え、農商務省に入り、当時は法制局勤務の官僚だった。

ルゴゥニの村で、「……娘の十四五なる、名はアントニナ、牛乳、バタ、チーズ、黒パンなどを出す。黒パンはやはり小麦にてつくるよし。……」とあり、ベレズニヤキイという駅逓では「……湯をわかさせ、携えたる黒焼きパンを食う」とあった。

敗戦国となり捕虜となった1万5000人近いロシア兵が、人口約6000人の習志野に急遽作られた捕虜収容所に収容された。彼らは収容所内に窯を造りパンを焼いた。その貴重な写真も伝わっている。日持ちのよいロシアパンは一時巷でブームとなり、行商して売り歩く風景も見られたという。

●鏑木清方：明治11年（1878）生まれ

東京・神田で生まれ、京橋・木挽町で育ち、明治・大正・昭和と生きた江戸っ子だ。父親は戯作者から新聞人となった人である。「やまと新聞」を創刊し、一家の周りには新聞人や小説家、噺家や絵描き、役者らが集まった。江戸の残り香を吸って挿絵画家となり、美人画・風俗画で明治の面影を今に伝えた。清方は画だけでなく、随筆家としても才能を発揮した。そんな彼の代表作が『明治の東京』（昭和9年）だ。

彼が育った木挽町、新富町、築地、銀座など明治時代の東京風景が懐かしくも書き残されている。「築地川」という章に、こんな文がある。

築地川の、今の三吉橋になっているへんは小伊達様の黒塀があって、つけやきパンだの焼《やき》大福だの、夏には氷屋、一ぱい五十銭のアイスクリームの店が出ていたし、川っぷちにはいつも釣り師の影が絶えなかった。

彼が子供時代だった明治20年代、日本橋、京橋、築地は川の町だった。そこを今では高速道路が通り、車が走る。庶民のファストフード、付け焼きパンの屋台は、神田浅草だけでなく銀座近くにもあったのだ。

●永井荷風：明治12年（1879）生まれ

父親はエリート内務官僚。東京小石川生まれ。若い頃から病弱にして軟弱な生活をおくる。親のコネとカネでアメリカやフランスで遊んで暮らした。欧米帰りの帰朝者で、二度の結婚生活も板につかず、死ぬまで独りで生きる生活を謳歌した道楽者であった。朝食は簡便を旨とするパン食であったことは言うまでもない。荷風38歳の大正6年（1917）から書き始められた『断腸亭日乗』は、あまりにも有名である。人に読まれることを前提にして書かれていることも、よく知られたところだ。その中に、当然朝食風景の記述がある。

九時頃目覚めて床の内にて一碗のショコラを啜り、一辺のクロワサン（三日月形のパン）を食し、昨夜読残の疑雨集を読む。（大正八年正月元旦）

お屠蘇に、雑煮・おせちという、フツー家庭の正月風景とはまるで違う、ハイカラというかキザなライフスタイルだ。珈琲、牛乳、ショコラ、果物を仕込んだのは明治屋、千疋屋などだが、パンは築地精養軒だった。銀座を逍遥し、ついでに立ち寄っていたのだろう。

精養軒食品売場にて明朝の食麵麭を購ふに、焼き立とおぼしく、携ふる手を暖むる事懐炉の如し。（大正八年十二月八日）

大正12年（1923）、関東大震災で全焼するまで築地精養軒は木挽町にあったのであり、跡地には、かつては銀座東急ホテルだった今は時事通信社ビルが建っている。

●斎藤茂吉：明治15年（1882）生まれ
旧姓・守谷。山形県上山より、同郷の医師斎藤紀一にその才を見込まれ、養子候補として上京。15歳の時であった。婿養子として稼業を継ぎ、医師として歌人を生きた。あるいは、歌人として医師を生きたのか。妻輝子、長男が斎藤茂太、次男が北杜夫。青山脳病院を営んだ斎藤家の歴史は、『楡家の人々』（北杜夫）に詳しい。養父も、また自らも留学体験者であり、食生活も西洋式であった。

茂太、北兄弟の回想対談録『この父にして』によれば、「祖父母が主食にしていたのは、いまでいうとホワイト・ソースというんですか、粉にバターを入れてあと牛乳をジュッとやる。それからパンはフレンチ・トースト、卵をまぶしてバターでジュッとやってあとお砂糖をかけるの……」。

元はと言えば田舎育ちの茂吉も、スープをソップと言っていた、という。本格的な西洋仕込みなのである。

●石川啄木：明治19年（1886）生まれ

岩手県盛岡のお寺の息子だ。貧困のうちに26歳の若さで結核により東京で死去。歌人・詩人として今に名を残している。札幌の大倉山シャンツェで彼の胸像に先日出合った。彼の北海道の足跡は函館や小樽、釧路だけではなかったのである。

余りにも有名な詩集『一握の砂』（明治43年）の中に、こんな歌があった。

朝まだき
やっと間に合ひし初秋の旅出の汽車の
堅き麺麭《ぱん》かな

明治・大正の短歌・俳句や詩をことごとく調べてはいないが、麺麭は他に見かけない。この歌は、啄木の都会生活の一断面を物語って、珍しい。堅き麺麭とはどんなパンだったのだろうか？　フランスパンか？　あるいは前夜の食べ残しか？

●平塚らいてう：明治19年（1886）生まれ

父親は、明治憲法草案の起草にも携わった高級官僚で長い外遊経験もあった。東京・麹町のお屋敷に乳母や女中とも暮らしたこともあるお嬢様であった。若き日には、森田草平との駆け落ち騒動もあったが、戦前・戦後の女性解放運動の指導者となった。青い韈下をはいて銀座を闊歩し、カフエ・パウリスタにも入り浸ったとか。

彼女の自伝『元始、女性は太陽であった』には、明治20〜30年代の家庭生活の回顧があった。

朝は父だけがパン食で、父はパンの好みがむずかしく、目白坂上の関口とか、築地のチャリシャのフランスパンを、とりよせていました。

チャリシャは〝チャリ舎〟といい、スイス生まれのチャーリー・ヘスが築地で明治7年（1874）開業した店。日本におけるフランスパンの開祖として伝えられる。小田原町（現・明石町）に昭和の初めまであったというが、訪ねてみると、跡地はいま北海道漁連ビルになっていた。関口フランスパンは今でも目白の繁盛店と聞いた。

明治時代後半・大正生まれ

最後の内戦と言われる西南戦争（1877）のあと、富国強兵路線で欧米の仲間入りを日本は目指した。日清戦争、日露戦争、第一次大戦、日中戦争、太平洋戦争に至るまで大小の戦争を繰り返す時代となっていった。明治時代後半以降生まれの人々にとっては、それが日常だった。右肩上がりのバブリーな時も、大震災や空襲という悲惨な体験もしたのだ。明治、大正、昭和の戦前から戦後にかけてのパン食生活を、彼等を通して見てみたい。

●内田百閒：明治22年（1889）生まれ

岡山県出身で造り酒屋の一人息子だ。頑固・偏屈・我儘で無愛想な男だが、飄々たる『百鬼園随筆』『阿房列車』などの随筆が面白い。読めば微苦笑が自ずと浮かんでくる。敗戦を56歳で迎えているが、戦後生活を日記に書き残している。

午過ぎの遅い朝飯にも夕食にも麺麭と片栗湯だけにしてその他の物は何も食べなかった。但し、麺麭には珍しくバタあり。（中略）麺麭はこひがいつかの配給の饂飩粉の残り三百匁を電車通の麺麭屋へ持って行つて麺麭三斤と取りかえて来たるなり。（昭和21年1月21日）

戦中からの物資不足による配給生活の一コマだが、パン屋は営業していたのだ。

●宮沢賢治：明治29年（1896）生まれ

岩手県花巻といえばこの人であろう。記念館にも立ち寄ったこともあるが、実に多面的な人物で、その像をいまだに捉えきれていない気がする。聖人、詩人、童話作家、宗教家、地質学者、農業指導者などなど。37歳という若さでこの世を去ったのが惜しまれる。彼の死亡時の、昭和8年10月3日「岩手日報」に載った〝追憶記〟がある。学芸部記者で作家の森惣一の記事だ。彼が賢治とともに、岩手山麓に出掛けた時の光景の中にパンがある。

私達は盛岡駅前で買った切らない食パンちぎっては食べ始めた。何と簡素で、而も満ちあふれた、食事であったろう。何もつけず副食物もなくパンは酵母の匂いにみち、私は生涯あのパンよりうまいパンを食べることは出来ないであろう。

湯気のまだ立つ焼きたての食パンをブロックで買い、そのまま喰らうのは実に美味しい、私も大好きだ。我が家の玄関から歩いて1分、おいしいパン工房があるのである。

●大佛次郎：明治30年（1897）生まれ

横浜に生まれ、鎌倉が好きで、長谷の大仏裏で暮らしたことがあった。ペンネームはそこからつけたという。私達の世代で『鞍馬天狗』を読んだことはなくても、知らない人はいないだろう。子供時代に〝嵐寛〟の姿をどこかで見たはずだ。

この人も戦時下の生活を体験しているが、彼の『敗戦日記』を読むと、どこか優雅なところがある。敗色濃厚となり、荷物の一部疎開をし、ラジオでは沖縄本島への敵上陸を伝える、それを聞いた、ある日の模様をこう記録していた。

牛乳をとらせフレンチトーストを食す。もとより砂糖の代り蜂蜜なり。何となく落着かず終日何もせず露伴の随筆と魚住吉野朝史を読みしのみ。（昭和20年4月1日）

●草野心平：明治36年（1903）生まれ

同じ年の生まれに、山本周五郎がいる。周五郎は生まれ年から本名は三十六、さとむと読む。彼が山梨出身に対して、この人は福島県いわき市の出身、詩人である。「花びらの味」という随筆が『酒味酒菜』の中にある。香りのある花について書き進むうちに、それを食べる話になっていく。

これらのうちで私がたべたのは野バラの花とクチナシとジンジャアとである。匂いのはなしから食う話に突然落下するのは少し品がないかもしれないが、香りをも一緒に食べるといったら幾分の言訳にはなりそうなもの。野バラの花はヤマアヤメの紫などと一緒にサンドウイッチにしてたべたし、クチナシはウィスキーのつまみにした。

菊などもそうだが、食用花というのがあるから、決して奇異なことではない。香りも色も挟んで食べるところが、いかにも詩人なのである。

●林芙美子：明治37年（1904）生まれ

山口県出身とされるが、出生の経緯や生誕地など虚実を取り混ぜ諸説ある。もともと詩人志望だった彼女を世に出したのが『放浪記』だった。貧しかった少女時代の生活を振り返った一節にこうある。

扇子が売れなくなると、私は一つ壹銭《いっせん》のアンパンを賣り歩くようになった。炭坑まで小一里《こいちり》の道程《みちのり》を、よく休み休みアンパンをつまみ食ひした。

文の前後関係から、これは大正5年（1916）、12歳頃のことだ。福岡県直方という炭鉱町で母と行商していた日々のことである。巷には我が国初めての流行歌「カチューシャの唄」が流れていた。

まだまだ売れない物書きだった昭和5年頃、銀座の雑誌社にやってきた彼女は、四囲いちめん食欲をそそる匂ひが渦をなしてゐる。木村屋の店さきでは、出来たてのアンパンが陳列の硝子をぼおっと曇らせてゐる。紫色のあんのはいった甘いパン、いったい、何処のどなたさまの胃袋を満たすのだろう。(『放浪記』)

と、たたずんでいた。女成金になりたかったという直方時代の理想は、昭和6年(1931)『放浪記』の大ヒットにより、欧州へのお上りさんの旅で少し近づいた。

昭和6年、冬の巴里、彼女は紫銘仙の着物に、黒いコートを着て、下駄で歩いた。すれ違う人は皆ふりかえり、犬に吠えかけられる。カフェーに入って「三日月パンとコーヒイで朝飯を済ませた」とある。クロワッサンのことだろう。「帰り、パン屋で長い棒のようなパンとバタを買つて帰る」とある。フランスパンも食べたのだ。(『巴里日記』)

●坂口安吾:明治39年(1906)生まれ

新潟市の旧家で大地主の五男坊。幼少時代から破天荒であった。戦前から新進作家として注目を集めたが、戦後は無頼派作家の一人として活躍した。『堕落論』は余りにも有名だが、晩年に書いた『安吾史譚』『安吾新日本地理』にも、鋭いものがある。

睡眠薬の常用で中毒となり、幻視や幻聴に悩まされた破滅型の人生から生まれた文学なのかも知れない。煙草、酒のやり過ぎで、胃から黒い血を吐いたこともあった。

そんな彼の食生活を自ら紹介したエッセイ「わが工夫せるオジヤ」がある。その中で、ユニークなパンの食べ方を書いている。

ついでにパンの食べ方を申し上げると、トーストにして、バタをぬり、（カラシは用いず）魚肉のサンドイッチにして食べる。魚肉はタラの子、イクラ、などでもよいが生鮭を焼いて、あついうちに醤油の中に投げ込む。（この醤油はいっぺん煮てフットウしたのをさまして用いる）三日間ぐらい醤油づけにしたのを、とりだして、そのまま食う。これは新潟の郷土料理、主として子供の冬の弁当のオカズである。

この鮭の肉をくずしてサンドイッチにして用いる。又ミソ漬けの魚がサンドイッチに適している。魚肉とバターが舌の上で混合する味がよろしいのである。然し要するに栄養は低いだろう。

築地に今、鯖《さば》サンドで知られたベーカリーはあるが、鮭《さけ》サンドはないようだ。

●山田風太郎：大正11年（1922）生まれ

家系は兵庫県養父郡関宮町の代々の医家だ。戦時下の東京で医師を目ざして勉学し、品川の工場などで勤労動員生活を送る。戦後、推理小説、奇想天外な忍法帖小説、明治時代小説でベストセラーを連発した。『コレデオシマイ』など飄々としたユーモラスな語り口のエッセイも私は好きである。戦中・戦後に体験した青春の日々を綴った日記シリーズが彼にはある。

『戦中派不戦日記』では、昭和20年5月の空襲下での生活の中にパンが出ていた。

ひる、乾パンを一袋もらつて焼け跡にひき返してみると、防空壕はもとのままで、遠藤家では自分の方の焼跡整理に一心不乱である。

乾パンは、もともとは兵糧食、軍隊食として重用されたものだが、非常食、救荒食として普及していた。私の乾パン体験は若き日の山旅での軽食だが、ボサボサしてマズイものでしかなかった。水なしではとても食べられないものだ。

『戦中派闇市日記』の昭和22年2月14日には、内田百閒が体験した戦後生活と同じように、配給小麦粉を持ってパン屋に行き、製造してもらう話が書かれている。

「目下全都に小麦粉配給中なれば製パン大繁盛を極めるごとし」とあり、三軒茶屋の美松菓子店、新宿伊勢丹、明治製菓などに、小麦粉を持ち込んだようだ。代金とは別に、塩を持参する必要があった、という時代だった。

●池波正太郎：大正12年（1923）生まれ
東京は浅草聖天町の出、下町育ちである。『鬼平犯科帳』『仕掛人・藤枝梅安』『剣客商売』などなど名作時代小説の数々は不朽である。
食通としても知られ、グルメなエッセイも読み応えがある。『むかしの味』という一冊に、東京・

下町の昔（昭和のヒトケタ時代か）の子供たちの買い食い生活の楽しさが再現されている。「どんどん焼き」とよばれた、いわゆるお好み焼の屋台がどの町内にも出ていて、そのメニューの中に、肉のないパンカツがあったという。

先ず、一銭のパンカツというのは、食パンを三角に切ったものへ、メリケン粉（卵入り）を溶いたものをぬって焼き、ウスター・ソースをかけたもの。パンカツの上《じょう》は牛の挽肉を乗せて焼く。これは五銭。

明治・大正の頃の下町の味に〝パンの付け焼き〟（幸田露伴、鏑木清方の項参照）があったが、これはその末裔ではなかろうか。

この本では、京都のイノダのサンドイッチをとりあげている。イノダは京都のコーヒーの老舗で京都人が誇る名店、と紹介している。

イノダのサンドイッチは、近ごろ流行の、まるで飯事《ままごと》あそびのサンドイッチではない。むかしのままの、「男が食べるサンドイッチ」なのだ。

理屈なしに旨いというコーヒーとサンドイッチに逢うために、この文句に惹かれて私も足を運んだことがあった。お値段も結構なものだと記憶している。店内の雰囲気、造作、装飾、器物……、たしかに格調があった。一度は訪れる価値があるようだ。

文人達と麺麭をめぐっての話はまだまだ尽きそうもない。東海林さだおのパンの耳についての切なくともやるせない考察だとか、宮崎駿がアニメ映画『風立ちぬ』で登場させたシベリアという菓子パンのことだとか……。

思うに、文人達とパン食文化の関係からいろいろなことが見えてくる。日本の異文化摂取の仕方の特徴が、ここにも現れている。意外と早い時代に西欧から、その本質はあまり考えず、自分達に合うものだけを取り込んでいる。パンはどこまでいっても副食どまりであり、主食にはならない(しない)。創意工夫や技術革新は得意だから、アンパン・ジャムパン・ぶどう入りパン……次から次へと商品開発をする。

余談になるが、商社の「双日」は敷島製パンと組んでインドネシアでビジネス展開をやっているとか。パン食文化とは無縁な国に、パン食文化を輸出したのだ。製造技術を教え、自転車による移動式店舗でパンを売るというマーケティングまで導入して。結果、パンは90%、小麦粉の取扱いシェア70%になったと聞く。凄い!

私はといえば、図書館でメロンパンにコーヒーで、日がな寛《くつろ》ぐ日々なのである。

主な参考資料

『仰臥漫録』（1927年　岩波書店）正岡子規著
『田山花袋全集』所収「蒲団」（1968年　筑摩書房）田山花袋著
『元始　女性は太陽であった　平塚らいてう自伝』（1971年　大月書店）平塚らいてう著
『商人名家　東京買物独案内』（1972年　渡辺書店）花咲一男編　※元は1890年（明治23）の出版物
『本屋風情』（1974年　中央公論社）岡茂雄著
『この父にして』（1976年　毎日新聞社）斎藤茂太・北杜夫著
『林芙美子全集』所収「巴里日記」（1977年　文泉堂出版）林芙美子著
『酒味酒菜』（1977年　ゆまにて）草野心平著
『露伴全集』所収「聖天様」（1978年　岩波書店）幸田露伴著
『人間　泉鏡花』（1979年　東京書籍）巖谷大四著
『漱石全集』所収「満韓ところどころ」（1979年　岩波書店）夏目金之助著
『青べか日記』（1980年　大和出版）山本周五郎著
『父　南方熊楠を語る』（1981年　日本エディタースクール出版部）南方文枝著
『晩年の父』（1981年　岩波書店）小堀杏奴著
『週刊朝日編　値段の明治大正昭和風俗史』（1981年　朝日新聞社編）
『百鬼園戦後日記　上巻』（1982年　小澤書店）内田百閒著

『山本健吉全集』所収「鏡花回想」（１９８３年　講談社）山本健吉著
『漱石研究年表』（１９８４年　集英社）荒正人著
『むかしの味』（１９８４年　新潮社）池波正太郎著
『戦中派不戦日記』（１９８５年　講談社）山田風太郎著
『明治の東京』（１９８９年　岩波書店）鏑木清方著
『パンの日本史』（１９８９年　ジャパンタイムズ社）安達　厳著
『群像　日本の作家５　泉鏡花』所収「鏡花の一日」（１９９２年　小学館）寺木定芳著
『父親としての森鴎外』（１９９４年　筑摩書房）森於菟著
『父逍遥の背中』（１９９４年　中央公論社）飯塚くに著
『大佛次郎敗戦日記』（１９９５年　草思社）大佛次郎著
『紅葉全集』所収「煙霞療養」他（１９９５年　岩波書店）尾崎紅葉著
『文人悪食』（１９９７年　新潮社）嵐山光三郎著
『坂口安吾全集』所収「わが工夫せるオジヤ」（１９９８年　筑摩書房）坂口安吾著
『石川啄木歌集　全歌集鑑賞』（２００１年　おうふう）上田博著
『文人暴食』（２００２年　マガジンハウス）嵐山光三郎著
『戦中派闇市日記』（２００３年　小学館）山田風太郎著
『明治の文学・樋口一葉』所収「たけくらべ」（２００３年　筑摩書房）樋口一葉著
『明治の文学・仮名垣魯文』所収「当世書生気質」（２００３年　筑摩書房）仮名垣魯文著

『パンの耳の丸かじり』（2004年　朝日新聞社）東海林さだお著
『朝寝の荷風』（2005年　人文書院）持田叙子著
『漱石ジャムを舐める』（2006年　創元社）河内一郎著
『日本食生活史』（2007年　吉川弘文館）渡辺実著
『別冊太陽「泉鏡花」』（2010年　平凡社）
『放浪記』復元版（2012年　論創社）林芙美子著・廣畑研二編

あとがき

思い返せば社会人になったばかりの頃、会社で朝のスピーチをさせられた。「人生働く時間はわずか4万時間であり、余暇の時間の方が遥かに長い……」みたいな生意気なことをしゃべったことをかすかに覚えている。土曜日が半ドンではなかった気もするし、まして長い休暇をとるなんてできることではなかった時代だった。週休2日制とか65歳定年制などになったのはずっと後のことだ。黄金のリタイア生活をたまに夢見る日々であったのである。

働く楽しさや得難い経験も、長い勤め人生活の中で得ることができた。しかし、必ずしも心からの満足感ではなかったかも知れない。

２００８年からすっぱりと勤め人生活をやめ、年金生活者への道を選ぶことにした。しばらくして生活スタイルは次第に落ち着きはじめた。旅行やイベント以外の日でも日中は家に居ないようにし、図書館やスポーツクラブに通うのが日課となっていった。

本を読むのは昔から好きで、暇さえあれば興味が湧いたものを手当たり次第に読んでいた。住まい選びの条件に通勤に便利なことと、図書館が近いことを意識した気がする。

学生時代はワンダーフォーゲル部、山や旅が好きだった。山歩き里歩き街道歩き、そして自然と暮らす人間の文化や歴史にも興味があり、また好きだった。気がつけば昔の仲間たちとまたアウトドアライフを歩き始めていた。東海道五十三次をリレーしながら歩く企画を、ある時やったことがあった。私はこの旅の途中で出合ったことが気になり、それをエッセイもどきに書いてみた。「お菊塚と漱石」である。それが書く楽しみの突然の始まりとなった。

文章をきちんと書くことは、仕事の周辺以外ではそれまでなかったのだが。このことをきっかけに、国内海外での旅のできごと、講演・本や新聞・雑誌の記事などの中で感じたことへ興味は広がっていった。これは何なのか？　と気づくことから始まり、気づいたことをもっと掘り下げ調べたくなっていった。単に手当たり次第に本を読むのではなく、テーマを持って読み調べることで、見えていなかったことが見えるようになり面白くなっていった。知らないことがいかに多いのかも分かるようになってきた。

書くにあたっては、面白半分にペンネームを横松和平太と名乗ったこともある。作家に立松和平という人がいたが、あの人は栃木生まれで本名は横松だと承知していたからだ。気の向くままに書きすすめたら、いつのまにか約30タイトルにもなっていた。まもなく古希とかいう節目の歳だという。そこで幾つか選びまとめてみたのが今回の作品集となった。

余暇がありすぎて困ることはない。次から次へ興味は尽きることがないのである。書く楽しさを知ったのである。

今回の本づくりにあたっては、高校・大学の同窓後輩でありワンゲル仲間のあけび書房の久保則之社長には大変にお世話になりました、感謝を申し上げたい。

いつも一緒に遊んでくれる仲間がいることがうれしい。そして、好きなことを好きなようにいつもさせてくれている我が奥様と家族に、何よりも感謝の言葉を捧げたい。

２０１５年10月14日

立松　和宏

立松　和宏（たてまつ　かずひろ）

1946年生まれ、名古屋市出身。

愛知県立旭丘高校、名古屋大学経済学部卒業。

日立家電販売、日立製作所などに勤務。

退職後2008年より年金生活者となる。

浦安市に暮らし始めて30数年、旅歩き・読書・映画・アート鑑賞などを趣味とする日々である。

連絡メールアドレス：kazu3114@jcom.home.ne.jp

四万時間の先に－歩く・見る・読む 日々

2015年11月21日　第１刷発行

著　者――立松　和宏
発行者――久保　則之
発行所――あけび書房株式会社
102-0073 東京都千代田区九段北1-9-5
☎ 03. 3234. 2571 Fax 03. 3234. 2609
akebi@s.email.ne.jp http://www.akebi.co.jp

組版／アテネ社　印刷・製本／中央精版印刷

ISBN978-4-87154-139-8 C0095